Agatha Christie
(1890-1976)

AGATHA CHRISTIE é a autora mais publicada de todos os tempos, superada apenas por Shakespeare e pela Bíblia. Em uma carreira que durou mais de cinquenta anos, escreveu 66 romances de mistério, 163 contos, dezenove peças, uma série de poemas, dois livros autobiográficos, além de seis romances sob o pseudônimo de Mary Westmacott. Dois dos personagens que criou, o engenhoso detetive belga Hercule Poirot e a irrepreensível e implacável Miss Jane Marple, tornaram-se mundialmente famosos. Os livros da autora venderam mais de 2 bilhões de exemplares em inglês, e sua obra foi traduzida para mais de cinquenta línguas. Grande parte da sua produção literária foi adaptada com sucesso para o teatro, o cinema e a tevê. *A ratoeira*, de sua autoria, é a peça que mais tempo ficou em cartaz, desde sua estreia, em Londres, em 1952. A autora colecionou diversos prêmios ainda em vida, e sua obra conquistou uma imensa legião de fãs. Ela é a única escritora de mistério a alcançar também fama internacional como dramaturga e foi a primeira pessoa a ser homenageada com o Grandmaster Award, em 1954, concedido pela prestigiosa associação Mystery Writers of America. Em 1971, recebeu o título de Dama da Ordem do Império Britânico.

Agatha Mary Clarissa Miller nasceu em 15 de setembro de 1890 em Torquay, Inglaterra. Seu pai, Frederick, era um americano extrovertido que trabalhava como corretor da Bolsa, e sua mãe, Clara, era uma inglesa tímida. Agatha, a caçula de três irmãos, estudou basicamente em casa, com tutores. Também teve aulas de canto e piano, mas devido ao temperamento introvertido não seguiu carreira artística. O pai de Agatha morreu quando ela tinha onze anos, o que a aproximou da mãe, com quem fez várias viagens. A paixão por conhecer o mundo acompanharia a escritora até o final da vida.

Em 1912, Agatha conheceu Archibald Christie, seu primeiro marido, um aviador. Eles se casaram na véspera do Natal de 1914 e tiveram uma única filha, Rosalind, em 1919. A carreira literária de Agatha – uma fã dos livros de suspense do escritor inglês Graham Greene – começou depois que sua irmã a desafiou a escrever um romance. Passaram-se alguns anos até que o primeiro livro da escritora fosse publicado. *O misterioso caso de Styles* (1920), escrito próximo ao fim da Primeira Guerra Mundial, teve uma boa acolhida da crítica. Nesse romance aconteceu a primeira aparição de Hercule Poirot, o detetive que estava destinado a se tornar o personagem mais popular da ficção policial desde Sherlock Holmes. Protagonista de 33 romances e mais de cinquenta contos da autora, o detetive belga foi o único personagem a ter o obituário publicado pelo *The New York Times*.

Em 1926, dois acontecimentos marcaram a vida de Agatha Christie: a sua mãe morreu, e Archie a deixou por outra mulher. É dessa época também um dos fatos mais nebulosos da biografia da autora: logo depois da separação, ela ficou desaparecida durante onze dias. Entre as hipóteses figuram um surto de amnésia, um choque nervoso e até uma grande jogada publicitária. Também em 1926, a autora escreveu sua obra-prima, *O assassinato de Roger Ackroyd*. Este foi seu primeiro livro a ser adaptado para o teatro – sob o nome *Álibi* – e a fazer um estrondoso sucesso nos teatros ingleses. Em 1927, Miss Marple estreou como personagem no conto "O Clube das Terças-Feiras".

Em uma de suas viagens ao Oriente Médio, Agatha conheceu o arqueólogo Max Mallowan, com quem se casou em 1930. A escritora passou a acompanhar o marido em expedições arqueológicas e nessas viagens colheu material para seus livros, muitas vezes ambientados em cenários exóticos. Após uma carreira de sucesso, Agatha Christie morreu em 12 de janeiro de 1976.

Agatha Christie

O MISTERIOSO SR. QUIN

Tradução de Bruno Alexander

www.lpm.com.br

L&PM POCKET

Coleção **L&PM** POCKET, vol. 532

Texto de acordo com a nova ortografia.
Título original: *The Mysterious Mr. Quin*

Primeira edição na Coleção **L&PM** POCKET: outubro de 2017
Esta reimpressão: agosto de 2019

Tradução: Bruno Alexander
Capa: designedbydavid.co.uk © HarperCollins/Agatha Christie Ltd. 2008
Revisão: Lia Cremonese

CIP-Brasil. Catalogação na publicação
Sindicato Nacional dos Editores de Livros, RJ.

C479m

    Christie, Agatha, 1890-1976
    O misterioso sr. Quin / Agatha Christie; tradução Bruno Alexander.
– Porto Alegre [RS]: L&PM, 2019.
       320 p. ; 18 cm.   (Coleção L&PM POCKET, v. 532)

    Tradução de: *The Mysterious Mr. Quin*
    ISBN 978-85-254-3635-1

    1. Ficção inglesa. I. Alexander, Bruno. II. Título. III. Série.

17-43293   CDD: 823
                                       CDU: 821.111-3

The Mysterious Mr. Quin Copyright © 1930 Agatha Christie Limited. All rights reserved.
AGATHA CHRISTIE and the Agatha Christie Signature are registered trade marks of Agatha Christie Limited in the UK and elsewhere. All rights reserved.
www.agathachristie.com

Todos os direitos desta edição reservados a L&PM Editores
Rua Comendador Coruja, 314, loja 9 – Floresta – 90220-180
Porto Alegre – RS – Brasil / Fone: 51.3225.5777

Pedidos & Depto. Comercial: vendas@lpm.com.br
Fale conosco: info@lpm.com.br
www.lpm.com.br

Impresso na Gráfica e Editora Pallotti, Santa Maria, RS, Brasil
Inverno de 2019

Para Arlequim, o Invisível

Prólogo

As histórias do sr. Quin não foram escritas em série. Escrevi-as uma por vez, de tempos em tempos. A meu ver, o sr. Quin tem um gosto epicúrio.

Fascinava-me quando criança e pelos tempos que se seguiram um conjunto de bibelôs em porcelana de Dresden, arranjados sobre o console da lareira na casa de minha mãe. Eram representantes da *commedia dell'arte* italiana: Arlequim, Colombina, Pierrô, Pierrete, Polichinelo. Ainda menina, escrevi uma série de poemas sobre esses personagens, e chego a pensar que um deles, "Harlequin's Song" [A canção de Arlequim], foi a minha estreia em matéria de publicação. O poema apareceu no *Poetry Review* e recebi um guinéu por ele!

Depois que passei da poesia e das histórias de fantasmas para o crime, Arlequim finalmente reapareceu; uma silhueta invisível, exceto quando decidia o contrário, não exatamente humana, mas ainda assim interessada pelos assuntos dos seres humanos e, em particular, dos amantes.

Embora cada história sobre ele seja um tanto distinta, ainda assim a coleção, escrita ao longo de um bom número de anos, acaba por delinear a história do próprio Arlequim.

Junto com o sr. Quin foi criado o pequeno sr. Satterthwaite, amigo dele neste mundo mortal: o sr. Satterthwaite, o bisbilhoteiro, o observador da vida, o homenzinho que, sem jamais tocar pessoalmente as profundezas da alegria e da tristeza, reconhece o drama da vida ao vê-lo e está consciente de que tem ali um papel a desempenhar.

Das histórias do sr. Quin, minhas prediletas são: "O fim do mundo", "O homem que veio do mar" e "A Alameda do Arlequim".

Agatha Christie

Sumário

Capítulo 1 – A chegada do sr. Quin 11
Capítulo 2 – A sombra na vidraça 34
Capítulo 3 – Na estalagem Bells e Motley 62
Capítulo 4 – O sinal no céu 85
Capítulo 5 – A alma do crupiê 107
Capítulo 6 – O homem que veio do mar 128
Capítulo 7 – A voz no escuro 163
Capítulo 8 – O rosto de Helena 186
Capítulo 9 – A morte do Arlequim 209
Capítulo 10 – O pássaro com a asa quebrada 239
Capítulo 11 – O fim do mundo 265
Capítulo 12 – A Alameda do Arlequim 291

Capítulo 1

A chegada do sr. Quin

Era véspera de Ano-Novo.

Os integrantes mais velhos do grupo de convivas, hospedados em Royston, estavam reunidos no salão.

O sr. Satterthwaite alegrava-se porque os mais jovens já tinham ido dormir. Não era muito afeito a grupos de jovens. Achava-os desinteressantes e grosseiros. Faltava-lhes sutileza, e, com o passar do tempo, ele apreciava cada vez mais as sutilezas.

O sr. Satterthwaite era um homem de sessenta e dois anos – meio curvado, mirrado, de semblante observador, curiosamente parecido com um duende e dotado de um interesse intenso e exagerado pela vida alheia. Durante toda a vida, por assim dizer, sentara-se na primeira fileira, observando diante de si desfilarem os muitos dramas da natureza humana. Seu papel, sempre o de espectador. Só agora, com o peso dos anos, via-se cada vez mais crítico do espetáculo que lhe era apresentado. Por ora, desejava algo fora do comum.

Sem sombra de dúvida, ele tinha talento para essas coisas. Sabia, instintivamente, quando os elementos do drama estavam no ar. Como um cavalo de combate, sentia-lhe o cheiro. Desde que chegara a Royston naquela tarde, seu estranho sentido se acendera e instigava-o a se preparar. Algo de interessante estava acontecendo ou estava para acontecer.

O grupo de convidados não era numeroso. Havia Tom Evesham, o afável e bem-humorado anfitrião, com a esposa, mulher séria e interessada em política e que em solteira fora lady Laura Keene. Havia sir Richard Conway, militar, viajante e desportista. Havia seis ou sete jovens cujos nomes o sr. Satterthwaite não gravara e havia os Portal.

Eram os Portal que interessavam ao sr. Satterthwaite.

Ele jamais vira Alex Portal, mas sabia tudo a seu respeito. Conhecera o pai e o avô dele. Alex Portal era fiel à linhagem familiar. Beirava os quarenta anos, louro e de olhos azuis como todos os Portal, fã de esportes, bom em jogos, pobre de imaginação. Nada fora do comum em relação a Alex Portal. Fazia parte da boa e legítima estirpe inglesa.

Sua esposa, porém, era diferente. Australiana, como era do conhecimento do sr. Satterthwaite. Portal estivera na Austrália dois anos antes, conhecera-a lá, casara-se e a trouxera consigo. Ela nunca estivera na Inglaterra antes do casamento. Da mesma forma, não se parecia com qualquer outra australiana que o sr. Satterthwaite tivesse conhecido.

Ele a observava agora, com discrição. Mulher interessante – muito. Tão parada, e ainda assim – viva. Viva! Só isso! Não era exatamente bonita – não, não diria que fosse bonita, mas havia nela algo de sinistramente mágico, impossível de passar despercebido – que homem nenhum deixaria de perceber. Era o lado masculino do sr. Satterthwaite falando, mas seu lado feminino (sim, porque o sr. Satterthwaite tinha uma boa dose de feminilidade) estava igualmente interessado em outra questão. *Por que a sra. Portal pintava o cabelo?*

É provável que nenhum outro homem tivesse notado que ela pintava o cabelo, mas o sr. Satterthwaite percebera. Ele entendia dessas coisas. E aquilo o deixava perplexo. Muitas mulheres de cabelos escuros pintavam o cabelo de louro; mas jamais vira uma loura que pintasse o cabelo de preto.

Tudo nela o intrigava. De um modo estranhamente intuitivo, ele tinha certeza de que a sra. Portal era ou muito feliz ou muito infeliz – mas ele não sabia qual era a sua condição, e aborrecia-o não sabê-lo. Além do mais, era curioso o impacto que ela causava no marido.

"Ele a adora", pensou o sr. Satterthwaite com seus botões, "mas, às vezes, sim, tem medo dela! Isso é muito interessante. É extraordinariamente interessante."

Portal bebia demais. Quanto a isso, nenhuma dúvida. E ele tinha uma forma curiosa de observar a mulher quando ela não estava olhando para ele.

"Nervoso", pensou o sr. Satterthwaite. "O sujeito está nervosíssimo. Ela também sabe disso, mas nada fará a respeito."

Satterthwaite sentiu uma curiosidade enorme sobre o casal. Havia algo ali em curso que ele não conseguia entender.

As batidas solenes do grande relógio no canto do salão despertaram-no de suas reflexões sobre o assunto.

– É meia-noite – disse Evesham. – É dia de Ano-Novo. Feliz Ano-Novo... a todos. Na verdade, esse relógio está adiantado em cinco minutos... Não vejo por que as crianças não esperaram acordadas para assistir à chegada do Ano-Novo.

– Não creio, nem por um minuto, que elas tenham realmente ido para a cama – disse a esposa com toda calma. – Provavelmente estão colocando escovas de cabelo ou algo assim na nossa cama. É o tipo de coisa que as diverte de verdade. Não sei por quê. Nunca nos seria permitido fazer algo do tipo nos meus tempos de criança.

— *Autre temps, autres moeurs** — disse Conway, sorrindo.

Ele era um homem alto, de porte militar. Tanto ele quanto Evesham faziam praticamente o mesmo tipo — homens honestos, honrados e gentis sem grandes pretensões intelectuais.

— Na minha infância, dávamos as mãos formando uma roda e cantávamos "Auld Lang Syne" — continuou lady Laura. — "Deveria a velha amizade ser esquecida." Sempre acho tão comovente essa letra.

Evesham mexeu-se, manifestando desconforto.

— Ah, deixe disso, Laura — murmurou. — *Não aqui.*

E, a passos largos, cruzou o amplo salão onde estavam e acendeu mais uma vela.

— Sou mesmo muito boba — disse lady Laura, quase que imperceptivelmente. — Isto o faz lembrar-se do coitado do sr. Capel, é claro. O fogo está muito forte para você, minha querida?

Eleanor Portal fez um movimento brusco.

— Obrigada. Vou puxar a cadeira um pouco para trás.

Que voz linda era a dela. Uma dessas vozes baixas, murmurantes, que ficam ressoando na memória, pensou o sr. Satterthwaite. O rosto de Eleanor estava na penumbra agora. Que pena.

Do lugar de onde estava, na sombra, ela falou novamente.

— Sr. Capel?

— Sim. O primeiro proprietário desta casa. Ele se matou com um tiro, sabe. Oh! Tudo bem, Tom querido, não vou comentar se não for do seu agrado. Foi um imenso choque para o Tom, evidentemente, porque ele estava aqui quando aconteceu. O senhor também estava, não é, sir Richard?

---

* Outros tempos, outros costumes. (N.T.)

– Sim, lady Laura.

A um canto, o relógio antigo gemeu, bufou e arfou asmaticamente, soando então doze vezes.

– Feliz Ano-Novo, Tom – resmungou Evesham de forma superficial.

Lady Laura, com certa determinação, deu o tricô por encerrado.

– Bem, já vimos o Ano-Novo chegar – observou ela, e acrescentou, olhando para a sra. Portal: – O que acha, minha querida?

Eleanor Portal pôs-se de pé num salto.

– Para a cama, sem sombra de dúvida – disse em tom de brincadeira.

"Ela está muito pálida", pensou o sr. Satterthwaite, ao levantar-se também e começar a se ocupar dos castiçais. "Não costuma ser tão pálida assim."

Ele acendeu uma vela e estendeu-a para ela, numa pequena reverência engraçada, meio antiquada. Ela a recebeu, agradecendo, e subiu lentamente as escadas.

De repente, um impulso muito estranho tomou conta do sr. Satterthwaite. Queria ir atrás dela – para tranquilizá-la –; ocorria-lhe o sentimento estranhíssimo de que, de alguma forma, ela corria perigo. O impulso se desfez, e ele se sentiu envergonhado. *Ele* também estava ficando nervoso.

Eleanor não olhara para o marido ao subir as escadas, mas agora virava a cabeça e fitava-o por sobre o ombro, dirigindo-lhe um olhar longo e inquisidor, carregado de misteriosa intensidade. Aquilo afetou o sr. Satterthwaite de um modo muito estranho.

Ele se surpreendeu desejando boa noite à anfitriã, um tanto perturbado.

– Com certeza espero que *seja* um Ano-Novo feliz – dizia lady Laura. – Mas a situação política me parece tomada de profunda incerteza.

– Estou certo disso – disse um sr. Satterthwaite convicto. – Estou certo disso.

– Só espero – continuou ela, sem nada mudar no tom – que seja um homem moreno o primeiro a cruzar a soleira da porta. Suponho que conheça a superstição, sr. Satterthwaite. Não? Fico surpresa. Para trazer sorte à casa, deve ser um homem moreno o primeiro a transpor a porta no dia de Ano-Novo. Santo Deus, espero não encontrar nada de *muito* desagradável na minha cama. Nunca confio em crianças. São sempre tão cheias de imaginação.

Meneando a cabeça com um triste pressentimento, lady Laura subiu majestosamente pela escadaria.

Com a saída das mulheres, as cadeiras foram puxadas para mais perto da lenha que ardia na grande lareira aberta.

– Digam quando bastar – disse Evesham, num gesto hospitaleiro, segurando a garrafa de uísque.

Quando todos tinham dito o quanto bastava, a conversa tomou o rumo do assunto antes evitado.

– Conheceu Derek Capel, não, sr. Satterthwaite? – perguntou Conway.

– Superficialmente... sim.

– E você, Portal?

– Não, nunca o vi.

Portal disse aquilo sendo tão enfático e defensivo que o sr. Satterthwaite olhou-o, surpreso.

– Sempre detesto quando Laura toca no assunto – disse Eveshaw sem pressa. – Sabe, depois da tragédia, este lugar foi vendido a um grande industrial. Ele se mudou depois de um ano... não ficara satisfeito ou algo parecido. Muita bobagem foi dita sobre o lugar, como sendo assombrado, é claro, coisa que deixou a casa mal-afamada. Depois, quando Laura fez com que eu me candidatasse por West Kidleby, claro que isso significou ter de morar por estes lados, e não foi muito fácil achar uma residência adequada. Royston estava caindo de preço e... bem, acabei por comprá-la. Fantasmas são pura tolice, mas convenhamos que ninguém gosta de ser lembrado de que está morando na casa onde um de seus amigos se suicidou com um tiro. Coitado do velho Derek... jamais saberemos por que fez aquilo.

– Ele não será o primeiro nem o último sujeito que se matou sem conseguir dar uma razão para o ato – disse Alex Portal em tom grave.

Levantou-se e serviu-se de outro drinque, entornando o uísque sem cerimônia.

"Tem algo de muito errado com ele", pensou o sr. Satterthwaite. "Muito errado mesmo. Gostaria de saber o quê."

– Deus do céu! – disse Conway. – Ouçam o vento. É uma noite tempestuosa.

– Noite boa para os fantasmas passearem – disse Portal sem conter a gargalhada. – Todos os demônios do inferno estão soltos esta noite.

– Segundo lady Laura, até mesmo o mais negro deles nos traria sorte – observou Conway, rindo. – Atentem para isso!

O vento soprou outra terrível rajada e, conforme ela se dissipava, ouviram-se três pancadas fortes na grande porta de entrada.

Todos estremeceram.

– Quem, em sã consciência, poderia ser a essa hora da noite? – gritou Evesham.

Entreolharam-se.

– Vou abrir a porta – disse ele. – Os criados já foram dormir.

Evesham caminhou a passos largos em direção à porta, atrapalhou-se um pouco com as trancas pesadas e, finalmente, abriu-a de uma vez. Uma rajada de vento gelado varreu o salão.

Emoldurada pelo contorno da porta, via-se a silhueta de um homem alto e magro. Para o sr. Satterthwaite, que o observava, por algum curioso efeito do vitral acima da porta, o homem parecia envolto em todas as cores do arco-íris. Então, conforme se adiantou, mostrou-se uma figura esguia e morena, em trajes próprios para uma viagem de automóvel.

– Tenho de me desculpar, de verdade, pela intrusão – disse o estranho, num tom de voz afável. – Mas meu carro enguiçou. Não é nada grave, e meu motorista está dando um jeito nele, mas vai levar uma hora e meia, mais ou menos, e faz um frio medonho lá fora...

Ele interrompeu a fala, e Evesham rapidamente aproveitou a deixa.

– Imagino. Entre e beba algo. Será que não poderíamos oferecer-lhe algum tipo de ajuda com o carro?

– Não, obrigado. Meu motorista sabe o que deve ser feito. Por sinal, meu nome é Quin... Harley Quin.

– Sente-se, sr. Quin – disse Evesham. – Sir Richard Conway, sr. Satterthwaite... Meu nome é Evesham.

O sr. Quin correspondeu às apresentações e deixou-se cair na cadeira que Evesham tinha puxado para a frente, num gesto de hospitalidade. Ao sentar-se, o efeito das labaredas jogou uma faixa de sombra sobre o rosto dele, causando a impressão de uma máscara.

Evesham jogou um pouco mais de lenha na lareira.
– Alguma bebida?
– Obrigado.
Evesham levou-a e, ao fazê-lo, perguntou:
– Então, conhece bem essa parte do mundo, sr. Quin?
– Estive por aqui há alguns anos.

— É mesmo?

— Sim. Naquela época esta casa pertencia a um homem chamado Capel.

— Ah! Sim – disse Evesham. – Pobre Derek Capel. Era seu conhecido?

— Sim, eu o conhecia.

Os modos de Evesham mudaram ligeiramente, uma alteração quase imperceptível para alguém que não tivesse estudado o caráter inglês. Antes, havia neles certa reserva, que agora, era posta de lado. O sr. Quin conhecera Derek Capel. Era amigo do amigo e, como tal, merecedor de todo aval e toda confiança.

— Um caso espantoso, aquele – disse, em tom de confidência. – Estávamos aqui falando justamente sobre ele. Posso lhe afirmar que comprei esta propriedade a contragosto. Se tivesse qualquer outra que me agradasse, mas não havia, sabe. Eu estava na casa na noite em que ele se matou... e Conway também, e dou minha palavra de que sempre esperei ver o fantasma dele por aqui.

— Algo realmente inexplicável – disse o sr. Quin, devagar e incisivamente, pausando com o ar de um ator que acabou de pronunciar uma fala importante.

— É de fato inexplicável – interveio Conway. – A coisa é um mistério insolúvel... e sempre será.

— Tenho minhas dúvidas – disse o sr. Quin, com reserva. – Sim, sir Richard, o senhor ia dizendo?

— Espantoso: é o que foi. Era um homem na flor da idade, alegre, de bem com a vida, sem uma preocupação sequer neste mundo. Com cinco ou seis amigos fazendo-lhe companhia. Durante o jantar, no auge da vitalidade, cheio de planos para o futuro. E, da mesa de jantar, ele sobe direto para o quarto, pega o revólver numa gaveta e atira contra si mesmo. Por quê? Ninguém nunca soube. Ninguém jamais saberá.

– Não é uma afirmativa um tanto radical, sir Richard? – perguntou o sr. Quin, sorrindo.

Conway olhou para ele.

– O que quer dizer? Não compreendo.

– Um problema não é necessariamente insolúvel porque ficou por resolver.

– Ora, convenhamos, meu caro, se nada veio à tona naquela época, não é bastante improvável que venha agora... dez anos depois?

O sr. Quin acenou a cabeça negativamente.

– Discordo do senhor. As evidências históricas contradizem sua opinião. O historiador contemporâneo nunca escreve a verdadeira história como aquele de uma geração posterior. É uma questão de se chegar à real perspectiva, de enxergar as coisas na devida proporção. Se preferir chamá-la assim, como tudo o mais, é uma questão de relatividade.

Alex Portal inclinou-se para frente, a face dolorosamente contraída.

– Tem razão, sr. Quin – exclamou ele –, o senhor tem razão. O tempo não elimina uma questão... apenas trata de reapresentá-la com uma roupagem diferente.

Evesham sorria, de forma tolerante.

– Então, sr. Quin, o senhor quer dizer que se tivéssemos de instaurar um tribunal de inquérito esta noite, sobre as circunstâncias da morte de Derek Capel, teríamos a mesma probabilidade de chegar à verdade que tivemos naquela época?

– *Mais* probabilidades, sr. Evesham. As reações pessoais já estariam descartadas, e os fatos seriam rememorados como tal, sem que procurássemos dar a eles uma interpretação pessoal.

Evesham franziu a testa, com ares de desconfiança.

– É preciso haver um ponto de partida, é claro – disse o sr. Quin, com voz calma e equilibrada. – Um ponto de partida costuma ser uma teoria. Um dos presentes deve ter alguma, tenho certeza. O que tem a dizer, sir Richard?

Conway franziu a testa, pensativo.

– Bem, naturalmente – disse ele em tom de desculpa – nós pensamos... naturalmente todos nós pensamos... que devia haver uma mulher envolvida nisso tudo. Em geral é isso ou é dinheiro, não? E certamente não foi por dinheiro. Não havia problema algum do gênero. Então... o que mais poderia ter sido?

O sr. Satterthwaite estremeceu. Inclinara-se para frente a fim de fazer uma observação pessoal e, ao fazê-la, avistou uma silhueta de mulher, abaixada atrás da balaustrada do corredor logo cima. Ela estava encolhida, bem encostada na balaustrada, invisível para todos exceto para ele, do lugar onde estava sentado. E, evidentemente, ela ouvia com a máxima atenção o que estava acontecendo lá embaixo. Tão imóvel ela estava que ele mal podia acreditar no que seus olhos testemunhavam.

Entretanto, Satterthwaite reconheceu o tecido do vestido com muita facilidade – era de brocado. Tratava-se de Eleanor Portal.

E, de repente, todos os acontecimentos da noite pareciam se encaixar. A chegada do sr. Quin não fora mera casualidade, mas, sim, o surgimento de um ator ao ouvir a sua deixa. Um drama estava sendo representado no salão principal de Royston naquela noite – um drama que nada perdera em realismo com a morte de um de seus atores. Oh, sim! Derek Capel tinha um papel na peça. O sr. Satterthwaite tinha certeza disso.

E, de novo, repentinamente, uma nova intuição lhe ocorreu. Aquilo era obra do sr. Quin. Era ele quem encenava a peça – distribuindo aos atores as suas deixas. Estava na essência do mistério, puxando os cordões, comandando as marionetes. Ele sabia de tudo, até mesmo da presença da mulher agachada contra a balaustrada de madeira, no andar de cima. Sim, ele sabia.

Sentado, bem recostado na poltrona, e seguro de seu papel de espectador, o sr. Satterthwaite assistia ao drama que se desenrolava diante dos seus olhos. Tranquila e naturalmente, o sr. Quin puxava os cordões, movimentando os bonecos.

– Uma mulher... sim – murmurou ele, pensativamente. – Nenhuma mulher foi mencionada naquele jantar?

– Ora, claro – gritou Evesham. – Ele anunciou seu noivado. Foi isso o que fez tudo parecer absolutamente insano. Ele estava muito animado com o fato, mas que ainda não era para ser anunciado, mas nos deu uma pista, dizendo que já estava com o pé no altar.

– Claro que todos nós adivinhamos quem era a moça – disse Conway. – Marjorie Dilke. Ótima moça.

Parecia ser a vez do sr. Quin falar, mas ele não o fez, e algo em torno de seu silêncio era estranhamente provocativo. Era como se contestasse a última afirmação. Aquilo teve o efeito de colocar Conway na defensiva.

– Quem mais poderia ter sido? Hein, Evesham?

– Não sei – disse Tom Evesham, lentamente. – O que foi que ele disse naquela hora? Algo a ver com já estar com o pé no altar, mas ele não podia revelar o nome da moça até que tivesse a permissão dela. Não era para ser anunciado ainda. Lembro-me de ele ter dito que era um sujeito de tremenda sorte. Que queria que seus dois velhos amigos soubessem que, por aquela época no ano seguinte, ele seria um homem casado e feliz. É claro que presumimos que se tratasse de Marjorie. Eles eram grandes amigos, e ele andara saindo muito com ela.

– A única coisa... – começou Conway e parou.

– O que ia dizendo, Dick?

– Bem, seria estranho, de certa forma, que, se fosse Marjorie, o noivado não fosse logo anunciado, quero dizer, por que o segredo? Era como se fosse uma mulher casada... sabe, alguma viúva recente ou uma mulher que estivesse se divorciando.

– É verdade – afirmou Evesham. – Fosse esse o caso, evidentemente, o noivado não poderia ser anunciado de pronto. E, sabe, olhando para trás, não creio que ele estivesse se encontrando com Marjorie tanto assim. Isso tinha sido no ano anterior. Lembro-me de pensar que as coisas pareciam ter esfriado entre eles.

– Curioso – observou o sr. Quin.

– Sim; era quase como se alguém tivesse se colocado entre eles.

– Outra mulher – disse um Conway pensativo.

– Por Deus – disse Evesham. – Sabe, havia algo quase indecentemente hilariante no velho Derek naquela noite. Parecia quase bêbado de felicidade. E ainda assim... e nem consigo explicar direito o que quero dizer, mas ele parecia estranhamente desafiador também.

– Como um homem desafiando o Destino? – disse Alex Portal com gravidade.

Será que ele ali se referia a Derek Capel – ou era a si mesmo? Olhando para ele, o sr. Satterthwaite inclinou-se pela segunda impressão. Sim, aquilo era o que Alex Portal representava – um homem desfiando o Destino.

Sua imaginação, aguçada pela bebida, reagiu subitamente àquela parte da história que o fazia relembrar sua preocupação pessoal secreta.

O sr. Satterthwaite olhou para cima. Ela ainda estava lá. Espiando, escutando – ainda imóvel, congelada – como uma morta.

– Absolutamente certo – afirmou Conway. – Capel *estava* empolgado... de um jeito curioso. Eu o descreveria como um homem que teria apostado alto e vencido contra quase todos os piores prognósticos.

– Talvez arranjando coragem para aquilo que já decidira fazer? – sugeriu Portal.

E, como se movido por uma associação de ideias, levantou-se e serviu-se de mais uma dose.

– Nem pensar – disse Evesham abruptamente. – Chego a jurar que nada desse tipo se passava pela cabeça dele. Conway está certo. Um jogador que ganhou uma partida difícil e mal consegue acreditar na própria sorte. Essa era a sua atitude.

Conway fez um gesto de desânimo.

– E, mesmo assim – disse ele –, dez minutos depois...

Permaneciam sentados em silêncio. Evesham ergueu a mão e deu uma pancada forte na mesa.

– Alguma coisa aconteceu naqueles dez minutos – gritou. – Tem que ter acontecido. Mas, o quê? Vamos relembrar a ocasião com cuidado. Estávamos todos conversando. De repente, Capel se levantou e saiu do salão...

– Por quê? – indagou o sr. Quin.

A interrupção pareceu desconcertar Evesham.

– Como assim?

– Perguntei apenas: Por quê? – repetiu o sr. Quin.

Evesham franziu a testa, forçando a memória.

– Não pareceu algo relevante – naquele momento – Oh! Naturalmente... o correio. Não se recordam da campainha estridente e de como ficamos agitados? Estávamos debaixo de neve havia três dias, lembrem-se. A maior nevasca em muitos anos. Todas as estradas estavam intransitáveis. Nenhum jornal, nenhuma correspondência. Capel saiu para ver se algo finalmente conseguira passar e voltou com uma pilha de coisas. Eram jornais e cartas. Ele abriu o jornal para saber de alguma notícia e, em seguida, subiu com suas cartas. Três minutos depois, ouvimos um disparo... Inexplicável, absolutamente inexplicável.

– Não é inexplicável – disse Portal. – Naturalmente, o sujeito recebeu notícias inesperadas em alguma carta. Óbvio, eu diria.

– Oh! Não creio que tenhamos deixado passar algo tão óbvio. Foi uma das primeiras perguntas do investigador. *Mas Capel não chegou a abrir uma carta sequer.* A pilha toda ficou intacta sobre a penteadeira.

Portal parecia decepcionado.

– Tem certeza de que ele não abriu nenhuma delas? Talvez a tenha destruído depois de ler?

– Não, tenho convicção. É claro que essa teria sido a solução natural. Não, todas as cartas permaneceram fechadas. Nada foi queimado... nada foi rasgado. Não havia fogo no aposento.

Portal balançou a cabeça.

– Extraordinário.

– Foi algo absolutamente horripilante – disse Evesham, com voz baixa. – Conway e eu subimos quando ouvimos o tiro e o encontramos. Foi um choque tremendo, posso adiantar.

– Não havia nada a fazer a não ser ligar para a polícia, imagino? – comentou o sr. Quin.

– Ainda não havia telefone em Royston, nessa época. Instalei-o quando comprei a propriedade. Não, por sorte, um policial, por acaso, estava na cozinha naquele momento. Um dos cães... lembra-se do velho Rover, Conway? Perdera-se no dia anterior. Um carroceiro que passava o encontrara meio soterrado num monte de neve e o levara até a delegacia. Ali o reconheceram como sendo de Capel, um de seus cães preferidos. O policial o trouxera de volta e chegara um minuto antes do disparo. Isso nos poupou de alguns aborrecimentos.

– Santo Deus, que tempestade de neve – disse Conway, relembrando. – Foi nesta época do ano, não? Início de janeiro.

– Fevereiro, acho eu. Deixe-me ver. Viajamos para o exterior logo depois.

– Tenho certeza de que foi em janeiro. Meu caçador Ned... lembra-se de Ned? Que ficou aleijado no final de janeiro. Foi logo depois desse incidente.

– Deve ter sido bem no final de janeiro, então. Engraçado como é difícil recordar datas, passados alguns anos.

– Uma das coisas mais difíceis do mundo – disse o sr. Quin, afavelmente. – A menos que haja um marco, como no caso de um grande acontecimento público... o assassinato de uma cabeça coroada ou um julgamento importante por crime de morte.

– Ora, é claro – gritou Conway –, foi logo antes do caso Appleton.

– Logo depois, não foi?

– Não, não, não se recorda? Capel conhecia os Appleton. Hospedara-se com o velho senhor na primavera anterior... exatamente uma semana antes de Capel morrer. Certa noite, ele se referira ao velho... como era sovina e como deveria ser horrível para uma mulher jovem e bonita como a sra. Appleton estar presa a ele. Não havia qualquer suspeita, então, de que ela dera cabo dele.

– Por Deus, você está certo. Lembro-me de ter lido um parágrafo no jornal, noticiando sobre um pedido de exumação que fora concedido. Teria sido naquele dia mesmo. Lembro-me de que só metade de minha mente tomou conhecimento daquilo, porque a outra só imaginava o pobre Derek morto no andar de cima.

– Trata-se de um fenômeno curioso, mas bem comum – observou o sr. Quin. – Em momentos de grande tensão, a mente se concentra em algum ponto sem qualquer importância, que é relembrado muito tempo depois com total fidelidade, como se a tensão mental do momento o tivesse gravado para sempre. Pode ser um detalhe bem irrelevante, como a estampa de um papel de parede, mas jamais será esquecido.

– É realmente extraordinário ouvi-lo dizer isso, sr. Quin – disse Conway. – Enquanto o senhor falava, de repente, senti-me de volta ao quarto de Derek... com Derek ali, morto, estirado no chão... vi com a maior nitidez a grande árvore do lado de fora da janela, e a sombra projetada por ela na neve. Sim, a luz do luar, a neve e a sombra da árvore... posso ver toda a cena novamente neste instante. Por Deus, creio que poderia desenhá-la, e, ainda assim, nunca me ocorreu que a estivesse presenciando naquele momento.

– O quarto dele era aquele grande acima da varanda, não era? – perguntou o sr. Quin.

– Sim, e a árvore era a grande faia, bem no ângulo da passagem dos automóveis.

O sr. Quin assentiu com a cabeça, como se estivesse satisfeito. O sr. Satterthwaite mostrava-se curiosamente perturbado. Estava convencido de que havia uma intencionalidade em cada palavra, em cada inflexão na voz do sr. Quin. Ele estava maquinando algo – o quê, exatamente, o sr. Satterthwaite desconhecia, mas sabia muito bem de quem era a mão por trás de tudo.

Houve uma pausa momentânea, e, em seguida, Evesham retomou o assunto anterior.

– Aquele caso Appleton, lembro-me muito bem dele, agora. A sensação que causou. Ela foi absolvida, não foi? Linda mulher, muito bonita... extraordinariamente bonita.

Quase que contrariando a própria vontade, os olhos do sr. Satterthwaite buscaram a silhueta ajoelhada, lá em cima. Fora sua imaginação ou ele a vira encolher-se um pouco, como se tivesse sido golpeada? Teria visto uma mão deslizar para cima da toalha de mesa – e então parar?

Ouviu-se um ruído de vidro se espatifando. Alex Portal, ao servir-se de mais uísque, deixara a garrafa escorregar.

– Mil perdões. Não sei o que houve comigo.

Evesham abreviou-lhe as desculpas.

– Está tudo bem. Está tudo bem, caro amigo. Curioso... o quebrar do vidro me fez recordar. Foi o que ela fez, não foi? A sra. Appleton? Quebrou a garrafa de vinho do Porto?

– Sim. O velho Appleton tomava um cálice de Porto... só um... todas as noites. No dia seguinte ao de sua morte, um dos criados a vira pegar a garrafa e quebrá-la de um jeito determinado. Aquilo deu no que falar, claro. Todos eles sabiam que ela tinha sido profundamente infeliz com ele. Os rumores foram aumentando cada vez mais e, no final, meses mais tarde, um dos parentes do velho solicitou a exumação. E, sem sombra de dúvida, o velho tinha sido envenenado. Arsênico, não foi?

– Não. Estricnina, creio. Isso não importa muito. Bem, naturalmente, deu no que deu. Provavelmente apenas uma pessoa poderia ter feito aquilo. A sra. Appleton foi julgada. Ela foi inocentada muito mais por falta de evidências contra ela do que por alguma prova cabal de sua inocência. Em outras palavras, ela teve sorte. Sim, não creio haver dúvidas de que ela fez a coisa muito bem feita. O que aconteceu com ela depois?

– Foi para o Canadá, eu acho. Ou terá sido para a Austrália? Havia um tio dela ou algo parecido por lá que lhe oferecera moradia. A melhor coisa que ela poderia ter feito naquelas circunstâncias.

O sr. Satterthwaite estava fascinado, olhando para a mão direita de Alex Portal segurando o copo. Com que força o apertava!

"Vai esmagá-lo em um ou dois minutos, se não tomar cuidado", pensou o sr. Satterthwaite. "Meu Deus, como tudo isso é interessante."

Evesham levantou-se e serviu-se de uma dose de bebida.

– Bem, não estamos mais perto de saber por que o pobre Derek Capel se suicidou – observou. – O tribunal de inquérito não está tendo muito êxito, está, sr. Quin?

O sr. Quin riu...

Foi uma risada estranha, de galhofa – e, ainda assim, triste. Fez todo mundo se sobressaltar.

– Peço-lhe que me perdoe – disse ele. – Ainda está vivendo no passado, sr. Evesham. Ainda preso à sua ideia preconcebida. Mas eu, o homem que veio de fora, o estranho de passagem, vejo apenas os fatos!

– Fatos?

– O que quer dizer?

– Vejo uma sequência nítida de fatos, descrita pelos presentes, mas cujo significado não conseguem perceber. Recuemos dez anos no tempo e vamos examinar o que vemos... sem a interferência de ideias ou de sentimentos.

O sr. Quin se erguera. Parecia bem alto. A lareira crepitava tremulante atrás de si, e ele falou com voz baixa e convincente.

– Os senhores estão no jantar. Derek Capel anuncia o seu noivado. Acreditam que seja com Marjorie Dilke. Não estão tão certos disso agora. Ele se mostrava inquieto e empolgado como um homem que desafiou o Destino e teve sucesso; como aquele que, segundo o próprio relato dos senhores, aplicara um grande golpe, contrariando os piores prognósticos. Aí temos o soar da campainha. Ele sai para pegar a correspondência, já muito atrasada. Ele não abre suas cartas, mas os senhores mencionam que *ele abriu o jornal para dar uma olhada nas notícias*. Isso foi há dez anos – portanto não temos como saber as manchetes daquele dia – um terremoto em algum lugar distante, uma crise política iminente? A única coisa que realmente sabemos sobre o conteúdo do jornal é que havia nele um pequeno parágrafo, *um parágrafo declarando que o Ministério do Interior havia autorizado a exumação* do corpo do sr. Appleton três dias antes.

– O quê?

O sr. Quin prosseguiu.

– Derek Capel sobe para o seu quarto, e de lá ele vê algo pela janela. Sir Richard Conway havia dito que a cortina não estava fechada e, além disso, que a janela dava para a passagem de carros. O que ele viu? O que poderia ter visto que o forçara a acabar com a própria vida?

– O que quer dizer? O que ele viu?

– Acho – disse o sr. Quin – que ele viu um policial. Um policial que tinha vindo por causa de um cão. Mas Derek Capel não sabia disso... ele apenas viu... um policial.

Houve um longo silêncio – como se levasse algum tempo para que as inferências fossem concluídas.

– Meu Deus! – sussurrou Evesham afinal. – O senhor não pode querer dizer isto! Appleton? Mas ele não estava lá na ocasião em que Appleton morreu. O velho estava sozinho com a esposa...

– Mas ele poderia ter estado ali uma semana antes. A estricnina não é muito solúvel, a menos que esteja sob a forma de cloridrato. A maior parte dela, colocada no vinho do Porto, seria sorvida no último cálice, talvez uma semana depois que ele tivesse partido.

Portal deu um salto à frente. Com voz rouca e olhos injetados de sangue, gritou:

– Por que ela quebrou a garrafa? Expliquem-me. Por que ela quebrou a garrafa?

Pela primeira vez naquela noite, o sr. Quin se dirigiu ao sr. Satterthwaite.

– O senhor, que tem larga experiência de vida, sr. Satterthwaite, talvez tenha como nos explicar isso.

A voz do sr. Satterthwaite saiu um pouco trêmula. Sua deixa, afinal, tinha sido dada. Cabia a ele proferir uma das passagens mais importantes da peça. Agora, era um ator – não mais um espectador.

– No meu entender – murmurou com modéstia –, ela gostava de Derek Capel. Era, penso eu, uma mulher correta. E o havia rejeitado. Quando o marido... morreu, ela desconfiou da verdade. E, então, para proteger o homem que amava, tentou destruir as provas contra ele. Mais tarde, creio, ele a persuadiu de que suas suspeitas eram infundadas, e ela concordou em se casar com ele. No entanto, ainda assim, hesitou. As mulheres, imagino, têm um bocado de instinto.

O sr. Satterthwaite dissera sua fala.

De repente, um suspiro trêmulo e profundo espalhou-se pelo ar.

– Meu Deus! – gritou Evesham estremecendo. – O que foi isso?

O sr. Satterthwaite poderia ter-lhe contado que fora Eleanor Portal, no corredor de cima, mas seu acentuado senso artístico impedia-o de estragar um bom efeito.

O sr. Quin sorria.

– Meu automóvel já deve estar pronto agora. Grato pela hospitalidade, sr. Evesham. Fiz, espero, alguma coisa pelo meu amigo.

Todos o olharam, tomados de surpresa.

– Esse aspecto da questão não lhes ocorreu? Ele amava essa mulher, sabem disso. Amava-a o suficiente para cometer um assassinato por sua causa. Quando a punição pareceu-lhe iminente, conforme erradamente supôs, deu fim à própria vida. Sem querer, porém, deixou-a em maus lençóis.

– Ela foi absolvida – resmungou Evesham.

– Só porque a acusação contra ela não pôde ser provada. Imagino... e pode ser apenas imaginação minha... que ela ainda esteja... em maus lençóis.

Portal afundara-se numa poltrona, com a cabeça entre as mãos.

Quin voltou-se para o sr. Satterthwaite.

– Adeus, sr. Satterthwaite. O sr. se interessa por drama, não é mesmo?

O sr. Satterthwaite assentiu com a cabeça – surpreso.

– Recomendo-lhe que considere a Arlequinada. Anda em decadência hoje em dia, mas merece atenção, posso lhe garantir. Seu simbolismo é um tanto difícil de entender... mas os imortais são sempre imortais, como sabe. Desejo uma boa noite a todos.

Viram-no sair, penetrando na escuridão. Como antes, produziu-se o efeito colorido do vitral...

O sr. Satterthwaite dirigiu-se ao andar de cima. Fora fechar a janela, porque estava frio. O vulto do sr. Quin descia pela passagem dos carros e, de uma porta lateral, saiu uma mulher, correndo. Falaram-se por alguns instantes, e em seguida ela refez o caminho de volta para casa. Passou bem embaixo da janela, e o sr. Satterthwaite ficou novamente impressionado com o viço do rosto dela. Eleanor movia-se agora como uma mulher mergulhada em um sonho feliz.

– Eleanor!

Alex Portal juntou-se a ela.

– Eleanor, perdoe-me – perdoe-me. – Você me disse a verdade, mas que Deus me perdoe... não acreditei inteiramente...

O sr. Satterthwaite interessava-se intensamente pela vida dos outros, mas também era um cavalheiro. Sentiu-se na obrigação de fechar a janela e assim o fez.

Mas fechou-a bem devagar.

Ouviu a voz dela, delicada e indescritível.

– Eu sei... eu sei. Você esteve no inferno. Assim como eu, em certo momento. Amando... mas dividida, sem saber se acreditava ou suspeitava... afastando as dúvidas, para vê-las ressurgir novamente, à espreita... Eu sei, Alex, eu sei... Mas existe um inferno pior do que esse; foi aquele que eu vivi com você. Pude ver a sua dúvida... seu medo de mim... envenenando o nosso amor. Aquele homem... aquele visitante inesperado me salvou. Eu não estava suportando mais, você compreende. Esta noite... esta noite eu ia me matar... Alex... Alex...

Capítulo 2

A sombra na vidraça

I

— Ouça isto – disse lady Cynthia Drage.

E leu em voz volta algo do jornal que tinha nas mãos.

— Esta semana, o sr. e a sra. Unkerton acolhem um grupo de hóspedes em Greenways House. Entre os convidados estão lady Cynthia Drage, o sr. e a sra. Richard Scott, o major Porter, a sra. Staverton, o capitão Allenson e o sr. Satterthwaite.

— É muito bom – observou lady Cynthia deixando o jornal de lado – sabermos no que estamos metidos. Mas eles *realmente* misturaram tudo!

Seu interlocutor, aquele mesmo sr. Satterthwaite cujo nome figurava no final da lista de convidados, olhou-a, indagativo. Sabia-se que, se o sr. Satterthwaite fosse encontrado em casa de novos ricos, era sinal de que a comida era excepcionalmente boa ou de que algum drama da vida humana estava para acontecer ali. Era anormal o interesse dele pelas comédias e pelas tragédias dos colegas do gênero humano.

Lady Cynthia, mulher de meia-idade, com uma fisionomia dura e excesso de maquiagem, deu-lhe leves cutucões com a última novidade em termos de sombrinha, que trazia displicentemente pousada sobre os joelhos.

— Não finja que não está me entendendo. Entende perfeitamente. E mais, acredito que esteja aqui de propósito para ver o circo pegar fogo!

O sr. Satterthwaite protestou veementemente. Não sabia do que ela estava falando.

– Estou me referindo a Richard Scott. Vai fingir que nunca ouviu falar dele?

– Não, claro que não. É aquele grande caçador, não?

– Ele mesmo: "Grandes, enormes ursos e tigres etc.", como diz a canção. Claro, ele mesmo é caça graúda agora... os Unkerton estavam loucos para agarrá-lo... *e* sua noiva! Uma mocinha encantadora. Oh, deveras encantadora... mas tão ingênua, com apenas vinte anos, sabe, e ele, pelo menos uns quarenta e cinco.

– A sra. Scott parece muito encantadora – disse o sr. Satterthwaite com serenidade.

– Sim, pobrezinha.

– Pobrezinha, por quê?

Lady Cynthia dirigiu-lhe um olhar de reprovação e prosseguiu, abordando o assunto à sua moda.

– Porter é gente boa... mesmo sendo um tanto rude... outro daqueles sujeitos que caçam na África, queimado de sol e muito calado. Sempre ficou em segundo plano em relação a Richard Scott, mas eles são amigos de longa data, esse tipo de coisa. Quando penso sobre isso, creio que estavam juntos naquela viagem...

– Que viagem?

– *Aquela* viagem. A viagem da sra. Staverton. Agora você vai dizer que nunca ouviu falar da sra. Staverton?

– Eu *ouvi* falar da sra. Staverton – confirmou o sr. Satterthwaite, meio de má vontade.

Ele e lady Cynthia se entreolharam.

– Isto é bem típico dos Unkerton – lamentou ela. – Não têm salvação... socialmente, quero dizer. Que ideia, a de chamar os dois ao mesmo tempo! É claro que devem ter ouvido falar que a sra. Staverton era uma esportista e viajante e tudo o mais, e sobre o livro dela. Gente como os Unkerton não faz a menor ideia das armadilhas que há pelo caminho! Eu os estive orientando pessoalmente ao longo de todo o ano passado, e ninguém é capaz de imaginar o que vivi. É preciso estar sempre vigilante com eles: "Não faça isso! Não pode fazer aquilo!". Graças a Deus, já parei com isso. Não que tenhamos brigado... oh, não! Não brigo nunca, mas alguma outra pessoa pode assumir a tarefa. Conforme sempre digo, suporto a vulgaridade, mas não tolero a maldade!

Depois da declaração um tanto enigmática, lady Cynthia ficou em silêncio por um momento, ruminando a maldade dos Unkerton, conforme tivera ocasião de constatar.

– Se eu ainda estivesse na tutela deles – prosseguiu –, teria dito com muita firmeza e determinação: "Vocês não podem convidar a sra. Staverton juntamente com os Richard Scott. Ela e ele já foram".

Ela estancou de forma eloquente.

– Mas, será que foram mesmo? – perguntou o sr. Satterthwaite.

– Ora, meu querido! É do conhecimento de todos. Aquela viagem para o interior! Surpreende-me ela ter tido coragem para aceitar o convite.

– Talvez não soubesse que os outros viriam – sugeriu o sr. Satterthwaite.

– Talvez soubesse. É bem mais provável.

– Acha mesmo...?

– Ela é o que eu chamo de mulher perigosa – o tipo de mulher capaz de qualquer coisa. Eu não gostaria de estar na pele de Richard Scott neste fim de semana.

– E acha que a esposa dele não sabe de nada?

– Tenho certeza que não. Mas, suponho que, mais dia menos dia, alguém muito amigo esclareça o assunto. Eis Jimmy Allenson. Um ótimo rapaz. Salvou minha vida no Egito, no inverno passado... sabe, eu estava tão entediada. Olá, Jimmy, venha aqui imediatamente.

O capitão Allenson obedeceu, ocupando o espaço na relva, a seu lado. Era um belo jovem de seus trinta anos, dentes muito brancos e um sorriso contagiante.

– Fico feliz que alguém me queira – observou ele. – Os Scott estão como dois pombinhos, ou seja eu sobrei, os Porter estão devorando a revista *Field*, e estou correndo um risco mortal de ser entretido pela minha anfitriã.

Ele riu. Lady Cynthia riu também. O sr. Satterthwaite, de certa forma um tanto antiquado, tão antiquado que raramente fazia troça dos anfitriões antes de sair da casa deles, permaneceu sério.

– Pobre Jimmy – disse lady Cynthia.

– A única saída era fugir depressa. Por pouco não escapo de ouvir a história do fantasma da família.

– Um fantasma Unkerton – disse lady Cynthia. – Que coisa divertida.

– Não um fantasma Unkerton – atalhou o sr. Satterthwaite. – Um fantasma Greenways. Eles o compraram com a casa.

– Claro – disse lady Cynthia –, lembro-me agora. Mas ele não arrasta correntes, não é? É só algo que tem a ver com uma janela.

Jimmy Allenson olhou-os rapidamente.

– Uma janela?

Entretanto, por um momento o sr. Satterthwaite não respondeu. Ele observava por sobre a cabeça de Jimmy, três figuras que se aproximavam, vindo da direção da casa – uma moça esbelta entre dois homens. Havia uma ligeira semelhança entre os dois homens, ambos altos e de rosto bronzeado, olhos vivos, mas, vistos mais de perto, a semelhança desaparecia. Richard Scott, caçador e explorador, era um homem de personalidade extraordinariamente marcante. Seu jeito de ser irradiava magnetismo. John Porter, seu amigo e companheiro de caçadas, era um homem mais convencional, uma fisionomia impassível, meio dura, e olhos cinzentos muito pensativos. Era um homem pacífico, satisfeito em estar sempre em segundo plano em relação ao amigo.

Entre os dois, ia Moira Scott que, até três meses antes, fora Moira O'Connell. Uma figura esguia, de olhos castanhos grandes e atentos e um cabelo louro avermelhado que lhe emoldurava o rosto pequeno como a auréola de um santo.

"Esta menina não pode ser magoada", pensou o sr. Satterthwaite. "Seria algo abominável uma menina como esta ser magoada."

Lady Cynthia cumprimentou os recém-chegados, acenando com a sombrinha da última moda.

– Sentem-se e não interrompam – disse ela. – O sr. Satterthwaite está nos contando uma história de fantasmas.

– Adoro histórias de fantasmas – disse Moira Scott, sentando-se na grama.

– O fantasma de Greenways House? – perguntou Richard Scott.

– Sim. Sabe alguma coisa a respeito?

Scott assentiu com a cabeça.

– Eu costumava ficar aqui antigamente – explicou. – Antes de os Elliot precisarem se desfazer de seus bens.

– O Cavaleiro Vigilante – disse sua mulher, baixinho. – Gosto disso. Parece interessante. Por favor, continue.

O sr. Satterthwaite, porém, parecia meio relutante. Garantiu a ela que a história não tinha nada de interessante, na verdade.

– Agora conseguiu, Satterthwaite – disse Richard Scott mordazmente. – Sua leve relutância só serve para aguçar as atenções.

Em resposta ao clamor popular, o sr. Satterthwaite viu-se forçado a falar.

– É na verdade bem desinteressante – disse em tom de desculpa. – Acredito que a história original gire em torno de um ancestral da família Elliot que era Cavaleiro. Sua mulher tinha um amante que era um *roundhead*.* O marido foi morto pelo amante em um quarto do andar de cima, e o casal criminoso fugiu, mas ao fazê-lo, eles olharam para trás em direção à casa e viram o rosto do marido morto na janela, observando-os. Essa é a lenda, mas a história de fantasma só diz respeito a uma vidraça da janela desse quarto em particular. Há ali uma mancha irregular, quase imperceptível de perto, mas que, à distância, certamente produz o efeito do rosto de um homem olhando para fora.

– Qual é a janela? – perguntou a sra. Scott, erguendo o olhar para a casa.

– Não tem como enxergá-la daqui – disse o sr. Satterthwaite. – Fica do outro lado, mas foi lacrada com tábuas pelo lado de dentro há alguns anos... quarenta anos, eu acho, para ser preciso.

– Por que fizeram isso? Pensei que tivesse dito que o fantasma não se movia.

– De fato – o sr. Satterthwaite garantiu. – Suponho... bem, suponho que se criou uma superstição em torno dele, apenas isso.

Em seguida, com a habilidade necessária, ele conseguiu mudar o rumo da conversa. Jimmy Allenson

---

* Assim eram chamados os membros da oposição ao reinado de Carlos I (1625-1649), por sua recusa em usar perucas brancas cacheadas. (N.E.)

estava totalmente disposto a fazer uma preleção sobre os adivinhos egípcios que leem a sorte na areia.

– Impostores, a maioria deles. Prontos apenas para dizer-lhe coisas vagas sobre o passado, sem, porém, se comprometer em relação ao futuro.

– A meu ver, parece que costumava ser justamente o contrário – observou John Porter.

– É ilegal prever o futuro neste país, não é? – perguntou Richard Scott. – Moira persuadiu uma cigana a ler sua sorte, mas a mulher lhe devolveu a moeda, dizendo que nada adiantaria, fossem ações ou palavras.

– Talvez ela tenha visto algo tão assustador que preferiu não me contar – disse Moira.

– Não se aflija, sra. Scott – disse Allenson jovialmente. – Recuso-me a acreditar que um destino sombrio a ameace.

"Tenho minhas dúvidas", pensou o sr. Satterthwaite com seus botões. "Tenho minhas dúvidas."

Em seguida, ele olhou para cima de repente. Duas mulheres vinham da casa, uma delas baixa e corpulenta, de cabelos pretos, inadequadamente trajada num verde jade, e uma figura alta e magra usando um tom creme. A primeira mulher era a anfitriã, a sra. Unkerton, a segunda, uma mulher de quem já ouvira falar muitas vezes, mas que nunca conhecera.

– Esta é a sra. Staverton – anunciou a sra. Unkerton, em tom de grande satisfação. – Todos aqui são amigos, creio eu.

– Essa gente tem um dom todo especial para dizer justamente as piores coisas possíveis – murmurou lady Cynthia, mas o sr. Satterthwaite não estava ouvindo. Ele observava a sra. Staverton.

Muito à vontade – muito natural. Aquele seu despreocupado: "Olá, Richard! Faz séculos desde a última vez que nos vimos. Perdoe-me por não ter ido ao casamento. Esta é a sua esposa? Você deve estar cansada de conhecer todas as velhas amizades do seu marido, castigadas pelo tempo".

A reação de Moira foi adequada, embora um tanto tímida. O olhar da mulher mais velha, em rápida avaliação, prosseguiu imperturbável até outro velho amigo.

– Olá, John!

O mesmo tom displicente, mas agora com uma sutil diferença – era caloroso, qualidade que lhe faltara antes.

E, então, aquele sorriso repentino. Um sorriso que a transfigurou. Lady Cynthia estava coberta de razão. Uma mulher perigosa! Muito loura – olhos azul-escuros – não da cor tradicional da mulher fatal – um semblante quase selvagem, em repouso. Uma mulher de voz lenta e arrastada e um inesperado sorriso fascinante.

Iris Staverton sentou-se. Natural e inevitavelmente, tornou-se o centro do grupo. O sentimento era que seria sempre assim.

O sr. Satterthwaite foi despertado de seus pensamentos pelo major Porter sugerindo-lhe uma caminhada. O sr. Satterthwaite que, como regra geral, não era muito afeito a caminhadas, concordou. Juntos, os dois homens se afastaram, cruzando o gramado.

– História muito interessante essa sua, que acaba de contar – disse o major.

– Vou lhe mostrar a janela – disse o sr. Satterthwaite.

Ele seguiu pelo caminho que levava até a parte oeste da casa. Ali havia um pequeno jardim simétrico – o Jardim Secreto, como sempre fora chamado, e com certa razão. Era cercado por sebes altas de azevinho, e até mesmo a entrada dele era em zigue-zague por entre as altas sebes espinhosas.

Uma vez dentro do jardim, tudo era encantador com um quê de antigo nos canteiros de flores simétricos, com passagens pavimentadas e um banco baixo de pedra, sofisticadamente esculpido. Quando tinham chegado ao centro do jardim, o sr. Satterthwaite virou-se e apontou para a casa. No sentido do comprimento, Greenways House estendia-se do norte para o sul. Naquela parede estreita a oeste havia apenas uma janela, uma janela no primeiro andar, quase que totalmente coberta de hera, com vidraças encardidas, e que se podia ver que estava fechada com madeira pelo lado de dentro.

– Ei-la – disse o sr. Satterthwaite.

Esticando um pouco o pescoço, Porter olhou para cima.

– O que posso ver é um tipo de descoloração em uma das vidraças, nada mais.

– Estamos muito próximos – disse o sr. Satterthwaite. Há uma clareira na parte mais elevada do bosque de onde se tem uma boa visão.

Ele seguiu pela saída do Jardim Secreto e, virando bruscamente à esquerda, penetrou no bosque. Tomado de certo entusiasmo pela exibição pessoal, ele mal notou que o homem a seu lado estava alheio e desatento.

– Evidentemente, eles tiveram de abrir outra janela, quando lacraram essa – explicou ele. – A nova é de frente para o sul, por sobre o gramado onde estávamos sentados agora há pouco. Imagino que os Scott estejam ocupando o quarto em questão. Foi por isso que não quis continuar com o assunto. A sra. Scott poderia ficar nervosa ao se dar conta de que estava dormindo naquele que se poderia chamar de quarto mal-assombrado.

– Sim, entendo – disse Porter.

O sr. Satterthwaite fitou-o abruptamente e deu-se conta de que o outro não tinha ouvido uma só palavra do que ele estava dizendo.

– Muito interessante – disse Porter. Ele bateu com a bengala em uma touceira alta de *digitalis* e, franzindo o cenho, disse:

– Ela não deveria ter vindo. Nunca deveria ter vindo.

As pessoas costumavam falar dessa maneira com o sr. Satterthwaite. Ele parecia se importar tão pouco, parecia ter como que uma personalidade negativa. Era meramente um esplêndido ouvinte.

– Não – disse Porter –, ela jamais deveria ter vindo.

O sr. Satterthwaite percebeu instintivamente que não era sobre a sra. Scott que ele falava.

– Acha que não? – perguntou.

Porter balançou a cabeça, como alguém esperando pelo pior.

– Eu estava naquela viagem – disse num repente. – Nós três fomos. Scott, eu e Iris. Ela é uma mulher maravilhosa... e atira extraordinariamente bem. – Ele fez uma pausa. – O que os fez convidá-la? – concluiu também de forma abrupta.

O sr. Satterthwaite deu de ombros.

– Ignorância – disse ele.

– Vai haver problema – disse o outro. – Temos de ficar de sobreaviso... e fazer o que pudermos.

– Mas claro que a sra. Staverton...

– Estou falando de Scott – ele fez uma pausa. – Há a sra. Scott a considerar.

O sr. Satterthwaite a estivera considerando o tempo todo, porém não achava necessário dizê-lo, uma vez que o outro homem a havia esquecido de forma tão absolutamente até o presente minuto.

– Como foi que Scott conheceu a esposa? – ele perguntou.

– No inverno passado, no Cairo. Foi coisa rápida. Ficaram noivos em três semanas e se casaram em seis.

– Ela parece encantadora.

– Sem dúvida que é. E ele a adora... mas isso não vai fazer diferença. – E, de novo, Porter repetiu para si mesmo, usando o pronome que significava para ele uma única pessoa:

– Dane-se tudo isso! Ela não deveria ter vindo...

Bem nesse momento, eles saíram num outeiro gramado, a uma pequena distância da casa. Novamente com o orgulho daquele que se exibe, o sr. Satterthwaite esticou o braço.

– Veja – disse ele.

O crepúsculo caía rapidamente. A janela ainda podia ser toda avistada, e, aparentemente comprimido de encontro a uma das vidraças, via-se o rosto de um homem, com um chapéu emplumado de cavaleiro.

– Curioso – disse Porter. – De fato, muito curioso. O que acontecerá quando aquela vidraça quebrar algum dia?

O sr. Satterthwaite sorriu.

– Esta é uma das partes mais interessantes da história. Que eu saiba, com certeza aquela vidraça já foi substituída pelo menos onze vezes, talvez mais. A última foi há dez anos quando o então proprietário da casa determinou que se destruísse o mito. Mas é sempre a mesma coisa. *A mancha reaparece*... não de imediato, a descoloração se espalha gradualmente. Em geral, leva de um a dois meses.

Pela primeira vez, Porter manifestou sinais de verdadeiro interesse. Sentiu um súbito e rápido tremor.

– Essas coisas são muito estranhas. Inexplicáveis, mesmo. Qual a verdadeira razão para a janela fechada com tábuas?

– Bem, circulou uma ideia de que o quarto seria... agourento. Os Evesham o ocuparam pouco antes de se divorciarem. Depois, Stanley e sua mulher se hospedaram aqui e estavam usando aquele quarto quando ele fugiu com uma corista.

Porter ergueu as sobrancelhas.

– Entendo. Perigo, não de vida, mas em termos morais.

"E agora", pensou o sr. Satterthwaite, "é onde os Scott estão... Dá o que imaginar."

Os dois refizeram o caminho de volta até a casa em silêncio. Caminhando sobre a relva macia quase sem fazer ruído, cada um deles absorto nos próprios pensamentos, tornaram-se testemunhas involuntárias.

Estavam contornando o canto da sebe alta de azevinho quando ouviram claramente a voz irada de Iris Staverton, vinda das profundezas do Jardim Secreto.

– Você vai se arrepender... vai se arrepender... disso.

Em resposta, a voz de Scott soou baixa e vacilante de modo que as palavras não podiam ser ouvidas, e em seguida a voz da mulher elevou-se novamente, proferindo palavras de que eles haveriam de lembrar mais tarde.

– O ciúme... isso leva uma pessoa ao inferno... ele *é* o próprio inferno! Pode fazer uma pessoa cometer o pior dos crimes. Tenha cuidado, Richard, pelo amor de Deus, tenha cuidado!

E, em seguida, ela, que tinha saído do Jardim Secreto à frente deles, contornou a casa sem os ver, andando apressadamente, quase correndo, como uma mulher atormentada e perseguida.

O sr. Satterthwaite voltou a pensar nas palavras de lady Cynthia. Uma mulher perigosa. Pela primeira vez, ele teve uma premonição de tragédia, aproximando-se rápida e inexoravelmente, sem que nada a pudesse deter.

No entanto, naquela noite sentiu-se envergonhado pelos seus temores. Tudo parecia normal e agradável.

A sra. Staverton, com a habitual despreocupação, não expressava sinais de tensão. Moira Scott, com sua personalidade encantadora e sem qualquer afetação. As duas mulheres pareciam estar se dando muito bem. O próprio Richard Scott parecia estar no melhor dos ânimos.

A pessoa que mais aparentava preocupação era a robusta sra. Unkerton. Ela confiava plenamente no sr. Satterthwaite.

– Pode achar ou não que é bobagem, como preferir, mas tem algo que está me dando arrepios. E vou lhe dizer com toda a franqueza, mandei chamar o vidraceiro sem Ned saber.

– O vidraceiro?

– Para colocar um vidro novo naquela janela. Está tudo muito bem. Ned orgulha-se dele. Diz que confere uma atmosfera diferente à casa. Eu não gosto dela. Digo-lhe com toda a franqueza. Teremos uma vidraça simples, bonita e moderna, sem histórias desagradáveis por trás dela.

– Está esquecendo – disse o sr. Satterthwaite – ou talvez não saiba. A mancha volta.

– Que seja – retorquiu a sra. Unkerton. – Tudo o que posso afirmar é que, se voltar, é contra a natureza!

O sr. Satterthwaite ergueu as sobrancelhas, sem responder.

– E se a mancha voltar? – prosseguiu a sra. Unkerton, em tom de desafio. – Não estamos assim tão arruinados, eu e Ned, que não possamos comprar um vidro novo todo mês – ou toda semana, se for o caso.

O sr. Satterthwaite não aceitou o desafio. Ele já vira muita coisa estremecer e ruir ante o poder do dinheiro para acreditar que mesmo o fantasma de um cavaleiro pudesse resistir à luta. Entretanto, ele estava interessado no visível desconforto da sra. Unkerton. Nem mesmo ela estava imune à tensão reinante na atmosfera – era a única a atribuí-la a uma história de fantasmas inofensiva, e não ao choque de personalidades entre os seus convidados.

O sr. Satterthwaite estava destinado a escutar outro pedaço de conversa que jogou luz sobre a situação. Ele subia pela ampla escadaria para ir se deitar, e John Porter e a sra. Staverton estavam sentados juntos em um recanto do amplo salão. Ela falava com uma ligeira irritação na voz privilegiada.

– Eu não fazia a menor ideia de que os Scott estariam aqui. Devo dizer que, se eu soubesse, não teria vindo. Mas posso lhe assegurar, meu querido John, que, agora que estou aqui, não vou sair correndo...

O sr. Satterthwaite terminou de subir a escadaria, sem ser ouvido.

"Agora, fico imaginando... Até onde isso é verdade? Será que ela sabia? Fico imaginando... no que vai dar tudo isso?", pensou com seus botões.

Satterthwaite balançou a cabeça.

Ao clarear da manhã, sentiu que, talvez, tivesse sido um tanto melodramático em suas cogitações, na noite anterior. Um momento de tensão – sim, certamente – inevitável, naquelas circunstâncias – mas nada além daquilo. As pessoas se entendiam. Sua fantasia sobre alguma grande catástrofe iminente era nervosismo – puro nervosismo – ou possivelmente o fígado. Sim, era isso, o fígado. Dali a quinze dias, ele tinha uma consulta marcada em Carlsbad.

Tomou a iniciativa de propor uma pequena caminhada naquele cair de noite, justamente quando começava a escurecer. Ele sugeriu ao major Porter que subissem até à clareira e vissem se a sra. Unkerton havia cumprido a palavra e providenciado o novo vidro.

"Exercício, é o que eu preciso. Exercício", pensou Satterthwaite

Os dois homens caminharam lentamente pelo bosque. Porter, taciturno, como de costume.

– Não posso deixar de sentir – disse o sr. Satterthwaite um tanto loquaz – que fomos um pouco tolos em nossas cogitações de ontem. Ao antevermos... ahn... problemas, entende. Afinal, as pessoas têm de se comportar, controlar seus sentimentos, esse tipo de coisa.

– Talvez – disse Porter. E acrescentou, depois de um ou dois minutos: – Pessoas civilizadas.

– O que quer dizer?

– Gente que viveu longe da civilização por muito tempo às vezes retorna. Reverte. Ou como quiser chamá-lo.

Chegaram ao outeiro gramado. O sr. Satterthwaite respirava bem rapidamente. Nunca lhe agradara subir ladeiras.

Ele olhou em direção à janela. O rosto ainda estava lá, mais vívido do que nunca.

– Pelo que vejo, nossa anfitriã se arrependeu.

Porter lançou-lhe apenas um olhar superficial.

– O Unkerton deve tê-la impedido, espero – disse ele com indiferença. – Ele é o tipo de homem que está disposto a se orgulhar de outro fantasma na família e que não vai correr o risco de vê-lo desaparecer, já que pagou à vista por ele.

Calou-se por um ou dois minutos, fitando, não a casa, mas a vegetação rasteira espessa que os circundava.

– Já lhe ocorreu – disse ele – que a civilização é danada de perigosa?

– Perigosa? – uma observação revolucionária como aquela chocava demais o sr. Satterthwaite

– Sim. Não há válvulas de escape, percebe?

Ele se virou de repente, e eles desceram pelo caminho por onde tinham vindo.

– Estou realmente com dificuldade para entendê-lo – disse o sr. Satterthwaite, sapateando com passos curtos e ágeis para acompanhar as passadas do outro. – As pessoas sensatas...

Porter deu uma risada. Uma risada curta e desconcertante. Em seguida, olhou para o cavalheiro baixinho ao seu lado.

– O senhor acha que isso tudo é conversa fiada minha, sr. Satterthwaite? Mas existem pessoas, sabe, capazes de dizer quando uma tempestade está chegando. Elas podem pressenti-la no ar. E outras pessoas conseguem prever problemas. E há problemas vindo por aí agora, sr. Satterthwaite, problemas terríveis. Podem chegar a qualquer minuto. Podem...

Ele estancou, agarrando o braço do sr. Satterthwaite E naquele minuto tenso de silêncio – o barulho de dois disparos e depois deles um grito – um grito de mulher.

– Meu Deus! – gritou Porter. – Aconteceu.

Ele correu ladeira abaixo, com o sr. Satterthwaite ofegante, atrás dele. Em um minuto eles saíram no gramado, próximo à sebe do Jardim Secreto. Ao mesmo tempo, Richard Scott e o sr. Unkerton contornaram pelo lado oposto da casa. Pararam, um em frente ao outro, à direita e à esquerda do Jardim Secreto.

– Veio... veio daí de dentro – disse Unkerton – indicando vagamente com a mão.

– Precisamos ver – disse Porter. Adiantou-se até o local cercado. Ao rodear a última curva da sebe de azevinho, ficou paralisado.

O sr. Satterthwaite espiou por cima do ombro dele. Richard Scott soltou um grito lancinante.

Havia três pessoas no Jardim Secreto. Duas delas estavam caídas na grama perto do banco de pedra, um homem e uma mulher. A terceira era a sra. Staverton. Ela estava de pé, bem perto deles, junto da sebe de azevinho, olhando com o olhar esgazeado de pavor e segurando algo na mão direita.

– Iris – gritou Porter. – Iris. Pelo amor de Deus! O que é isso na sua mão?

Ela olhou para a mão – meio magnetizada, numa apatia inacreditável.

– É uma pistola – disse, um tanto tonta.

E então – depois do que pareceu um lapso de tempo interminável, mas que na verdade foram apenas alguns segundos, murmurou:

– Eu... a apanhei.

O sr. Satterthwaite tinha ido mais à frente, onde Unkerton e Scott estavam ajoelhados sobre a relva.

– Um médico – o último murmurava. – Precisamos de um médico.

Mas era tarde demais para qualquer médico. Jimmy Allenson que se queixara da inabilidade dos adivinhos da areia quanto ao futuro, e Moira Scott, a quem a cigana devolvera uma moeda, jaziam ali, na total e derradeira imobilidade.

Foi Richard Scott quem procedeu a um exame rápido. Os nervos de aço do homem surgiram na crise. Depois do primeiro grito de agonia, ele já se recuperara.

Deitou a mulher, de novo, suavemente.

– Foi alvejada por trás – disse secamente. – A bala atravessou-lhe o corpo.

Em seguida, cuidou de Jimmy Allenson. A ferida atingira o peito e a bala ficara alojada no corpo.

John Porter aproximou-se.

– Nada deve ser tocado – disse friamente. – A polícia precisa ver tudo como está agora.

– A polícia – disse Richard Scott.

Os olhos dele se inflamaram de repente ao fitarem a mulher de pé ao lado da sebe de azevinho. Deu um passo naquela direção, mas ao mesmo tempo John Porter também se adiantou, de modo a barrar sua passagem. Por um momento, era como se houvesse um duelo de olhares entre os dois amigos.

– Não, Richard – disse ele. – Não é o que parece... você está enganado.

Richard Scott falou com dificuldade, umedecendo os lábios ressecados.

– Então, por que... ela tem aquilo na mão?

E, de novo, Iris Staverton falou no mesmo tom sem vida:

– Eu a apanhei.

– A polícia – disse o sr. Satterthwaite, levantando-se. – Precisamos chamar a polícia. Imediatamente. Você pode telefonar, Scott? Alguém tem de ficar aqui... sim, é certo que alguém deve permanecer aqui.

Com seu jeito cavalheiresco, o sr. Satterthwaite se ofereceu para ficar. Seu anfitrião agradeceu o oferecimento com visível alívio.

– As senhoras – explicou ele. – Preciso dar a notícia às senhoras, lady Cynthia e minha querida esposa.

O sr. Satterthwaite ficou no Jardim Secreto, olhando para o corpo daquela que antes fora Moira Scott.

"Pobre criança", pensou. "Pobre criança."

Lembrou de um ditado relativo ao mal que os homens fazem vivendo como bem querem e entendem. E será que Richard Scott, de certa forma, não era responsável pela morte de sua inocente mulher? Iriam enforcar Iris Staverton, supunha, não que lhe agradasse pensar nisso, mas pelo menos parte da culpa não caberia ao sujeito? O mal que os homens fazem...

E a moça, a moça inocente, pagara.

Observou-a com uma pena profunda. O rosto miúdo, tão alvo e melancólico, nos lábios ainda um ar de sorriso. O cabelo dourado e ondulado, a orelha delicada. Havia uma mancha de sangue no lóbulo. Com a sensação de estar agindo como um detetive, o sr. Satterthwaite deduziu que ali houvera um brinco, arrancado na queda. Ele esticou o pescoço à frente. Sim, ele estava certo, na outra orelha havia um pingente de pérola.

Pobre moça, pobre moça.

II

– E agora, senhor – disse o inspetor Winkfield.

Estavam na biblioteca. O inspetor, homem com jeito arguto e eficaz, com cerca de quarenta anos, concluía suas investigações. Tinha interrogado a maioria dos convidados e, àquela altura, já chegara às suas conclusões quanto ao caso. Ele ouvia o que o major Porter e o sr. Satterthwaite tinham a dizer. O sr. Unkerton, sentado pesadamente em uma cadeira, fitava com olhos esbugalhados a parede do lado oposto.

– Pelo que entendi, cavalheiros – disse o inspetor –, os senhores tinham saído para caminhar. Estavam voltando para casa por um caminho que contorna, pelo lado esquerdo, aquilo que chamam de Jardim Secreto. Correto?

– Totalmente correto, inspetor.

– Ouviram dois tiros, e um grito de mulher?

– Sim.

– Em seguida, correram o mais rápido possível, e, saídos do bosque, rumaram para a entrada do Jardim

Secreto. Caso ninguém tivesse saído do jardim, isso só poderia ser feito por uma única entrada. A sebe de azevinho é intransponível. Se qualquer um precisasse sair correndo do jardim e virasse à direita, teria sido encontrado pelo sr. Unkerton e o sr. Scott. Caso tivesse virado à esquerda, não poderia tê-lo feito sem ser visto pelos senhores. Está correto?

– É isso mesmo – respondeu o major Porter. Seu rosto estava muito pálido.

– Parece que isso resolve o caso – disse o inspetor. – O sr. e a sra. Unkerton e lady Cynthia Drage estavam sentados no gramado, o sr. Scott encontrava-se na sala de bilhar, que dá para esse gramado. Às dezoito horas e dez minutos, a sra. Staverton saiu da casa, trocou uma ou duas palavras aos que estavam sentados ali e contornou a casa em direção ao Jardim Secreto. Dois minutos mais tarde, ouviram-se os tiros. O sr. Scott saiu correndo da casa e junto com o sr. Unkerton dispararam para o Jardim Secreto. Ao mesmo tempo, o senhor e o sr... ahn... Satterthwaite chegaram pelo lado contrário. A sra. Staverton estava no Jardim Secreto com uma pistola na mão, da qual dois tiros tinham sido dados. No meu entender, ela atirou na mulher primeiro, pelas costas, pois ela estava sentada no banco. Em seguida, o capitão Allenson ergueu-se de um salto em sua direção, e, ante a aproximação dele, ela o atingiu no peito. Parece-me que houve... bem... hmm... uma ligação anterior entre ela e o sr. Richard Scott...

– Trata-se de uma mentira deslavada – disse Porter.

Sua voz soou rouca e desafiadora. O inspetor ficou calado, limitando-se a balançar a cabeça.

– Qual é a versão dela? – perguntou o sr. Satterthwaite

– Ela afirma ter ido ao Jardim Secreto para ficar sossegada por alguns momentos. Justamente antes de contornar a última sebe, ela ouviu os tiros. Dobrando a curva, viu a pistola a seus pés e pegou-a. Ninguém passou por ela e não havia ninguém mais no jardim a não ser as duas vítimas.

O inspetor fez uma pausa eloquente.

– Isto é o que ela diz. E embora eu a advertisse, ela insistiu em declará-lo.

– Se ela falou isso – disse o major Porter, ainda com o rosto extremamente pálido –, ela estava dizendo a verdade. Conheço Iris Staverton.

– Bem, senhor – disse o inspetor –, haverá muito tempo para examinarmos tudo isso mais tarde. Por ora, tenho meu dever a cumprir.

Com um movimento brusco, Porter virou-se para o sr. Satterthwaite.

– E o senhor! Não pode ajudar? *O senhor* não tem como fazer alguma coisa?

O sr. Satterthwaite não pôde deixar de se sentir extremamente lisonjeado. Tinham recorrido a, ele, o mais insignificante dos homens, e por alguém como John Porter.

Ele estava prestes a dar uma resposta hesitante, quando o mordomo, Thompson, entrou com um cartão numa bandeja que ele apresentou ao amo, com um pigarro de desculpas. O sr. Unkerton ainda se encontrava aninhado na poltrona, alheio ao processo.

– Eu disse ao cavalheiro que provavelmente não poderia atendê-lo, senhor – disse Thompson. – Porém ele insistiu, dizendo que tinha marcado o encontro e que era urgentíssimo.

Unkerton pegou o cartão.

– Sr. Harley Quin – ele leu. – Lembro-me agora, ele ficou de vir me ver a propósito de um quadro. Eu marquei o encontro, mas do jeito que as coisas...

O sr. Satterthwaite, no entanto, ergueu-se num sobressalto.

– Sr. Harley Quin, foi o que disse? – gritou ele. – Que coisa extraordinária, muito extraordinária. Major Porter, o senhor perguntou se eu podia ajudar. Creio que sim. O sr. Quin é um amigo – ou melhor dizendo, um conhecido meu. É um homem verdadeiramente notável.

– É um desses detetives amadores, eu suponho – observou o inspetor, em tom de desprezo.

– Não – disse o sr. Satterthwaite. – Ele não é esse tipo de homem. Mas ele tem um poder... um poder quase mágico... de mostrar-lhe aquilo que já viu com os próprios olhos, de esclarecer o que ouviu com os próprios ouvidos. De qualquer maneira, vamos fazer uma síntese do caso para ele e ouvir o que tem a dizer.

O sr. Unkerton fitou o inspetor, que se limitou a fungar e olhar para o teto. Então, fez um pequeno sinal com a cabeça para Thompson, que saiu da sala e voltou conduzindo um estranho alto e esguio.

– Sr. Unkerton? – O estranho apertou-lhe a mão. – Desculpe-me pela intrusão num momento desses. Devemos deixar nossa pequena conversa sobre o quadro para outra hora. Ah! Meu amigo, sr. Satterthwaite. Ainda apreciador de dramas, como sempre?

Um leve sorriso brincou por um momento nos lábios do estranho enquanto proferia essas últimas palavras.

– Sr. Quin – disse o sr. Satterthwaite enfaticamente –, temos um drama aqui, estamos no centro de um drama, e eu e meu amigo, o major Porter, gostaríamos de saber a sua opinião a respeito.

O sr. Quin sentou-se. O abajur vermelho refletia uma faixa larga de luz colorida por sobre o xadrez de seu sobretudo e fazia uma sombra sobre o rosto, quase como se o estranho usasse uma máscara.

De forma sucinta, o sr. Satterthwaite descreveu os pontos principais da tragédia. E aí, fez uma pausa, aguardando, sem fôlego, as palavras do oráculo.

No entanto, o sr. Quin apenas meneou a cabeça.

– Uma história triste – disse ele. – Uma tragédia muito triste e chocante. A falta de um motivo a torna bastante intrigante.

Unkerton olhou para ele.

– O senhor não compreende – disse ele. – Ouviu-se a sra. Staverton ameaçar Richard Scott. Ela tinha um ciúme profundo da esposa dele. Ciúme...

– Concordo – disse o sr. Quin. – Ciúme ou possessão demoníaca. Dá no mesmo. Mas o senhor me compreendeu mal. Não estava me referindo ao assassinato da sra. Scott, mas ao do capitão Allenson.

– O senhor está correto – gritou Porter num pulo. – Há uma falha aí. Se Iris tivesse algum dia considerado atirar na sra. Scott, ela a teria pegado sozinha em algum lugar. Não, estamos na linha de raciocínio errada. E acho que consigo ver outra solução. Apenas aquelas três pessoas entraram no Jardim Secreto. Isto é indiscutível e não pretendo contestá-lo. Mas eu reconstituo a tragédia de uma forma diferente. Supondo que Jimmy Allenson tenha atirado primeiro na sra. Scott e depois nele mesmo. É possível, não é? Ele deixa escapar a pistola ao cair... a sra. Staverton a encontra no chão e a pega, conforme relatou. Que tal?

O inspetor balançou a cabeça.

– Não convence, major Porter. Se o capitão Allenson tivesse atirado perto do próprio corpo, sua roupa teria ficado chamuscada.

— Talvez ele tenha segurado a arma com o braço estendido.

— Por que faria isso? Não faz sentido. Além disso, não existe um motivo.

— Talvez tenha perdido a cabeça de repente — murmurou Porter, mas sem grande convicção. Ficou novamente em silêncio para, em seguida, levantar-se e dizer em tom desafiador:

— E então, sr. Quin?

Este meneou a cabeça.

— Não sou mágico. Tampouco um criminologista. Mas vou lhes dizer uma coisa: eu acredito no valor das impressões. Em ocasiões de crise, há sempre um momento que se sobressai aos demais, uma cena que permanece quando tudo o mais desapareceu. O sr. Satterthwaite creio eu, provavelmente foi o observador mais isento dentre os presentes. Poderia recuar na memória, sr. Satterthwaite, e nos dizer qual foi o momento que lhe causou a impressão mais forte? Foi quando ouviu os disparos? Foi quando viu os corpos pela primeira vez? Foi quando observou pela primeira vez a pistola na mão de sra. Staverton? Deixe a mente livre de qualquer pré-julgamento, e diga-nos.

O sr. Satterthwaite fixou os olhos no rosto do sr. Quin, mais como se fosse um menino de escola tendo de repetir uma lição sem estar muito seguro de sabê-la.

— Não — disse lentamente. — Não foi nenhum desses. O momento de que sempre lembrarei foi quando fiquei sozinho perto dos corpos... mais tarde... olhando para a sra. Scott. Ela estava deitada de lado. O cabelo, desfeito. Havia uma mancha de sangue na graciosa orelha.

Instantaneamente, ao dizer aquilo, ele sentiu que tinha dito algo significativo, atemorizante.

— Sangue na orelha? Sim, eu lembro — disse Unkerton devagar.

– O brinco deve ter sido arrancado quando ela caiu – explicou o sr. Satterthwaite.

Mas aquilo soou meio improvável ao dizê-lo.

– Ela estava caída do lado esquerdo – disse Porter. – Suponho que tenha sido essa orelha?

– Não – disse o sr. Satterthwaite rapidamente. – Foi a orelha direita.

O inspetor pigarreou.

– Encontrei isto na grama – adiantou.

Ele segurava um pedaço de argola de ouro.

– Mas, por Deus, homem – gritou Porter. – A coisa não poderia se espatifar assim com uma simples queda. É como se tivesse sido atingida por uma bala.

– Foi isso – gritou o sr. Satterthwaite. – Foi uma bala. Deve ter sido.

– Foram apenas dois tiros – disse o inspetor. – Um tiro não pode ter roçado a orelha dela e a atingido nas costas ao mesmo tempo. E se um tiro levou embora o brinco e o segundo a matou, ele não pode ter matado o capitão Allenson também... a não ser que ele estivesse de pé bem em frente a ela... bem perto... encarando-a, talvez. Oh! não, nem assim, a não ser que, ou melhor...

– A não ser que ela estivesse nos braços dele, o senhor ia dizer – observou o sr. Quin, com um sorrisinho estranho. – Bem, por que não?

Todos se entreolharam. A ideia era tão fundamentalmente estranha para eles – Allenson e a sra. Scott – que o sr. Unkerton expressou o mesmo sentimento.

– Mas eles mal se conheciam – disse ele.

– Não sei – disse o sr. Satterthwaite, pensativo. – Talvez tenham se conhecido melhor do que imaginamos. Lady Cynthia mencionou que ele a salvara do tédio no Egito, no inverno passado, e o senhor – e virou-se para Porter –, o senhor me contou que Richard Scott conhecera a mulher no Cairo no inverno passado. Eles podem ter se conhecido muito bem por lá...

– Eles não pareciam estar juntos com frequência – disse Unkerton.

– Não... eles até se evitavam. Era algo quase artificial, agora que paro para pensar sobre isso...

Todos olharam para o sr. Quin, como que um pouco assustados com as conclusões a que tinham chegado inesperadamente.

O sr. Quin ficou de pé.

– Vejam – disse ele – o que a impressão do sr. Satterthwaite fez por nós. E virou-se para Unkerton.

– Agora é a sua vez.

– Hein? Não estou entendendo.

– O senhor estava muito pensativo quando entrei nesta sala. Gostaria de saber exatamente que pensamento o obcecava. Não importa se não tinha nada a ver com a tragédia. Não importa se lhe parecer... supersticioso...

O sr. Unkerton sobressaltou-se, levemente.

– Diga-nos.

– Não me importo em dizer-lhes – falou Unkerton. – Embora não tenha nada a ver com o assunto, e todos provavelmente rirão de mim. Eu estava desejoso que minha mulher tivesse esquecido, e não substituído, a vidraça na janela mal-assombrada. Sinto como se, ao fazê-lo, uma maldição tivesse caído sobre nós.

Ele não conseguia entender por que os dois homens à sua frente o encaravam daquela maneira.

– Mas ela ainda não o substituiu – disse o sr. Satterthwaite, finalmente.

– Sim, ela o fez. O homem veio hoje, logo cedo pela manhã.

– Meu Deus! – disse Porter. – Começo a entender. Aquele quarto é revestido de madeira, suponho, não de papel, não é?

– Sim, mas o que isso...?

Porter, porém, lançara-se para fora da sala. Os outros o seguiram. Ele subiu direto para o quarto dos Scott. Era um aposento encantador, revestido em madeira pintada de creme com duas janelas dando para o sul. Porter foi tateando os painéis de madeira na parede a oeste.

– Há uma mola em algum lugar. Tem de haver. Ah!

Ouviu-se um clique, e uma parte da madeira cedeu, expondo as vidraças encardidas da janela mal-assombrada. Um dos vidros estava limpo e era novo. Porter inclinou-se rapidamente e pegou alguma coisa. Exibiu-a na palma da mão. Era um pedaço de pluma de avestruz. Em seguida, ele olhou para o sr. Quin. O sr. Quin assentiu com a cabeça.

Ele se dirigiu ao armário de chapéus no quarto. Havia ali vários chapéus – os chapéus da mulher morta. Ele pegou um, de aba larga e com plumas encaracoladas – um sofisticado chapéu Ascot.

O sr. Quin começou a falar com voz suave e ponderada.

– Imaginemos – disse o sr. Quin – um homem extremamente ciumento por natureza. Um homem que esteve hospedado aqui no passado e que sabe do segredo da mola nos painéis de madeira. Certo dia, por diversão, ele desloca o painel móvel e avista o Jardim Secreto. Ali, seguros de não estarem sendo observados, ele vê sua mulher com outro homem. Fica louco de raiva. O que fará? Uma ideia lhe vem à cabeça. Vai até o armário e coloca o chapéu de aba larga com plumas. Já está escurecendo, e ele se recorda da história da mancha no vidro. Qualquer um que olhar para a janela verá o que supõe ser o Cavaleiro Vigilante. Assim, em total segurança, ele os observa e, no momento em que estão um nos braços do outro, ele atira. Ele é um bom atirador... um exímio atirador. Ao caírem, ele dispara novamente... aquele tiro atinge o brinco. Ele atira a pistola pela janela, no Jardim Secreto, corre escada abaixo e sai pela sala de bilhar.

Porter deu um passo na direção dele.

– Mas ele deixou que ela fosse acusada! – gritou. – Ficou quieto e deixou que ela fosse acusada. Por quê? Por quê?

– Acho que sei a razão – disse o sr. Quin. – Eu imaginaria... desculpem, é apenas imaginação de minha parte... que Richard Scott esteve perdidamente apaixonado por Iris Staverton... tão perdidamente que até mesmo reencontrá-la depois de anos fez o ciúme renascer. Devo dizer que Iris Staverton, um dia, achou que o amava, que ela foi num safári com ele e outro homem... e que ela voltou apaixonada pelo melhor dos dois.

– O melhor dos dois – murmurou Porter, aturdido. – Está querendo dizer que...?

– Sim – disse o sr. Quin, com um leve sorriso. – Refiro-me ao o senhor. – Fez uma pausa por um minuto e, então, disse:

– Se eu estivesse no seu lugar, iria vê-la agora.

– E eu vou – disse Porter.

Virou-se e saiu da sala.

Capítulo 3

Na estalagem Bells e Motley*

O sr. Satterthwaite estava aborrecido. No cômputo geral, fora um dia de pouca sorte. Tinham saído tarde, já contavam dois pneus furados e, finalmente, depois de tomar a direção errada, estavam perdidos numa região deserta das planícies de Salisbury. Agora, eram quase oito horas da noite, e eles ainda estava a quase sessenta e cinco quilômetros de Marswick Manor, para onde se dirigiam, e um terceiro pneu furado acabava de tornar as coisas ainda mais penosas.

O sr. Satterthwaite, qual um passarinho arrepiado, andava para cima e para baixo, em frente à oficina mecânica do vilarejo, enquanto seu motorista conversava com o especialista do lugar, num tom pessimista.

– Meia hora, *pelo menos* – sentenciou a sumidade, anunciando o veredicto.

– Se tivermos sorte – complementou Masters, o motorista. – Está mais para três quartos de hora, se me perguntassem.

– Afinal de contas, que... lugar é este? – perguntou sr. Satterthwaite, um tanto contrariado.

Sendo um cavalheiro que levava em consideração os sentimentos alheios, ele usou "lugar" em vez da expressão "fim de mundo", que lhe ocorrera primeiro.

– Kirtlington Mallet.

Embora o sr. Satterthwaite não se sentisse mais bem informado, havia uma vaga familiaridade em

---

* Referência aos guizos (*bells*) e ao traje multicolorido (*motley*) de um bobo da corte. (N.T.)

relação àquele nome. Olhou à sua volta, com desprezo. Kirtlington Mallet parecia consistir numa rua mal traçada, com a oficina e uma agência dos correios, de um lado, contrabalançadas por três lojas esparsas do outro. Entretanto, mais ao longe, no final da estrada, o sr. Satterthwaite percebeu algo que rangia e balançava com o vento, e seu ânimo se recuperou um pouco.

– Pelo que vejo, há uma estalagem por aqui – observou ele.

– Bells e Motley – disse o mecânico. – É ali, logo adiante.

– Se me permite uma sugestão, senhor – disse Masters –, por que não experimentá-la? Sem dúvida, eles poderiam lhe oferecer algum tipo de refeição... não, naturalmente, aquilo a que o senhor está habituado. – Ele fez uma pausa, como que se desculpando, pois o sr. Satterthwaite estava acostumado à melhor cozinha dos chefes europeus e contava com o serviço particular de um *cordon bleu* a quem pagava um régio salário.

– Não devemos ter condições de retomar a estrada dentro dos próximos três quartos de hora, senhor. Tenho certeza disso, e já são mais de oito horas. O senhor poderia ligar para sir George Foster, senhor, lá da estalagem, e informá-lo sobre o motivo de nossa demora.

– Você parece pensar que dá jeito em tudo, Masters – retrucou o sr. Satterthwaite.

Masters, que achava exatamente isso, manteve um respeitoso silêncio.

O sr. Satterthwaite, a despeito do mais profundo desejo de descartar qualquer eventual sugestão que lhe fosse feita – era esse o seu estado de espírito –, ainda assim olhou a estrada, em direção à rangente placa da estalagem, com um leve e íntimo sentimento de aprovação. Era um homem de apetite comedido, mais para um gourmet. Entretanto, até mesmo esses tipos ficam famintos.

– Bells e Motley – disse ele, pensativo. – Nome estranho para uma estalagem. Não sei se já o ouvi antes.

– Tem um pessoal estranho que a frequenta, é o que todos comentam – disse o mecânico local.

Ele estava curvado sobre a roda, e a voz saía rouca e indistinta.

– Pessoal estranho? – indagou o sr. Satterthwaite. – O que quer dizer com isto?

O outro mal parecia saber o que ele próprio queria dizer.

– Gente que aparece e desaparece. Desse tipo – disse vagamente.

O sr. Satterthwaite refletiu que quem chega a uma estalagem é quase que forçosamente do tipo que aparece e desaparece. A definição parecia-lhe carecer de precisão. No entanto, sua curiosidade fora aguçada. De uma forma ou de outra, ele teria de enfrentar três quartos de hora. A Bells e Motley se adequaria como qualquer outro lugar.

Com o passo miúdo costumeiro, afastou-se, pela estrada. De longe, ouviu-se o estrondo de um trovão. O mecânico olhou para cima e dirigiu-se a Masters.

– Vem tempestade por aí. É como se eu pudesse senti-la no ar.

– Caramba! – exclamou Masters. – E ainda temos sessenta e cinco quilômetros pela frente.

– Ah! – disse o outro. – Nem precisa se apressar em relação a este serviço. Vocês não vão querer retomar a estrada até que a tempestade passe. Aquele seu patrãozinho não parece gostar de sair por aí debaixo de relâmpagos e trovoadas.

– Espero que ele seja bem tratado nesse lugar – murmurou o motorista. – Agora, eu mesmo vou dar uma chegada lá para fazer uma boquinha.

– O Billy Jones é gente boa – disse o mecânico. – Serve uma comida apetitosa.

Neste momento, o sr. William Jones, homem troncudo e grandalhão, de seus cinquenta anos, e estalajadeiro da Bells e Motley, sorria servilmente, lá do alto, para o pequeno sr. Satterthwaite.

– Posso preparar-lhe um belo filé, senhor... *com* batatas fritas, e o melhor queijo que um cavalheiro possa desejar. Por aqui, senhor, na sala do café. Não estamos com muita gente no momento, os últimos pescadores acabaram de partir. Um pouco mais tarde estaremos lotados novamente para a caça. Por ora, apenas um cavalheiro, chamado Quin...

O sr. Satterthwaite ficou paralisado.

– Quin? – perguntou todo empolgado. – Disse Quin?

– É o nome dele, senhor. É seu amigo, talvez?

– Sim, de fato. Oh! Sim, com toda a certeza.

Todo alvoroçado, o sr. Satterthwaite sequer imaginou que pudesse haver no mundo mais de um homem com aquele sobrenome. Não tinha a menor dúvida. De uma forma estranha, a informação se enquadrava no que o mecânico tinha dito. "Gente que aparece e desaparece." Uma descrição muito adequada ao sr. Quin. E o nome da estalagem também, parecia particularmente apropriada.

– Ora, ora – disse o sr. Satterthwaite – Que coisa *estranha*. Nós nos encontrarmos assim! É o sr. Harley Quin, não é?

– É isso mesmo, senhor. Eis a sala do café, senhor. Ah! Aqui está o cavalheiro.

Alto, moreno, sorridente, a figura conhecida do sr. Quin levantou-se da mesa que ocupava e a voz inesquecível falou.

– Ah! Sr. Satterthwaite, estamos nos encontrando de novo. Um encontro inesperado!

O sr. Satterthwaite apertou-lhe a mão calorosamente.

– Encantado. Encantado, de verdade. Um incidente que me trouxe sorte. Meu carro, sabe. E está hospedado aqui? Por muito tempo?

– Uma noite, apenas.

– Então, estou com sorte mesmo.

O sr. Satterthwaite sentou-se do lado oposto com um pequeno suspiro de satisfação, e fitou o rosto moreno e sorridente à sua frente, com uma expectativa prazerosa.

O outro homem balançou a cabeça, suavemente.

– Asseguro-lhe – disse ele – que não tenho nem aquário com peixinhos dourados nem coelho para tirar da manga.

– Que pena! – exclamou o sr. Satterthwaite, um tanto decepcionado. – Sim, devo confessar... eu realmente tenho essa atitude em relação ao senhor. Um mago. Hahaha. É como eu o vejo. Um mago.

– E, ainda assim – disse o sr. Quin –, é o senhor que faz os passes de mágica, não eu.

– Ah! – exclamou o sr. Satterthwaite enfaticamente. – Mas não posso fazê-los sem o senhor. Falta-me, digamos, inspiração?

Sorrindo, o sr. Quin meneou a cabeça.

– É uma palavra muito extensa. Eu dou a deixa, é tudo.

O estalajadeiro entrou naquele minuto, com pão e uma porção de manteiga. Ao colocá-los sobre a mesa, viu-se o clarão intenso de um relâmpago e o estrondo de um trovão, bem perto.

– Noite de tempestade, cavalheiros.

– Numa noite como essa... – começou o sr. Satterthwaite, e estancou.

– Engraçado – disse o estalajadeiro, sem se dar conta do assunto – estas eram as palavras que eu ia dizer agora.

Foi numa noite como essa que o capitão Harwell trouxe a noiva para cá, bem na véspera do desaparecimento dele para sempre.

— Ah! — gritou o sr. Satterthwaite de repente. — Claro!

Ali estava a deixa. Ele sabia agora por que o nome Kirtlington Mallet lhe era familiar. Três meses antes, tinha lido todos os detalhes do assombroso desaparecimento do capitão Richard Harwell. Assim como outros leitores de jornal de toda a Grã-Bretanha, ele ficara completamente confuso diante dos detalhes do desaparecimento e, também como qualquer outro bretão, havia desenvolvido suas próprias teorias.

— Claro! — repetiu. — Foi em Kirtlington Mallet que isso aconteceu.

— Foi nesta casa que ele se hospedou para caçar, no inverno passado — disse o estalajadeiro. — Oh! Eu o conhecia bem. Um jovem cavalheiro bem-apessoado, aparentando não ter qualquer tipo de preocupação. Deram cabo dele... é o que acredito. Muitas vezes eu os vi voltando para casa juntos, a cavalo... ele e a srta. Le Couteau, e todo o vilarejo comentava que eles fariam um belo casal... e com certeza, foi o que aconteceu. Uma jovem bonita e muito querida, embora fosse canadense e desconhecida. Ah! Um mistério profundo. Jamais saberemos a verdade. Foi um terrível desgosto para ela, sem dúvida. Conforme devem ter tomado conhecimento, ela vendeu a propriedade e foi para o exterior, sem conseguir continuar vivendo por aqui com todos olhando e apontando para ela... sem ter a menor culpa, pobre coitada! Um mistério insondável, é isso.

Ele balançou a cabeça e, de repente, dando-se conta de seus afazeres, saiu rapidamente da sala.

— Um mistério insondável — disse o sr. Quin, baixinho.

A voz soou provocativa aos ouvidos do sr. Satterthwaite.

– Supõe que possamos resolver um mistério que a Scotland Yard não conseguiu? – perguntou ele bruscamente.

O outro fez um gesto característico.

– Por que não? O tempo passou. Três meses. Isso faz diferença.

– Curiosa, essa ideia – observou o sr. Satterthwaite devagar. – De que é possível ver melhor as coisas mais tarde do que na hora em que acontecem.

– Quanto mais o tempo passa, mais as coisas são vistas em sua devida proporção. É possível percebê-las na verdadeira relação que guardam entre si.

Fez-se silêncio por alguns minutos.

– Não tenho certeza – disse o sr. Satterthwaite, com voz hesitante – se me lembro dos fatos com clareza agora.

– Acho que lembra – disse o sr. Quin tranquilamente.

Era o estímulo de que o sr. Satterthwaite precisava. Seu papel na vida, em geral, era o de ouvinte e espectador. Somente em companhia do sr. Quin é que a posição se invertia: o sr. Quin tornava-se o ouvinte atento, e o sr. Satterthwaite ocupava o centro do palco.

– Foi exatamente há um ano – disse ele – que Ashley Grange passou para as mãos da srta. Eleanor Le Couteau. É uma casa bonita, mas fora negligenciada e permaneceu desocupada por muitos anos. Não poderia ter encontrado melhor castelã. A srta. Le Couteau era franco-canadense, seus ancestrais eram *émigrés* da Revolução Francesa, e lhe deixaram como herança uma coleção de relíquias e antiguidades francesas de valor quase que inestimável. Ela era compradora e também colecionadora, de gosto muito refinado e seletivo. Tanto que, quando decidiu vender Ashley Grange e tudo o que continha depois da tragédia, o sr. Cyrus G. Bradburn, um milionário americano, não hesitou em pagar a fantástica soma de sessenta mil libras pela Grange, tal como se encontrava.

O sr. Satterthwaite fez uma pausa.

– Menciono essas coisas – disse, desculpando-se – não por serem relevantes para a história. Estritamente falando, não são. Mas para criar uma atmosfera, a atmosfera que envolvia a jovem sra. Harwell.

O sr. Quin balançou a cabeça.

– A atmosfera é sempre valiosa – disse em tom grave.

– Portanto temos um retrato da moça – prosseguiu o outro. – Apenas vinte e três anos, morena, bonita, prendada, sem qualquer traço rude ou de imperfeição. E rica... não devemos esquecê-lo. Era órfã. Uma certa senhora St. Clair, de origem e posição social inatacáveis, morava com ela como dama de companhia. Entretanto, Eleanor Le Couteau tinha controle total sobre sua fortuna pessoal. E caça-dotes nunca são difíceis de encontrar. Pelo menos, uma dúzia de jovens sem dinheiro estava sempre gravitando em torno dela nas mais diversas ocasiões, durante as caçadas, nos salões de baile, onde quer que fosse. É sabido que o jovem lorde Leccan, o melhor partido do país, a pediu em casamento, mas ela preservou a liberdade do coração. Isto é, até o aparecimento do capitão Richard Harwell.

– O capitão Harwell hospedara-se na estalagem local, para a temporada de caça. Era um elegante cavaleiro na caça à raposa, em companhia dos cães. Um rapaz bonito, sorridente e audacioso. Lembra-se do velho ditado, sr. Quin? "Namoro feliz é o que dura pouco." Cumpriu-se o provérbio, pelo menos em parte. Ao cabo de dois meses, Richard Harwell e Eleanor Le Couteau estavam noivos.

– O casamento aconteceu três meses depois. O feliz casal partiu em lua de mel para o exterior por duas semanas, e depois voltaram para ocupar sua residência em Ashley Grange. O estalajadeiro acaba de nos contar que foi numa noite de tempestade como esta que eles voltaram para casa. Um presságio, eu diria? Quem poderia dizer? Seja lá como for, na manhã seguinte muito cedo, por volta das sete e meia, o capitão Harwell foi visto andando pelo jardim, por um dos jardineiros, John Mathias. Estava sem chapéu e assoviava. Temos aí uma imagem, uma imagem de leveza, de felicidade despreocupada. E, ainda assim, a partir daquele minuto, até onde se sabe, ninguém mais pôs os olhos no capitão Richard Harwell.

O sr. Satterthwaite fez uma pausa, agradavelmente consciente da dramaticidade do momento. O olhar admirado do sr. Quin foi o elogio de que precisava, e ele continuou.

– O desaparecimento foi algo fora do comum... inexplicável. Só no dia seguinte a esposa perturbada chamou a polícia. Conforme sabe, eles não conseguiram solucionar o mistério.

– Houve, suponho, teorias a respeito? – perguntou o sr. Quin.

– Oh! Teorias, houve sim. Teoria nº 1, que o capitão Harwell tinha sido assassinado, liquidado. Mas se fosse isso, onde estava o corpo? Seria difícil dar-lhe sumiço. Além disso, qual seria o motivo? Tanto quanto se sabia, o capitão Harwell não tinha um inimigo sequer.

Ele fez uma pausa abrupta, embora vaga. O sr. Quin inclinou-se para frente.

– Está pensando – disse suavemente – no jovem Stephen Grant.

– Estou – admitiu o sr. Satterthwaite. – Stephen Grant, se me lembro com clareza, era o encarregado dos cavalos do capitão, e tinha sido dispensado pelo patrão por uma falta irrelevante. Na manhã seguinte ao retorno do casal para casa, bem cedo, Stephen Grant foi visto nas vizinhanças de Ashley Grange, e não apresentou explicações plausíveis para sua presença ali. Ele foi detido pela polícia como estando envolvido no desaparecimento do capitão Harwell, mas nada pôde ser provado contra ele, e acabou sendo dispensado. É verdade que se poderia supor um rancor de sua parte para com o capitão Harwell, devido à demissão sumária, mas o motivo era, inegavelmente, dos mais fúteis. Suponho que a polícia julgou que deveria fazer algo. Veja, conforme acabei de dizer, o capitão Harwell não tinha um único inimigo neste mundo.

– Pelo que se sabia – disse o sr. Quin, pensativamente.

O sr. Satterthwaite assentiu, agradecido.

– Estamos chegando lá. O que, afinal, *se sabia* a respeito do capitão Harwell? Quando a polícia examinou seus antecedentes, viu-se diante de uma singular falta de material. Quem era Richard Harwell? De onde viera? Ele tinha aparecido literalmente do nada, pelo que parecia. Era um exímio cavaleiro e, aparentemente, rico. Ninguém em Kirtlington Mallet preocupara-se em fazer maiores investigações. A srta. Le Couteau não tinha pais ou guardiões que investigassem as perspectivas ou a posição de seu noivo. Ela respondia por si mesma. A teoria da polícia nesse ponto era suficientemente clara. Uma moça rica e um impostor abusado. A velha história!

– Mas, não foi bem assim. Na verdade, a srta. Le Couteau não tinha pais ou guardiões, mas um excelente escritório de advocacia em Londres que agia em seu nome. As evidências apresentadas por seu representante tornaram o mistério ainda mais profundo. Eleanor Le Couteau desejara destinar, de imediato, certa quantia para o futuro marido, mas ele declinara. Também era rico, segundo ele. Ficou definitivamente provado que Harwell jamais tocou num só tostão da esposa. A fortuna dela estava absolutamente intacta.

– Portanto, ele não era um vigarista comum, mas não seria a sua intenção algo mais refinado? Será que não pretendia chantagear Eleanor Harwell no futuro, caso ela desejasse se casar com outro homem? Admito que algo desse tipo me parecia a solução mais provável. Sempre me pareceu. Até esta noite.

O sr. Quin inclinou-se para frente, instigando-o.

– Esta noite?

– Esta noite. Não estou satisfeito com essa hipótese. De que maneira ele conseguiu desaparecer tão repentina e completamente, àquela hora da manhã, com todo e qualquer trabalhador apressando-se para pegar na labuta? E, também, sem chapéu?

– Não há qualquer dúvida quanto a esse último ponto... uma vez que foi visto pelo jardineiro?

– Sim, o jardineiro, John Mathias. Fico imaginando se haveria algo de suspeito nele.

– A polícia não o descartaria – disse o sr. Quin.

– Eles o interrogaram detidamente. Nunca hesitou em seus depoimentos. A esposa confirmara suas palavras. Saíra de casa às sete para cuidar das estufas, voltou às vinte para as oito. Os criados da casa ouviram a porta da frente bater por volta de sete e quinze. Isto define a hora em que o capitão Harwell saiu de casa. Ah! Sim, sei no que está pensando.

– Será que sabe mesmo? – indagou o sr. Quin.

– Acho que sim. Tempo suficiente para Mathias dar cabo de seu patrão. Mas, por quê, homem, por quê? E se o fez, onde escondeu o corpo?

O estalajadeiro entrou trazendo uma bandeja.

– Desculpem-me pela demora, cavalheiros.

Ele colocou sobre a mesa uma carne suculenta e, ao lado, uma travessa cheia de batatas crocantes. O aroma dos pratos penetrou agradavelmente pelas narinas do sr. Satterthwaite, que se sentiu nos céus.

– Isto parece excelente – disse ele. – Realmente excelente. Estávamos discutindo o desaparecimento do capitão Harwell. O que aconteceu com Mathias, o jardineiro?

– Creio que arranjou um emprego em Essex. Não quis ficar nas vizinhanças. Alguns o olhavam com desconfiança, entende? Quanto a mim, nunca acreditei que tivesse algo a ver com o caso.

O sr. Satterthwaite se serviu da carne. O sr. Quin o acompanhou. O estalajadeiro parecia disposto a ficar por ali, conversando. O sr. Satterthwaite não tinha qualquer objeção a isso, pelo contrário.

– Esse Mathias, então – disse ele. – Que tipo de homem era?

– Um sujeito de meia-idade, que deve ter sido muito forte, um dia, mas hoje curvado e aleijado pelo reumatismo. Tinha essa doença terrível, que o deixava de cama com frequência, incapacitando-o para qualquer trabalho. Acho que a srta. Le Couteau o conservava por pura bondade. Já não servia mais como jardineiro, embora sua mulher desse sempre um jeito de ser útil na casa. Sendo cozinheira, estava sempre disposta a ajudar.

– Que tipo de mulher era ela? – perguntou o sr. Satterthwaite rapidamente.

A resposta do estalajadeiro o decepcionou.

– Bem apagada. De meia-idade, reservada. Surda, também. Nunca soube muito sobre eles. Estavam apenas há um mês por aqui quando a coisa aconteceu. Dizem, porém, que tinha sido um jardineiro dos bons quando mais novo. A srta. Eleanor teve ótimas referências dele.

– Ela se interessava por jardinagem? – perguntou o sr. Quin, baixinho.

– Não, senhor, não poderia dizer que sim, não como algumas das senhoras por aí, que pagam um bom dinheiro aos jardineiros e passam todo o tempo de joelhos, cavando aqui e acolá também. Considero isso uma grande bobagem. A srta. Le Couteau não ficava muito por aqui exceto no inverno, para as caçadas. O resto do tempo ia para Londres e outros lugares mais distantes, em balneários no exterior, onde dizem que as francesas não molham nem o dedo do pé com medo de estragar os trajes de banho.

O sr. Satterthwaite sorriu.

– Não havia nenhuma... hmm... mulher, fosse do tipo que fosse, envolvida com o capitão Harwell? – perguntou ele.

Embora sua primeira teoria já tivesse sido descartada, ele ainda assim insistia na ideia.

O sr. William Jones balançou negativamente a cabeça.

– Nada do gênero. Nenhum mexerico sequer sobre o assunto. Não, é um mistério insolúvel, é isso.

– E a sua teoria? O que o senhor pensa a respeito? – insistiu o sr. Satterthwaite.

– O que eu penso?

– Sim.

– Não sei o que pensar. Acho que o mataram, mas não sei dizer quem foi. Vou trazer o queijo para os cavalheiros.

Saiu da sala, com passos pesados, carregando as travessas vazias. A tormenta, que se abrandara, irrompeu de repente com vigor redobrado. Um clarão de relâmpago em forma de forquilha e uma série de estrondosos trovões fizeram o pequeno sr. Satterthwaite dar um pulo. Antes dos últimos ecos da trovoada se dissiparem, uma moça entrou na sala, segurando o dito queijo.

Ela era alta e morena, de uma beleza meio sombria, muito particular. Sua semelhança com o proprietário da Bells e Motley era notória o suficiente para se dizer que se tratava de sua filha.

– Boa noite, Mary – disse o sr. Quin. – Noite tempestuosa, essa.

Ela assentiu com a cabeça.

– Detesto essas noites tempestuosas – murmurou.

– Tem medo de trovões, talvez? – disse o sr. Satterthwaite gentilmente.

– Medo de trovão? Eu, não! Pouca coisa me mete medo. Não, mas a tempestade os provoca. E falam, e falam a mesma coisa de novo e de novo, como um bando de papagaios. É meu pai que começa. "Isso me lembra, e como, da noite em que o pobre capitão Harwell", e por aí vai. Virou-se para o sr. Quin.

– Ouviu como ele não para. Que sentido isso tem? O que passou, passou.

– Algo só passa quando está liquidado – disse o sr. Quin.

– E isto não está liquidado? Suponha que ele quisesse desaparecer? Esses cavalheiros refinados agem assim, às vezes.

– Acha que ele desapareceu por vontade própria?

– Por que não? Faria mais sentido do que supor que uma criatura de bom coração como Stephen Grant o tivesse assassinado. Por que deveria matá-lo, eu gostaria de saber? Um dia, Stephen bebeu um pouco a mais e foi meio atrevido ao falar com ele, e perdeu o emprego por causa disso. E daí? Ele conseguiu um trabalho tão bom quanto o outro. É razão para matar um homem a sangue frio?

– Mas, certamente – disse o sr. Satterthwaite –, a polícia não ficou bem convencida da inocência dele?

– A polícia! Que importa a polícia? Quando Stephen entra num bar à noite, todos olham para ele de modo estranho. Não acreditam que ele realmente matou Harwell, mas, como não têm certeza, olham-no de lado, desconfiados. Que vida essa para um homem, ver as pessoas o evitando como se fosse alguém diferente dos demais. Por que meu pai não quer nem ouvir em nos casarmos, Stephen e eu? "Você pode ter alguém melhor, minha filha. Não tenho nada contra o Stephen, mas – bem, a gente nunca sabe, não é?"

Ela parou, com o peito arfando pelo vigor do ressentimento.

– É cruel, cruel, é o que é – explodiu ela. – Stephen, que não faria mal a uma mosca! E pela vida toda terá gente pensando que foi ele. Isso está fazendo com que fique estranho e amargurado. Não estou imaginando, tenho certeza. E quanto mais ele ficar assim, mais as pessoas vão pensar que ele teve alguma coisa a ver com o caso.

Ela parou de novo. Seus olhos fixavam o rosto do sr. Quin, como se algo nele estivesse arrancando dela a explosão.

– Não há nada a ser feito? – indagou o sr. Satterthwaite.

Seu desalento era genuíno. Aquilo fora, na visão dele, inevitável. A própria inconsistência e inadequação das evidências contra Stephen Grant dificultava-lhe derrubar a acusação.

A moça virou-se rapidamente em sua direção.

– Apenas a verdade poderá ajudá-lo – gritou ela. – Se o capitão Harwell fosse encontrado, se ele retornasse. Se a verdade viesse à tona...

Ela interrompeu a fala com algo semelhante a um soluço e saiu apressadamente da sala.

– Bonita moça – disse o sr. Satterthwaite. – Um caso muito triste. Gostaria... gostaria muito de que algo pudesse ser feito a respeito.

Seu bom coração estava apertado.

– Estamos fazendo o possível – disse o sr. Quin. – Ainda resta quase meia hora até que seu carro esteja pronto.

O sr. Satterthwaite fitou-o nos olhos.

– Acredita que podemos chegar à verdade apenas assim – falando sobre o caso?

– O senhor já viu muita coisa nessa vida – disse o sr. Quin em tom sério. – Mais do que a maioria das pessoas.

– A vida passou diante de mim – disse o sr. Satterthwaite de um jeito amargo.

– Mas, ao fazê-lo, ela aguçou a sua visão. Onde outros não conseguem enxergar.

– É verdade – disse o sr. Satterthwaite. – Sou um grande observador.

Gabou-se, confiante. O momento de amargura tinha passado.

– Vejo da seguinte maneira – disse, depois de um ou dois minutos –: para chegar à causa de alguma coisa, temos de estudar seu efeito.

– Muito bem – disse o sr. Quin à guisa de aprovação.

– Neste caso, o efeito é que a srta. Le Couteau... a sra. Harwell, quero dizer, é uma esposa e não é ao mesmo tempo. Não está livre... não pode se casar novamente. E, sob todos os ângulos em que examinamos o caso, percebemos Richard Harwell como uma figura sinistra, um homem que apareceu do nada, de passado misterioso.

– Concordo – disse o sr. Quin. – Vê-se o que todos devem ver, o que não pode ser desconsiderado: o capitão Harwell, como centro das atenções, uma figura suspeita.

O sr. Satterthwaite olhou-o, indagativo. De alguma forma, as palavras pareciam sugerir-lhe um quadro ligeiramente diferente.

– Examinamos o efeito – disse ele. – Ou chame-o de *resultado*. Podemos passar agora...

O sr. Quin o interrompeu.

– O senhor não tocou no resultado do ponto de vista estritamente material.

– Tem razão – disse o sr. Satterthwaite, depois de cogitar por alguns instantes. – É preciso aprofundar as coisas. Digamos, então, que o resultado da tragédia é que a sra. Harwell é uma esposa e não é, sem condições de se casar novamente; que o sr. Cyrus Bradburn conseguiu comprar Ashley Grange com todo o seu conteúdo por... sessenta mil libras, não foi? E que alguém em Essex contratou John Mathias como jardineiro! A partir daí, não suspeitaremos de que "alguém em Essex", ou o sr. Cyrus Bradburn, tenha tramado o desaparecimento do capitão Harwell.

– O senhor é sarcástico – disse o sr. Quin.

O sr. Satterthwaite olhou-o penetrantemente.

– Mas, com certeza, concorda...

– Oh! Concordo – disse o sr. Quin. – A ideia é absurda. O que mais?

– Imaginemo-nos lá atrás, no dia fatal. Deu-se o desaparecimento, digamos, nesta mesma manhã.

– Não, não – disse o sr. Quin, sorrindo. – Já que, pelo menos na imaginação, temos poder sobre o tempo, façamos da forma contrária. Digamos que o desaparecimento do capitão Harwell aconteceu há cem anos. Que nós, em 2025, estamos olhando para trás.

– O senhor é um homem estranho – disse o sr. Satterthwaite devagar. – Acredita no passado e não no presente. Por quê?

– Há pouco, o senhor mencionou a palavra *atmosfera*. Não há atmosfera no presente.

– Talvez seja verdade – disse um sr. Satterthwaite pensativo. – Sim, é verdade. O presente tende a ser... limitado.

– Uma boa palavra – disse o sr. Quin.

O sr. Satterthwaite fez uma pequena e engraçada reverência.

– O senhor é muito gentil – disse ele.

– Vejamos... não o ano corrente, isso seria muito difícil, mas digamos... o ano passado – continuou o outro. – Sintetize-o para mim, o senhor, que tem o dom da clareza nas palavras.

O sr. Satterthwaite pensou por um minuto. Orgulhava-se da sua reputação.

– Há cem anos, vivemos a era da pólvora e das ataduras – disse ele. – Poderíamos dizer que 1924 foi a era das palavras cruzadas e da gatunagem.

– Muito bom – aprovou o sr. Quin. – O senhor quer dizer em termos nacionais, e não internacionais, certo?

– Em relação às palavras cruzadas, devo confessar que não sei – disse o sr. Satterthwaite. – Mas a gatunagem esteve em franca atuação no continente. Lembra-se daquela série de roubos famosos nos castelos franceses? Suspeita-se que aquilo não poderia ter sido executado por um homem sozinho. As façanhas mais miraculosas foram engendradas para o acesso aos castelos. Houve uma teoria de que uma trupe de acrobatas estaria envolvida... os Clondini. Tive ocasião de vê-los se apresentarem... realmente magistrais. A mãe, o filho e a filha. Eles desapareciam do palco de forma bastante misteriosa. Mas estamos nos distanciando do assunto.

– Não tão longe assim – disse o sr. Quin. – Apenas do outro lado do Canal.

– Onde as damas francesas não molharão nem os dedinhos dos pés, segundo nosso valioso estalajadeiro – disse o sr. Satterthwaite rindo.

Fez-se uma pausa. Parecia um tanto significativa.

– Por que ele desapareceu? – gritou o sr. Satterthwaite. – Por quê? Por quê? É incrível, algo como um passe de mágica.

– Sim – disse o sr. Quin. – Um passe de mágica. Isto o descreve perfeitamente. Novamente a atmosfera, percebe? E onde se apoia, fundamentalmente, um passe de mágica?

– A rapidez da mão engana o olho – citou o sr. Satterthwaite de pronto.

– Resume-se nisto, não? Enganar o olho? Por vezes pela rapidez da mão, noutras... por outros meios. Há muitos artifícios, um tiro de pistola, o aceno com um lenço vermelho, algo que pareça verdadeiro, mas não é. A vista é desviada da verdadeira questão, ela é atraída pela ação espetacular que nada significa... absolutamente nada.

O sr. Satterthwaite inclinou-se para frente, com um brilho nos olhos.

– Há alguma coisa aí. É uma ideia.

Ele prosseguiu baixinho:

– O tiro de pistola. Qual foi o tiro de pistola no passe de mágica de que estávamos falando? Qual o momento espetacular que prende a atenção?

Respirou fundo, de repente.

— O desaparecimento — suspirou o sr. Satterthwaite.
— Tire isso e nada resta.

— Nada? Suponha que as coisas seguissem o mesmo rumo sem aquele lance dramático?

— Quer dizer — supondo-se que a srta. Le Couteau ainda estivesse para vender Ashley Grange e partir... sem nenhum motivo?

— Isso.

— Bem, por que não? Isso teria despertado comentários, imagino, haveria muito interesse em relação ao valor das peças no interior da casa... Ah! Espere!

Ficou calado por um instante e aí explodiu.

— O senhor está certo, muita publicidade, todas as atenções voltadas para o capitão Harwell. E por causa disso, *ela* ficou na sombra. *A srta. Le Couteau!* Todos perguntando "Quem era o capitão Harwell? De onde viera?". Entretanto, por ser a parte ofendida, ninguém fez investigações sobre ela. Seria mesmo franco-canadense? Todas aquelas relíquias de família teriam sido passadas para ela realmente como herança? O senhor estava certo ao dizer há pouco que não tínhamos nos distanciado tanto assim da nossa questão, *apenas para o outro lado do Canal*. As ditas relíquias de família foram roubadas dos castelos franceses, sendo a maior parte delas *objets d'art*, e consequentemente difíceis de serem negociadas. Ela compra a casa, por uma ninharia, provavelmente. Ali fixa residência e paga uma boa quantia a uma distinta senhora inglesa para servir-lhe de dama de companhia. Em seguida, ele *chega*. A trama foi armada com antecedência. O casamento, o desaparecimento e os poucos dias de perplexidade que se seguiram! Nada mais natural para uma mulher melancólica querer vender tudo o que relembre sua felicidade passada. O norte-americano é um grande *connoisseur*, as peças são autênticas e lindas, algumas delas de valor incalculável. Ele faz uma oferta, ela a aceita. Ela abandona o lugar, uma figura triste e trágica. O grande golpe foi dado. O olho do público foi enganado pela rapidez da mão e a natureza espetacular do truque.

O sr. Satterthwaite fez uma pausa, ruborizado de triunfo.

– Não fosse o senhor, jamais teria visto tudo isso – disse ele, tomado de repentina humildade. – O senhor exerce um efeito curioso sobre mim. Muitas vezes dizemos coisas sem nem mesmo ver o que significam. O senhor tem o dom de mostrá-lo. Mas ainda não está bem claro para mim. Deve ter sido muito difícil para Harwell desaparecer daquele jeito. Afinal de contas, a polícia de toda a Inglaterra estava à sua procura.

– Teria sido mais simples ter ficado escondido em Grange – comentou o sr. Satterthwaite. – Se tivesse sido possível.

– Ele estava, penso eu, muito perto de Grange – disse o sr. Quin.

Seu olhar significativo não escapou ao sr. Satterthwaite.

– O chalé de Mathias? – indagou. – Mas a polícia não terá feito buscas por lá?

– Várias vezes, eu diria – disse o sr. Quin.

– Mathias – disse o sr. Satterthwaite, franzindo a testa.

– E a sra. Mathias – disse o sr. Quin.

O sr. Satterthwaite fitou-o fixamente nos olhos.

– Se aquela gangue era de fato os Clondini – disse ele, como que divagando –, eles eram três. Os dois mais jovens eram Harwell e Eleanor Le Couteau. Agora, a mãe seria a sra. Mathias? Mas nesse caso...

– Mathias sofria de reumatismo, não era? – indagou o sr. Quin inocentemente.

– Oh! – gritou o sr. Satterthwaite. – Já sei. Mas seria isso viável? Creio que sim. Ouça. Mathias estava lá há um mês. Durante este período, Harwell e Eleanor estiveram fora por uma quinzena, em lua de mel. Durante a quinzena anterior ao casamento, supunha-se que estivessem na cidade. Um homem esperto poderia ter feito o duplo papel de Harwell e Mathias. Quando Harwell estava em Kirtlington Mallet, Mathias achava-se convenientemente recolhido com reumatismo, com a sra. Mathias para sustentar a farsa. O papel dela era fundamental. Sem ela, alguém poderia ter suspeitado da verdade. Conforme diz o senhor, Harwell estava escondido no chalé de Mathias. Ele *era* Mathias. Quando finalmente os planos amadureceram, e Ashley Grange foi vendida, ele e a mulher espalharam que iam trabalhar em Essex. Saem de cena John Mathias e sua mulher... para sempre.

Ouviu-se uma batida na porta da sala do café e Masters entrou.

– O carro está na porta, senhor – disse ele.

O sr. Satterthwaite ergueu-se. Da mesma forma, o sr. Quin levantou-se e foi até à janela, afastando as cortinas. Um raio de luar penetrou na sala.

– A tempestade passou – disse ele.

O sr. Satterthwaite calçou as luvas.

– O delegado vai jantar comigo na semana que vem – disse ele, sentindo-se importante. – Ah, vou expor a minha teoria a ele.

– Ela poderá ser facilmente comprovada ou refutada – disse o sr. Quin. – A comparação entre os objetos que estavam em Ashley Grange com uma lista fornecida pela polícia francesa!

– Exatamente – disse o sr. Satterthwaite. – Um grande azar para o sr. Bradburn, mas... bem...

– A meu ver, ele pode suportar a perda – disse o sr. Quin.

O sr. Satterthwaite estendeu-lhe a mão.

– Adeus – disse ele. – Não tenho como lhe dizer o quanto fico agradecido por esse encontro inesperado. O senhor está partindo amanhã, não foi o que disse?

– Talvez esta noite. Minha tarefa por aqui está concluída... eu apareço e desapareço, como sabe.

O sr. Satterthwaite lembrou-se de ter ouvido aquelas mesmas palavras mais cedo, no cair da noite. Bastante curioso.

Saiu da estalagem em direção ao carro, onde Masters o aguardava. De dentro do bar, pela porta aberta, ouvia-se a voz sonora e complacente do estalajadeiro.

– Um mistério insolúvel – dizia ele –, um mistério insolúvel, eis o que é.

No entanto, ele não empregou a palavra "insolúvel". A palavra que usou sugeria outro significado. O sr. William Jones era um homem de gostos particulares que adequava seus adjetivos à companhia do momento. A companhia do bar gostava dos seus adjetivos mais saborosos.

O sr. Satterthwaite reclinou-se, instalando-se suntuosamente no conforto de sua limusine. Sentia o peito inflado de triunfo. Ele viu a moça, Mary, descer os degraus da entrada e colocar-se sob a tabuleta rangente da estalagem.

"Ela não sabe de nada", pensou ele com seus botões. "Desconhece absolutamente o que *eu* vou fazer."

E a tabuleta da Bells e Motley ficou ali, balançando suavemente ao sabor do vento.

Capítulo 4

O sinal no céu

O juiz terminava de expor a acusação perante o júri.

– Agora, senhores, estou prestes a concluir o que desejo lhes dizer. Há evidências a serem consideradas para que os senhores decidam se este caso implica a incriminação direta deste homem, de modo a poderem afirmar que ele é culpado pelo assassinato de Vivien Barnaby. Têm como prova o depoimento da criadagem, quanto à hora em que a arma foi disparada. Eles são unânimes quanto a isso. Têm como prova a carta escrita por Vivien Barnaby ao acusado na manhã daquele mesmo dia, sexta-feira, 13 de setembro, uma carta que a defesa não tentou refutar. Têm como prova que o acusado primeiramente negou ter estado em Deering Hill, e mais tarde, depois das provas apresentadas pela polícia, admitiu ter estado lá. Os senhores tirarão as próprias conclusões diante dessa negação. Não se trata de um caso com provas diretas. Terão de chegar às próprias conclusões quanto ao motivo, aos meios, à oportunidade. A alegação da defesa é que uma pessoa desconhecida entrou na sala de música depois que o acusado tinha saído e atirou em Vivien Barnaby com a arma que, por um estranho esquecimento, o acusado deixou para trás. Os senhores ouviram a versão do acusado quanto ao que o motivou a levar meia hora para chegar em casa. Se não acreditarem em sua versão e estiverem convencidos, para além de qualquer dúvida razoável, de que ele, na sexta-feira, 13 de setembro, realmente descarregou sua espingarda à queima-roupa na cabeça de Vivien Barnaby, com a intenção de matá-la, então, senhores, seu veredicto deve ser "culpado". Se, por outro lado, tiverem qualquer dúvida razoável, é dever dos senhores inocentá-lo. Peço-lhes, agora, que se retirem para sua sala, avaliem os fatos e façam-me saber quando tiverem chegado a uma conclusão.

O júri ausentou-se por quase meia hora. Voltaram, então, com o veredicto que parecia a todos uma conclusão inescapável, o veredicto de "culpado".

Depois de ouvir o veredicto, o sr. Satterthwaite saiu do tribunal com o semblante pensativo.

Um julgamento de assassinato banal como esse não o atraía. Tinha um temperamento exigente demais para se interessar pelos detalhes infames do crime comum. Entretanto, o caso Wylde tinha sido diferente. O jovem Martin Wylde era o que se chama de um *gentleman* – e a vítima, a jovem esposa de sir George Barnaby, era uma conhecida pessoal do velho cavalheiro.

Ele vinha pensando sobre tudo isso enquanto seguia pela Holborn Street, quando mergulhou por um emaranhado de ruelas que iam em direção ao Soho. Numa dessas pequenas ruas havia um restaurante, conhecido por bem poucos, dentre os quais estava o sr. Satterthwaite. Não era barato – pelo contrário, era caríssimo, pois visava a atender exclusivamente ao paladar do *gourmet* enfastiado. Era sossegado – nenhum acorde de jazz que perturbasse a atmosfera silenciosa era ali permitido – e bem escuro. Os garçons surgiam da penumbra com passos quase inaudíveis, sustentando travessas de prata como se participassem de algum rito sagrado. O nome do restaurante era Arlecchino.

Ainda pensativo, o sr. Satterthwaite entrou no Arlecchino e dirigiu-se à sua mesa predileta, num canto reservado ao fundo. Devido à penumbra antes mencionada, somente quando se acercava dela foi que percebeu que já estava ocupada por um homem alto e moreno, sentado com o rosto na sombra. Graças ao jogo de cores de um vitral da janela, seu traje sóbrio era transformado numa espécie de roupagem exagerada e multicolorida de um bobo da corte.

O sr. Satterthwaite teria virado as costas, mas justo nesse momento o desconhecido se moveu ligeiramente, e o outro o reconheceu.

– Valha-me Deus! – disse o sr. Satterthwaite, afeito a expressões antiquadas. – Ora, é o sr. Quin!

Por três ocasiões, ele estivera com o sr. Quin e, cada encontro resultara em algo um pouco fora do comum. Criatura estranha, o sr. Quin, com um dom para nos mostrar coisas já sabidas sob uma luz inteiramente diferente.

O sr. Satterthwaite ficou empolgado de imediato – prazerosamente empolgado. Seu papel era o de espectador, e ele sabia disso, mas, às vezes, quando na companhia do sr. Quin, ele tinha a ilusão de ser um ator – e o principal.

– Isto é muito agradável – disse ele radiante no seu rostinho magro. – Muito agradável mesmo. Não tem objeção à minha companhia, espero?

– Ficarei encantado – disse o sr. Quin. – Como vê, ainda não iniciei a refeição.

Um *maître* solícito surgiu das sombras, flutuante. O sr. Satterthwaite, como convém a um homem de paladar apurado, dedicou total atenção à tarefa de escolher os pratos. Em poucos minutos, o *maître*, com um ligeiro sorriso de aprovação, retirou-se e um ajudante de garçom encarregou-se dos preparativos. O sr. Satterthwaite virou-se para o sr. Quin.

– Acabo de chegar de Old Bailey* – começou. – História triste, no meu entender.

---

* O Tribunal Central Criminal de Londres. (N.T.)

– Ele foi considerado culpado? – perguntou o sr. Quin.

– Sim, o júri se reuniu por cerca de meia hora.

O sr. Quin assentiu com a cabeça:

– Um resultado inevitável, face às evidências – disse ele.

– E, ainda assim – começou o sr. Satterthwaite e parou.

O sr. Quin concluiu a frase para ele.

– E, ainda assim, o senhor sente compaixão pelo acusado? É isso o que ia dizer?

– Suponho que sim. Martin Wylde é um jovem muito bem-apessoado. Difícil de acreditar que fosse capaz daquilo. De qualquer maneira, ultimamente, muitos jovens de boa aparência têm se revelado assassinos de um tipo particularmente frio e repulsivo.

– Um número excessivo – observou o sr. Quin.

– Como assim? – indagou o sr. Satterthwaite, levemente sobressaltado.

– Número excessivo para Martin Wylde. Desde o início, houve uma tendência a se encarar o caso como apenas mais um de uma série do mesmo tipo de crime: um homem procurando livrar-se de uma mulher para se casar com outra.

– Bem – disse o sr. Satterthwaite, em tom de dúvida. – Com base nas evidências...

– Ah! Temo que eu não tenha considerado todas as evidências.

O sr. Satterthwaite recobrou a autoconfiança num estalo. Teve uma repentina sensação de poder. Sentia-se tentado a ser conscientemente dramático.

– Deixe tentar expô-las ao senhor. Conheci os Barnaby, entende. Estou a par das peculiaridades do caso.

Comigo, estará nos bastidores dos acontecimentos... verá as coisas por dentro.

O sr. Quin inclinou-se para frente, com um leve sorriso encorajador.

— Se há alguém capaz de mostrá-los a mim, é o sr. Satterthwaite — murmurou ele.

O sr. Satterthwaite agarrou a mesa com ambas as mãos. Estava exaltado, fora de si. Naquele momento, era pura e simplesmente um artista — um artista cujo meio de expressão eram as palavras.

Rapidamente, com algumas boas e largas pinceladas, ele pintou o quadro da vida em Deering Hill. Sir George Barnaby, idoso, obeso, orgulhoso de suas posses. Um constante criador de casos em relação às pequenas coisas da vida. Um homem que dava corda nos relógios toda sexta-feira à tarde, pagava as despesas da casa toda terça de manhã e, à noite, sempre verificava a tranca da porta da frente. Um homem cuidadoso.

De sir George ele passou para lady Barnaby. Aqui o toque foi mais delicado, mas não menos preciso. Ele só a vira uma vez, mas a impressão que guardara era definida e duradoura. Criatura rebelde e desafiadora — lamentavelmente jovem. Uma criança aprisionada, conforme ele a descreveu.

— Ela o odiava, compreende? Casou-se com ele antes de saber o que estava fazendo. E então...

Ela estava desesperada — assim ele descreveu a situação. Ficava de um lado para o outro. Sem dinheiro próprio, completamente dependente do marido idoso. Mas, de qualquer forma, era uma criatura acuada — ainda incerta quanto aos seus poderes, com uma beleza que era mais promessa do que realidade. E ela andava sequiosa. O sr. Satterthwaite afirmou-o com determinação. Ao lado do desafio, havia o traço da avidez – um se agarrar, se prender à vida.

– Nunca estive com Martin Wylde – prosseguiu o sr. Satterthwaite. – Mas ouvi falar dele. Morava a menos de dois quilômetros de distância. Tinha uma fazenda, era esse o ramo dele. E ela se interessou por fazendas... ou fingiu interesse. Se me perguntar, direi que era fingimento. Acho que ela viu nele sua única válvula de escape... e agarrou-se a ele, avidamente, como uma criança teria feito. Bem, só poderia haver um fim para aquilo. Sabemos que fim foi porque as cartas foram lidas no tribunal. Ele guardara as cartas dela... ela não fizera o mesmo com as dele, mas, pelo texto das primeiras, dá para ver que ele estava esfriando. Ele admitiu. Havia a outra moça. Ela também mora no vilarejo de Deering Vale. O pai dela é o médico local. Viu-a no tribunal, talvez? Não, lembro-me agora, disse que não esteve lá. Terei de descrevê-la para o senhor. Uma moça bonita, muito bonita. Suave. Talvez... sim, talvez um pouquinho tola. Mas muito tranquila. E leal. Acima de tudo, leal.

Ele olhou para o sr. Quin em busca de apoio, e ele o concedeu, dirigindo-lhe um breve sorriso de aprovação. O sr. Satterthwaite prosseguiu.

– O senhor soube da última carta que foi lida... deve tê-la visto nos jornais, quero dizer. A que foi escrita na manhã de sexta-feira, 13 de setembro. Era cheia de repreensões desesperadas e ameaças vagas, e terminava por suplicar a Martin Wylde que fosse a Deering Hill naquela mesma tarde, às dezoito horas: "Deixarei a porta aberta para você, assim ninguém saberá que esteve aqui. Estarei na sala de música". E foi enviada por um portador.

O sr. Satterthwaite fez uma pausa de um ou dois minutos.

– Ao ser preso pela primeira vez, deve lembrar-se, Martin Wylde negou veementemente ter estado na casa naquela tarde. Em seu depoimento disse que havia pegado a espingarda para dar uns tiros no bosque. Entretanto, quando a polícia apresentou as provas, a declaração dele caiu por terra. Haviam encontrado suas impressões digitais, lembre-se, tanto na madeira da porta lateral quanto numa das taças de coquetel sobre a mesa da sala de música. Ele, então, admitiu que fora ver lady Barnaby, que haviam tido uma discussão feia, mas que ele conseguira acalmá-la. Ele jurou ter deixado a espingarda do lado de fora, encostada na parede, próxima à porta, e que havia deixado lady Barnaby viva e bem, mais ou menos um minuto ou dois após as 18h15. Segundo ele, foi direto para casa, porém, pelas provas apresentadas ele só chegou à fazenda às 18h45, e, como eu disse antes, ela fica a menos de dois quilômetros. Não levaria meia hora para chegar lá. Segundo declarou, esqueceu-se inteiramente da arma. Não é uma declaração muito plausível... e, ainda assim...

– E, ainda assim? – indagou o sr. Quin.

– Bem – disse o sr. Satterthwaite devagar –, é possível não é? O advogado ridicularizou a versão, naturalmente, mas acho que estava errado. Conheci muitos jovens, e cenas emocionais desse tipo perturbam-nos demais... especialmente o tipo moreno e nervoso como o de Martin Wylde. Já as mulheres podem passar por uma cena dessas e se sentir bem melhor, em seguida, com os nervos preservados. Aquilo funciona como uma válvula de escape para elas, relaxa a mente. Mas posso visualizar Martin Wylde partindo, com a cabeça perturbada, sentindo-se mal e infeliz, e sem ter a menor lembrança da arma que deixara encostada à parede.

Ele ficou em silêncio por alguns minutos antes de continuar.

– Não que isso seja relevante. Pois a parte seguinte, infelizmente, é clara demais. Eram 18h20 em ponto quando o disparo foi ouvido. Todos os criados o ouviram, o cozinheiro, a copeira, o mordomo, a arrumadeira e a criada da própria lady Barnaby. Foram correndo até o salão de música. Ela estava caída sobre o braço da cadeira. A arma fora descarregada perto da nuca, de modo que o tiro não pudesse falhar. Pelo menos dois atravessaram-lhe o cérebro.

Ele fez outra pausa, e o sr. Quin perguntou casualmente:

– Os criados prestaram depoimento, suponho?

O sr. Satterthwaite concordou com a cabeça.

– Sim. O mordomo chegou lá um ou dois segundos antes dos demais, mas os depoimentos deles foram praticamente repetições, uns dos outros.

– Então *todos* eles prestaram depoimento – disse o sr. Quin, pensativo. – Sem exceções?

– Agora me lembro – disse o sr. Satterthwaite –: a arrumadeira só foi chamada na fase do inquérito. Ela fora para o Canadá desde então, creio eu.

Fez-se um silêncio e, de alguma forma, a atmosfera do pequeno restaurante pareceu carregada de uma sensação desconfortável. De repente, o sr. Satterthwaite sentiu como se estivesse na defensiva.

– Por que ela não deveria ir? – perguntou ele, de supetão.

– Por que deveria? – retrucou o sr. Quin encolhendo os ombros muito discretamente.

De alguma maneira, a pergunta aborreceu o sr. Satterthwaite. Ele queria escapar dela – e recuperar sua zona de conforto.

— Não poderia haver muita dúvida quanto ao autor do disparo. Na verdade, os criados pareciam ter perdido um pouco a cabeça. Não havia ninguém no comando da casa. Isso foi antes de alguém pensar em ligar para a polícia, e ao fazê-lo verificaram que o telefone estava enguiçado.

— Oh! – disse o sr. Quin. – O telefone estava enguiçado.

— Estava – disse o sr. Satterthwaite, e de repente ele foi tomado pela sensação de que dissera algo importantíssimo. – Pode ser, claro, que tenha sido de propósito – disse devagar. – Mas não faz sentido. A morte foi praticamente instantânea.

O sr. Quin nada disse, e o sr. Satterthwaite sentiu que sua explicação era insatisfatória.

— Não havia absolutamente nenhum suspeito, exceto o jovem Wylde – prosseguiu ele. – Até mesmo segundo o seu próprio relato, ele só saiu de casa três minutos antes do disparo. E quem mais poderia ter atirado? Sir George estava jogando bridge a três casas dali. Saiu de lá às 18h30 e, logo em frente ao portão, encontrou-se com um criado, portador da notícia. A última partida terminara exatamente às 18h30. Não há dúvida quanto a isso. Em seguida, havia o secretário de sir George, Henry Thompson. Naquele dia, encontrava-se em Londres, na verdade, participando de uma reunião de negócios no momento dos disparos. Por fim, há Sylvia Dale, que, afinal de contas, tinha um ótimo motivo, por mais impossível que pareça ela ter tido algo a ver com um crime desses. Estava na estação de Deering Vale, despedindo-se de uma amiga que partiu no trem das 18h28. Isso a exclui. E há os criados. Que motivo, no mundo, poderia ter qualquer um deles? Fora isso, todos chegaram ao local praticamente ao mesmo tempo. Não, deve ter sido Martin Wylde.

Entretanto, ele disse aquilo numa voz que transmitia insatisfação.

Prosseguiram com o almoço. O sr. Quin não estava para muita conversa, e o sr. Satterthwaite já dissera tudo o que tinha a dizer. O silêncio, porém, não era estéril. Estava carregado da insatisfação crescente do sr. Satterthwaite, estranhamente intensificada e alimentada de alguma forma pela mera aquiescência do outro homem.

De repente, o sr. Satterthwaite pousou os talheres, de forma ruidosa.

– Supondo que o jovem seja realmente inocente – disse ele. – Ele vai ser enforcado.

Parecia muito alarmado e aflito com o assunto. Ainda assim, o sr. Quin se mantinha calado.

– Não é como se... – começou sr. Satterthwaite, e parou. – Por que a mulher não deveria ir para o Canadá? – finalizou sem muita lógica.

O sr. Quin balançou a cabeça.

– Nem mesmo sei para que parte do Canadá ela foi – continuou sr. Satterthwaite, irritado.

– Poderia descobrir?

– Presumo que sim. O mordomo, ele deve saber. Ou talvez Thompson, o secretário.

Ele fez outra pausa. Ao retomar a fala, sua voz soou quase suplicante.

– Não que isto tenha alguma coisa a ver comigo, ou tem?

– Que um jovem será enforcado dentro de pouco mais de três semanas?

– Bem, sim. Se coloca as coisas desse jeito, creio eu. Sim, percebo o que quer dizer. Vida e morte. E aquela pobre moça, também. Não que eu seja obstinado, mas, afinal de contas, de que adiantará? Não é tudo muito fantástico? Mesmo que eu descobrisse para que parte do Canadá a mulher foi... ora, isso provavelmente significaria que eu mesmo teria de ir até lá.

O sr. Satterthwaite parecia seriamente preocupado.

– E eu, que estava pensando em ir para a Riviera na próxima semana – disse em tom patético.

E seu olhar para o sr. Quin era como se dissesse claramente "Deixe-me ficar fora disso, sim?".

– Nunca esteve no Canadá?

– Nunca.

– É um país muito interessante.

O sr. Satterthwaite olhou para ele indeciso.

– Acha que eu deveria ir?

O sr. Quin recostou-se na cadeira e acendeu um cigarro. Por entre as baforadas, falou com determinação.

– O senhor, creio eu, é um homem rico, sr. Satterthwaite. Não um milionário, mas alguém que pode se dar ao luxo de ter um hobby sem precisar calcular as despesas. O senhor observa o drama alheio. Nunca lhe ocorreu participar e desempenhar um papel? Jamais se viu, nem por um minuto, como árbitro do destino de outrem... no centro do palco, com a vida e a morte nas mãos?

O sr. Satterthwaite inclinou-se para frente.

A antiga ansiedade tomou conta dele.

– Quer dizer... se eu me meter nessa caçada ao pato selvagem, no Canadá...

O sr. Quin sorriu.

– A sugestão de ir ao Canadá foi sua, não minha – disse em tom brincalhão.

– Não pode me confundir assim – disse o sr. Satterthwaite, sério. – Sempre que o encontro... – interrompeu-se.

– Então?

– Tem algo em relação ao senhor que eu não compreendo. Talvez nunca compreenda. A última vez que o encontrei...

– Na véspera do solstício de verão.

O sr. Satterthwaite ficou aturdido, como se essas palavras contivessem uma deixa que ele não entendia muito bem.

– Era véspera do solstício de verão? – perguntou confuso.

– Sim. Mas não vamos pensar muito nisso. Não tem grande importância, não é mesmo?

– Se assim o diz – concluiu o sr. Satterthwaite, sempre cortês.

Ele sentiu que a deixa escapava-lhe pelos dedos.

– Quando regressar do Canadá – fez uma pausa, meio desconcertado –, eu... eu... gostaria muito de revê-lo.

– Sinto não ter um endereço fixo no momento – disse o sr. Quin, pesaroso. – Mas costumo vir a este lugar. Se frequentá-lo também, sem dúvida nos reencontraremos sem demora.

Separaram-se cordialmente.

O sr. Satterthwaite estava muito empolgado. Dirigiu-se apressadamente à agência Cook e informou-se sobre partidas de navios. Depois, telefonou para Deering Hill. A voz de um mordomo, baixa e respeitosa, atendeu.

– Meu nome é Satterthwaite. Represento... ahn... um escritório de advocacia. Gostaria de fazer algumas perguntas sobre uma moça que foi arrumadeira nessa casa, recentemente.

– Seria Louisa, senhor? Louisa Bullard?

– É este o nome – disse o sr. Satterthwaite, muito satisfeito por ter sido informado.

– Sinto muito, mas ela deixou o país, senhor. Foi para o Canadá seis meses atrás.

– Poderia me dar o atual endereço dela?

O mordomo lamentava não poder. Ela fora para um local nas montanhas, com um nome escocês... ah!... Banff... era isso. Algumas das outras moças da casa esperaram por notícias, mas ela jamais escrevera, nem fornecera qualquer endereço.

O sr. Satterthwaite agradeceu e desligou. Ainda não desanimara. O espírito aventureiro batia forte no peito. Iria a Banff. Se essa Louisa Bullard estivesse lá, descobriria seu paradeiro de uma forma ou de outra.

Surpreendentemente, apreciou demais a viagem. Há anos não fazia um longo percurso de navio. A Riviera, Le Touquet e Deauville e a Escócia eram os destinos costumeiros. A sensação de que estava partindo para uma missão impossível acrescentou um tempero especial à sua jornada. Que louco varrido o considerariam seus companheiros de viagem, se chegassem a saber sobre o objetivo dessa busca! Ora, eles não conheciam o sr. Quin.

Em Banff, foi bem fácil realizar seu intento. Louisa Bullard trabalhava no principal hotel de lá. Doze horas depois de chegar, achava-se diante dela.

Era uma mulher de seus trinta e cinco anos, com aspecto anêmico, mas de compleição forte. Tinha cabelo castanho-claro, meio encaracolado, e um par de olhos castanhos sinceros. Era, ele pensou, ligeiramente tola, mas bastante confiável.

Ela aceitou de imediato a declaração de Satterthwaite de que haviam pedido a ele para colher mais alguns dados sobre a tragédia de Deering Hill.

– Vi pelos jornais que o sr. Martin Wylde tinha sido condenado, senhor. Muito triste, também.

Entretanto, ela não parecia ter dúvidas quanto à culpa dele.

– Um jovem cavalheiro que se desencaminhou. Mas, embora eu não goste de falar mal dos mortos, foi a senhora quem o estimulou. Não o deixava em paz, não mesmo. Bem, ambos foram punidos. Eu tinha um ditado pendurado na parede do meu quarto, quando era criança: "Não se zomba de Deus", e é muito verdadeiro. Sabia que alguma coisa ia acontecer naquela tarde... e, de fato, aconteceu.

– Como foi? – indagou sr. Satterthwaite.

– Eu estava no meu quarto, senhor, trocando de roupa, e aconteceu de eu olhar pela janela. Havia um trem passando, e sua fumaça branca erguia-se pelo céu, acredite-me, formando o sinal de uma mão gigantesca. Era uma imensa mão branca, contra o avermelhado do céu. Os dedos encurvados, como se quisessem alcançar alguma coisa. Aquilo me deixou confusa. Pensei comigo mesma: "É o sinal de que alguma coisa vai acontecer", e com certeza, naquele exato minuto, ouvi o disparo. "Aconteceu", disse para mim mesma, e corri escada abaixo e juntei-me a Carrie e aos outros, que estavam no saguão, e fomos para o salão de música, e lá estava ela, morta a tiros – e o sangue, e tudo o mais. Horrível! Eu falei, eu disse a sir George como vira o sinal antes, mas ele não pareceu ligar muito para aquilo. Um dia agourento, aquele: senti no coração, desde cedo pela manhã. Sexta-feira, 13... o que se poderia esperar?

Ela continuou divagando. O sr. Satterthwaite era paciente. Fez com que ela voltasse ao crime repetidas vezes, interrogando-a intensamente. Ao final, foi forçado a admitir a derrota. Louisa Bullard contara tudo o que sabia, e sua história era perfeitamente simples e direta.

Mesmo assim, ele descobriu um fato relevante. A vaga de trabalho que agora ocupava tinha sido sugerida a ela pelo sr. Thompson, secretário de sir George. O salário prometido era tão alto que ela se sentira tentada a aceitar o emprego, embora envolvesse sair da Inglaterra apressadamente. Um certo sr. Denman tinha tomado todas as providências necessárias e também a havia alertado para não escrever para os colegas na Inglaterra, pois isso poderia "metê-la em encrenca com as autoridades da imigração", orientação que ela aceitou sem questionar.

O montante do salário, mencionado por ela casualmente, era de fato tão alto que o sr. Satterthwaite ficou alarmado. Após alguma hesitação, ele decidiu procurar o tal sr. Denman.

Teve pouquíssima dificuldade em induzir o sr. Denman a lhe contar tudo o que sabia. Ele encontrara Thompson, por acaso, em Londres, e este lhe fizera um favor. O secretário escrevera-lhe em setembro, dizendo que, por razões pessoais, sir George estava ansioso para tirar essa moça da Inglaterra. Poderia arranjar um emprego para ela? Certa soma fora enviada para elevar o salário a uma quantia bem expressiva.

– É o problema de sempre, presumo – disse o sr. Denman, reclinando-se na cadeira, bem à vontade. – Ela parece uma moça boa e tranquila.

O sr. Satterthwaite não concordou que seria o problema de sempre. Ele tinha certeza de que Louisa Bullard não era um caso encerrado de sir George Barnaby. Por alguma razão, fora vital retirá-la da Inglaterra. Mas por quê? E quem estava por trás de tudo aquilo? O próprio sir George, agindo por intermédio de Thompson? Ou este último, por iniciativa própria, envolvendo o nome do patrão?

Ainda refletindo sobre essas questões, o sr. Satterthwaite fez a viagem de volta. Sentia-se abatido e desanimado. A viagem de nada adiantara.

Contrafeito pelo sentimento de fracasso, dirigiu-se para o Arlecchino, no dia seguinte à chegada. Não esperava ser bem-sucedido logo da primeira vez, mas, para sua satisfação, a figura familiar estava sentada na mesa do reservado. O rosto moreno do sr. Harley Quin sorriu-lhe em sinal de boas-vindas.

– Bem – disse sr. Satterthwaite, enquanto se servia de um pouco de manteiga –, enviou-me a uma agradável caçada ao pato selvagem.

O sr. Quin arqueou as sobrancelhas.

– Eu o enviei? – objetou. – Foi ideia inteiramente sua.

– Seja de quem for a ideia, ela não foi bem-sucedida. Louisa Bullard nada tem para dizer.

Em seguida, o sr. Satterthwaite relatou os detalhes da conversa com o sr. Denman. O sr. Quin ouvia em silêncio.

– Em certo sentido, cumpri minha missão – prosseguiu o sr. Satterthwaite. – Ela foi deliberadamente afastada. Mas, por que razão, eu não consigo entender.

– Não? – perguntou o sr. Quin, e sua voz, como sempre, soou provocativa.

O sr. Satterthwaite ruborizou-se.

– Provavelmente acha que eu poderia tê-la interrogado com mais habilidade. Posso garantir que a fiz contar a história repetidas vezes. Não foi minha culpa não termos conseguido o que procurávamos.

– Tem certeza – indagou o sr. Quin – de que não conseguiu o que procurava?

O homenzinho balançou a cabeça, ligeiramente desnorteado.

Fez-se um silêncio, e então o sr. Quin falou mudando totalmente seu jeito ser:

– Outro dia, fez um retrato maravilhoso das pessoas envolvidas neste caso. Em poucas palavras, apresentou-as claramente como se num desenho. Gostaria que fizesse algo semelhante em relação ao local... deixou-o de lado.

O sr. Satterthwaite sentiu-se lisonjeado.

– O local? Deering Hill? Bem, é um tipo de casa bem comum que temos hoje em dia. Tijolos vermelhos, sabe, janelas projetadas. Bem feia por fora, mas confortável por dentro. Uma casa não muito grande. Cerca de oito mil metros quadrados de terreno. São praticamente iguais, as casas nesses arredores. Construídas para moradia de homens abastados. O interior da residência lembra o de um hotel – os quartos parecem suítes de hotel. Banheiros com água quente e fria, em todos os quartos, e muitas luminárias douradas. Tudo maravilhosamente confortável, mas sem qualquer aparência campestre. Dá para sentir que Deering Vale fica apenas a uns trinta quilômetros de Londres.

O sr. Quin ouvia com atenção.

– Eu soube que o transporte ferroviário é ruim – observou.

– Oh, quanto a isso, eu não sei – disse o sr. Satterthwaite, entusiasmando-se com o assunto. – Estive lá no verão passado, por pouco tempo. Achei-o bastante conveniente para a cidade. Claro que os trens só saem de hora em hora. Quarenta e oito minutos depois do horário de Waterloo. Até as 22h48.

– E quanto tempo leva até Deering Vale?

– Apenas cerca de três quartos de hora. Vinte e oito minutos depois do horário de Deering Vale.

– Claro – disse o sr. Quin com um gesto de irritação. – Eu deveria ter lembrado. A srta. Dale foi se despedir de alguém ali às 18h28, não foi?

O sr. Satterthwaite não respondeu por alguns minutos. Seu pensamento recuara num flash ao problema não resolvido. Logo em seguida, disse:

– Gostaria que me explicasse o que quis dizer, ainda há pouco, ao me perguntar se eu tinha certeza de não ter conseguido o que queria.

Parecia um tanto complicado, colocado dessa maneira, mas o sr. Quin não se fez de desentendido.

– Só fiquei imaginando se o senhor não estará sendo um pouquinho exigente demais. Afinal de contas, descobriu que Louisa Bullard tinha sido deliberadamente retirada do país. Sendo assim, deveria haver uma razão. E a razão deve estar em algo que ela lhe contou.

– Bem – disse o sr. Satterthwaite em tom de discussão. – O que ela falou? Se ela tivesse deposto no julgamento, o que teria dito?

– Ela teria dito o que viu – disse o sr. Quin.

– O que ela viu?

– Um sinal no céu.

O sr. Satterthwaite olhou fixamente para ele.

– Está pensando *naquele* contrassenso? Na noção supersticiosa de ser a mão de Deus?

– Talvez – disse o sr. Quin –, por tudo o que o senhor e eu sabemos, tenha sido a mão de Deus.

– Bobagem! – disse ele. – Ela mesma disse que se tratava da fumaça do trem.

– Fico imaginando se seria um trem indo para Londres ou voltando de lá – murmurou o sr. Quin.

– Dificilmente seria um trem de ida. Eles saem dez minutos antes de cada hora. Deve ter sido um trem de volta, o das 18h28. Não, isso não daria certo. Ela disse que o disparo aconteceu imediatamente depois, e sabemos que o tiro ocorreu às seis e vinte. O trem não poderia estar adiantado dez minutos.

– Bastante improvável, nessa linha – concordou o sr. Quin.

O sr. Satterthwaite olhava fixo à frente.

— Talvez um trem de carga — murmurou. — Mas, certamente se fosse isso...

— Não teria havido necessidade de tirá-la da Inglaterra. Concordo — disse o sr. Quin.

O sr. Satterthwaite fitava-o, fascinado.

— O trem das 18h28 — disse lentamente. — Mas, neste caso, se o tiro foi disparado então, por que todos afirmaram que foi mais cedo?

— Óbvio — disse o sr. Quin. — Os relógios deviam estar errados.

— Todos? — questionou o sr. Satterthwaite. — É uma bruta coincidência, sabe?

— Eu não estava pensando que seria coincidência — disse o outro. — Pensei que era sexta-feira.

— Sexta-feira? — disse o sr. Satterthwaite.

— O senhor me disse que sir George sempre dava corda nos relógios sexta-feira à tarde — disse o sr. Quin, como que se justificando.

— Ele os atrasou dez minutos — disse o sr. Satterthwaite quase num cochicho, tão admirado estava com as descobertas que fizera. — Então, saiu para o bridge. Acho que deve ter aberto o bilhete da esposa para Martin Wylde naquela manhã... sim, decididamente o abriu. Saiu do torneio de bridge às 18h30, encontrou a arma de Martin junto à porta lateral, entrou e atirou nela por trás. Em seguida, saiu novamente, jogou a arma nos arbustos, onde depois foi encontrada, e estava aparentemente acabando de sair do portão do vizinho quando alguém veio correndo buscá-lo. Mas o telefone... o que aconteceu com o telefone? Ah, sim, entendo. Ele o desligou, para que a polícia não pudesse ser chamada pelo telefone... poderiam anotar a hora em que o telefonema ocorrera. E, agora, a história de Wylde funciona. A verdadeira hora em que ele saiu foi 18h25. Caminhando devagar, chegaria em casa cerca de 18h45. Sim, entendo tudo agora. Louisa era o único perigo, com a conversa interminável sobre suas fantasias supersticiosas. Alguém poderia perceber o que o trem significava e então... adeus excelente álibi.

– Maravilhoso – comentou o sr. Quin.

O sr. Satterthwaite virou-se para ele, extasiado com o sucesso.

– A única coisa é: como proceder agora?

– Sugeriria Sylvia Dale – disse o sr. Quin.

O sr. Satterthwaite parecia em dúvida.

– Eu cheguei a mencionar – disse ele –, ela me pareceu meio... ahn... tola.

– Ela tem pai e irmãos que tomarão as medidas necessárias.

– É verdade – disse o sr. Satterthwaite, aliviado.

Muito pouco tempo depois, estava sentado com a moça, contando-lhe a história. Ela ouviu atentamente. Não lhe fez perguntas, mas, quando terminou, levantou-se.

– Preciso de um táxi... imediatamente.

– Minha querida, o que vai fazer?

– Vou ver sir George Barnaby.

– Impossível. É uma forma de agir inteiramente errada. Permita-me...

E ficou tagarelando ao lado dela, sem lhe causar nenhuma impressão. Sylvia Dale estava determinada quanto aos próprios planos. Permitiu que ele a acompanhasse no táxi, mas não deu ouvidos a nenhuma de suas advertências. Deixou-o no táxi, enquanto foi ao escritório de sir George, na cidade.

Meia hora mais tarde, ela saiu. Parecia exausta, a beleza dourada sem vida, como uma flor sem água. O sr. Satterthwaite a recebeu preocupado.

– Venci – murmurou ela, ao reclinar-se no encosto do banco, semicerrando os olhos.

— O quê? — ele estava espantado. — O que você fez? O que disse?

Ela se ergueu um pouco.

— Eu disse que Louisa Bullard fora à polícia, com sua história. Disse-lhe que a polícia fizera interrogatórios e que ele fora visto entrando em sua propriedade e saindo novamente, alguns minutos depois das 18h30. Disse-lhe que o jogo terminara. Ele... ficou devastado. Disse-lhe que ainda tinha tempo de fugir, que a polícia ainda ia demorar uma hora para prendê-lo. Disse-lhe que, se assinasse a confissão de que matara Vivien, eu nada faria mas, do contrário, gritaria e diria a todo o edifício a verdade. Ele ficou tão aterrorizado que não sabia o que estava fazendo. Assinou o papel sem perceber o que fazia.

Ela jogou o papel nas mãos dele.

— Pegue-o... pegue-o. Sabe o que tem a fazer com ele para que libertem Martin.

— Ele assinou mesmo! — gritou o sr. Satterthwaite, pasmo.

— Ele é meio tolo, sabe — disse Sylvia Dale. — Assim como eu — acrescentou, pensando melhor. — Por isso sei como as pessoas tolas se comportam. Ficamos atônitos, sabe, e então fazemos tudo errado e depois lamentamos.

Ela estremeceu um pouco, e o sr. Satterthwaite bateu levemente na mão da moça.

— Está precisando de algo para se recompor — disse ele. — Venha, estamos bem perto de um lugar da minha predileção, o Arlecchino. Já esteve lá?

Ela negou com a cabeça.

O sr. Satterthwaite fez o táxi parar e entrou com a moça no pequeno restaurante. Dirigiu-se à mesa no reservado, o coração batendo esperançoso. A mesa, porém, estava vazia.

Sylvia Dale notou o desapontamento no rosto dele.

– O que é?

– Nada – disse o sr. Satterthwaite. – Ou melhor, eu tinha esperança de encontrar um amigo meu aqui. Não tem importância. Espero vê-lo novamente, algum dia...

Capítulo 5

A alma do crupiê

O sr. Satterthwaite deleitava-se ao sol, no terraço, em Monte Carlo.

Todos os anos, regularmente no segundo domingo de janeiro, ele deixava a Inglaterra rumo à Riviera. Era bem mais pontual do qualquer andorinha. No mês de abril, retornava à Inglaterra. Passava maio e junho em Londres, e nunca se soube que tivesse perdido uma corrida em Ascot. Saía da cidade depois da partida do Eton contra o Harrow* e fazia visitas pelo campo, antes de dirigir-se a Deauville ou Le Touquet. As caçadas ocupavam a maior parte dos meses de setembro e outubro, e ele, em geral, passava uns dois meses na cidade, para encerrar o ano. Conhecia todo mundo, e se poderia dizer, com segurança, que todos o conheciam.

Esta manhã, ele estava perplexo. O azul do mar era admirável, os jardins, como sempre, um primor, mas as pessoas o decepcionavam – segundo ele, era uma multidão de malvestidos e pretensiosos. Alguns, naturalmente, eram jogadores, almas condenadas que não se afastavam dali. Esses, o sr. Satterthwaite tolerava. Formavam um pano de fundo necessário. Mas ele sentia falta do tempero habitual da *élite* – os seus iguais.

– É o câmbio – disse o sr. Satterthwaite, de modo sombrio. – Todo o tipo de gente vem aqui, agora, quando antes jamais estaria ao seu alcance. E depois, claro, estou

---

* Tradicional competição anual entre alunos do Eton College e da Harrow School, que ocorre desde o século XVIII. (N.E.)

ficando velho. Todos os jovens... os que aparecem... vão para aquelas localidades suíças.

Havia, entretanto, outros de quem sentia falta, os barões e condes da diplomacia estrangeira, os grão-duques e a princesa real, todos muito bem-vestidos. O único príncipe que vira até então trabalhava como cabineiro no elevador de um dos hotéis menos conhecidos. Sentia falta também das mulheres bonitas e dispendiosas. Ainda havia algumas, mas bem menos do que o costume.

O sr. Satterthwaite era um estudioso aplicado do drama chamado Vida, mas agradava-lhe que seu material fosse intensamente colorido. Sentia um desânimo rondando-o. Os valores estavam mudando – e ele era velho demais para mudar.

Foi nesse momento que observou a condessa Czarnova vindo em sua direção.

O sr. Satterthwaite vira a condessa em Monte Carlo em outras tantas temporadas. Na primeira vez que a viu, estava na companhia de um grão-duque. Na ocasião seguinte, com um barão austríaco. Daí em diante, por anos consecutivos, seus amigos eram de origem judaica, homens pálidos de nariz adunco, usando joias um tanto espalhafatosas. Nos últimos dois anos, a condessa era vista mais frequentemente com homens bem jovens, quase garotos.

Agora, ela caminhava ao lado de um desses homens bem jovens. Por acaso, o sr. Satterthwaite o conhecia e lamentou o fato. Franklin Rudge era um jovem norte-americano, produto típico de um daqueles estados do Meio-Oeste, ávido por causar impressões, bronco, porém agradável, uma curiosa mistura de sagacidade natural e idealismo. Ele estava em Monte Carlo com um grupo de jovens norte-americanos de ambos os sexos, todos quase do mesmo tipo. Era o primeiro contato deles com o Velho Mundo, e mostravam-se francos nas críticas e nos elogios.

No geral, eles não gostavam dos ingleses hospedados no hotel, e os ingleses não gostavam deles. O sr. Satterthwaite, que se orgulhava de ser um cosmopolita, apreciava-os bastante. O vigor e a objetividade deles o atraíam, embora os erros gramaticais, aqui e acolá, o fizessem estremecer.

Ocorreu-lhe que a condessa Czarnova não seria uma amizade recomendável para o jovem Franklin Rudge.

Tirou polidamente o chapéu, ante a aproximação deles, e a condessa curvou-se, com um sorriso encantador.

Era uma mulher muito alta, de magnífica aparência. Cabelos negros, assim como os olhos, e os cílios e sobrancelhas ainda mais magnificamente negros do que quaisquer outros produzidos pela natureza.

O sr. Satterthwaite, ciente dos segredos femininos bem mais do que seria recomendável a qualquer homem, rendeu homenagem à perfeição com que estava maquiada. A tez parecia impecável, de um branco cremoso uniforme.

Até mesmo o leve sombreado castanho sob os olhos surtia um efeito extraordinariamente eficaz. A boca não era nem carmesim nem escarlate, mas sim da cor de um vinho suave. Vestia uma criação ousada em branco e preto e levava uma sombrinha em tom de vermelho rosado, bastante favorável à pele.

Franklin Rudge parecia feliz e importante.

"Ali vai um jovem desmiolado", pensou o sr. Satterthwaite. "Mas, suponho que não seja da minha conta e, de qualquer forma, ele não me daria ouvidos. Bem, bem, vivi também minhas próprias experiências, no meu tempo."

Entretanto, ele ainda se sentia bastante preocupado, porque havia no grupo de norte-americanos uma mocinha muito atraente, e estava seguro de que ela não gostaria nem um pouco da amizade de Franklin Rudge com a condessa.

O sr. Satterthwaite estava prestes a se encaminhar na direção oposta, quando avistou a moça em questão, vindo em sua direção por uma das veredas. Ela vestia um conjunto de saia e casaco, talhado sob medida, muito bem cortado, com uma blusa de organza branca ajustada na cintura. Usava sapatos apropriados para caminhadas e tinha um guia nas mãos. Há algumas norte-americanas que passam por Paris e surgem trajadas como a rainha de Sabá, mas Elizabeth Martin não era desse tipo. Ela estava "fazendo a Europa" de modo sério e consciencioso. Tinha conceitos elevados sobre arte e cultura e estava ansiosa por fazer render ao máximo seu dinheiro de viagem.

É questionável se o sr. Satterthwaite a considerava culta ou artística. Parecia-lhe, simplesmente, muito jovem.

– Bom dia, sr. Satterthwaite – disse Elizabeth. – Viu Franklin... o sr. Rudge... em algum lugar?

– Eu o vi faz poucos minutos.

– Com a amiga dele, a condessa, eu suponho.

– É... sim, com a condessa – admitiu o sr. Satterthwaite.

– Aquela condessa não me convence nem um pouco – disse a moça, em voz alta e estridente. – Franklin está louco por ela. *Por quê*, eu nem imagino.

– Ela tem um jeito encantador, a meu ver – disse um sr. Satterthwaite cauteloso.

– Conhece-a?

– Superficialmente.

– Estou preocupadíssima com o Franklin – disse a srta. Martin. Em geral, o rapaz tem muito bom senso.

Nunca imaginaria que pudesse se encantar por esse tipo de mulher. E não se dispõe a ouvir ninguém, fica transtornado quando tentam aconselhá-lo. Diga-me, afinal, ela é uma condessa de verdade?

– Não gostaria de afirmá-lo – respondeu o sr. Satterthwaite. – É possível que seja.

– Eis o verdadeiro humor inglês – disse Elizabeth, dando sinais de desagrado. – Tudo o que posso afirmar é que em Sargon Springs... nossa cidade natal, sr. Satterthwaite... essa condessa pareceria um peixe fora d'água.

O sr. Satterthwaite achou aquilo bem possível. Absteve-se de observar que não estavam em Sargon Springs, e sim no principado de Mônaco, onde a condessa parecia se ajustar bem mais ao ambiente do que a srta. Martin.

Ele não deu resposta, e Elizabeth encaminhou-se para o cassino. O sr. Satterthwaite sentou-se num banco ao sol, e logo Franklin Rudge juntou-se a ele.

Rudge mostrava-se cheio de entusiasmo.

– Estou me divertindo – anunciou ele com um ingênuo entusiasmo. – Sim, senhor! É o que eu chamo de viver a vida. Uma vida bem diferente da que levamos nos Estados Unidos.

O homem mais velho virou o rosto pensativo para ele.

– A vida é vivida praticamente da mesma forma, seja onde for – disse com jeito cansado. – Os trajes é que diferem. E só.

Franklin Rudge olhou-o fixamente.

– Não entendo o que quer dizer.

– Não – disse o sr. Satterthwaite. – É porque você ainda tem muito que viajar. Mas peço-lhe desculpas. Nenhum homem de idade deve permitir-se o hábito de fazer preleções.

– Oh! Está tudo bem – Rudge riu, exibindo os belos dentes, típicos de todos os conterrâneos. – Não digo, veja bem, que não esteja decepcionado com o cassino. Pensei que o jogo fosse algo diferente... algo bem mais fervilhante. Parece-me apenas sujo e entediante.

– O jogo é vida e morte para o jogador, mas não tem grande valor como espetáculo – disse o sr. Satterthwaite. – É mais empolgante ler sobre ele do que assisti-lo.

O jovem concordou com a cabeça.

– Pelo seu modo de ser, o senhor deve ser um figurão, socialmente, não? – perguntou ele com uma franqueza acanhada que seria impossível julgar a pergunta ofensiva. – Quero dizer, o senhor conhece todas as duquesas, condes, condessas etc.

– Muitos deles – disse o sr. Satterthwaite. – Assim como os judeus, os portugueses, os gregos e os argentinos.

– Hein?

– Eu estava apenas querendo explicar – disse o sr. Satterthwaite – que eu circulo pela sociedade inglesa.

Franklin Rudge meditou alguns instantes.

– Conhece a condessa Czarnova, não é?

– Superficialmente – disse o sr. Satterthwaite, com a mesma resposta dada a Elizabeth.

– É uma mulher bem interessante de se conhecer. Costuma-se pensar que a aristocracia da Europa está falida e em decadência. Isso pode valer para os homens, mas as mulheres são diferentes. Não é um prazer encontrar uma criatura refinada como a condessa? Espirituosa, encantadora, inteligente, gerações de civilização por trás dela, uma aristocrata até a raiz dos cabelos!

– É mesmo?

– Ora, e não é? Conhece a família dela?

– Não – respondeu o sr. Satterthwaite. – Infelizmente sei bem pouco a seu respeito.

– Ela era uma Radzynski – explicou Franklin Rudge. – Uma das famílias mais antigas da Hungria. Ela teve uma vida das mais extraordinárias. Sabe aquele longo fio de pérolas que ela usa?

O sr. Satterthwaite assentiu com a cabeça.

– Foi oferecido a ela pelo rei da Bósnia. A pedido dele, a condessa contrabandeou alguns documentos secretos do reino para fora do país.

– Eu soube – disse o sr. Satterthwaite – que as pérolas tinham sido presenteadas a ela pelo rei da Bósnia.

O fato foi, na verdade, assunto de muita intriga, já que se dizia que a dama tinha sido uma *chère amie* de Sua Majestade noutros tempos.

– Agora, vou contar-lhe algo mais.

O sr. Satterthwaite ouvia e, quanto mais ouvia, mais admirava a imaginação fértil da condessa Czarnova. Ela nada tinha de uma vulgar "mulher desse tipo" (como dissera Elizabeth Martin). O rapaz era astuto demais para isso, honesto e idealista. Não, a condessa movia-se, austeramente, em meio a um labirinto de intrigas diplomáticas. Ela tinha inimigos, difamadores, claro! Deixara-se entrever de maneira a fazer o rapaz norte-americano sentir-se por dentro da vida do *ancien régime*, com a condessa como figura central, altiva, aristocrática, amiga de conselheiros e príncipes, uma figura inspiradora de devoção romântica.

– E ela enfrentou suas dificuldades – concluiu o jovem, de forma calorosa. – É uma coisa extraordinária, mas nunca encontrou uma mulher que pudesse ser sua amiga de verdade. As mulheres estiveram contra ela por toda a vida.

– Provavelmente – disse o sr. Satterthwaite.

– Não diria que é algo escandaloso? – perguntou Rudge enfaticamente.

– N... não – disse o sr. Satterthwaite, pensativo. – Não sei se acho. As mulheres têm suas próprias normas, sabe. Não é bom nos metermos em seus negócios. Precisam dirigir seu espetáculo sozinhas.

– Não concordo com o senhor – disse Rudge com firmeza. – É uma das piores coisas do mundo de hoje, a crueldade de uma mulher em relação a outra. Conhece Elizabeth Martin? Em teoria, ela está absolutamente de acordo comigo. É apenas uma criança, mas suas ideias são boas. Na hora do teste prático, porém... ela é tão má quanto qualquer outra. "Demoliu" a condessa, sem nada saber a seu respeito, e não quer ouvir, quando tento explicar-lhe as coisas. Está tudo *errado*, sr. Satterthwaite. Acredito na democracia. E em que consiste, senão na irmandade entre homens e entre as mulheres também?

Ele fez uma pausa, bastante sério. O sr. Satterthwaite tentou pensar em alguma circunstância em que pudesse surgir um sentimento de fraternidade entre a condessa e Elizabeth Martin e não conseguiu.

– Agora, por outro lado, a condessa – prosseguiu Rudge – admira Elizabeth imensamente e a acha encantadora em todos os sentidos. Ora, o que isso demonstra?

– Demonstra – disse o sr. Satterthwaite, secamente – que a condessa já viveu muito mais tempo do que a srta. Martin.

Franklin Rudge saiu pela tangente, de modo inesperado.

– Sabe quantos anos ela tem? Ela me disse. Foi bem descontraído de sua parte. Minha suposição era de que teria uns vinte e nove anos, mas ela me disse, espontaneamente, que tem trinta e cinco. Não aparenta, não é mesmo?

O sr. Satterthwaite, cuja estimativa pessoal quanto à idade da dama era entre quarenta e cinco e quarenta e nove, limitou-se a arquear as sobrancelhas.

— Devo recomendar-lhe cautela em relação a acreditar em tudo o que ouve em Monte Carlo — murmurou ele.

Ele era experiente o suficiente para reconhecer a inutilidade de discutir com o rapaz. Franklin Rudge estava tão firme em seu cavalheirismo que não daria crédito a declarações desprovidas de prova cabal.

— Eis a condessa — disse o rapaz, erguendo-se.

Ela acercou-se deles com aquela graça lânguida que lhe caía tão bem. Logo, os três sentaram-se juntos. Mostrou-se encantadora com o sr. Satterthwaite, embora de forma um tanto distante. Acatou de bom grado suas opiniões, tratando-o como uma autoridade sobre a Riviera.

As coisas foram sabiamente arranjadas. Pouquíssimos minutos haviam transcorrido quando Franklin Rudge se viu gentil porém inequivocamente dispensado, deixando a condessa e o sr. Satterthwaite num tête-à-tête.

Ela baixou a sombrinha e começou a fazer uns desenhos com ela na areia.

— O senhor se interessa pelo gentil rapaz norte-americano, sr. Satterthwaite, não é?

A voz dela era baixa, com leve toque de carícia.

— É um ótimo rapaz — disse o sr. Satterthwaite, num tom descomprometido.

— Eu o considero simpático, sim — disse a condessa, pensativa. — Contei-lhe muita coisa sobre a minha vida.

— É mesmo? — disse o sr. Satterthwaite.

— Detalhes que contei a bem poucos — continuou, com ar sonhador. — Tenho levado uma vida extraordinária, sr. Satterthwaite. Poucos acreditariam nas coisas espantosas que já me aconteceram.

O sr. Satterthwaite era suficientemente perspicaz para entender o que ela estava querendo dizer. Afinal de contas, as histórias contadas a Franklin Rudge *poderiam ser* verdadeiras. Eram extremamente inverossímeis e, em último grau, improváveis, mas eram *possíveis*... Ninguém poderia, de forma categórica, afirmar: "Não se trata disso".

Ele não respondeu, e a condessa continuou a dirigir o olhar sonhador para a baía.

De repente, o sr. Satterthwaite percebeu uma nova e estranha sensação em relação a ela. Não a via mais como uma vigarista, mas como uma criatura acuada e desesperada, lutando com unhas e dentes. Arriscou-se a olhá-la de lado e, com a sombrinha baixada, pôde distinguir as pequenas rugas ao redor dos olhos. Numa têmpora, pulsava uma veia.

Ocorria-lhe de forma continuada – aquela certeza crescente. Era uma criatura desesperada e determinada. Seria implacável com ele ou com qualquer outro que se colocasse entre ela e Franklin Rudge. Ele sentia, porém, que ainda não dominara a situação. Estava claro que ela tinha muito dinheiro. Sempre muito bem-vestida, com joias maravilhosas. Não haveria nenhuma verdadeira urgência nesse sentido. Seria amor? Mulheres da idade dela, como ele sabia, apaixonam-se por rapazes. Poderia ser isso. Ele estava certo de que havia algo fora do comum na situação.

Aquele tête-à-tête com ele, reconhecia, fora uma forma de desafiá-lo. Ela o havia identificado como seu pior inimigo. O sr. Satterthwaite estava seguro de que ela esperava incitá-lo a falar bem dela com Franklin Rudge. Ele sorriu internamente. Era "macaco velho" para se deixar levar. Sabia quando era sábio calar a boca.

Ele a observou naquela noite no Cercle Privé, enquanto tentava a sorte na roleta.

Apostou vezes seguidas, apenas para ver suas tentativas malogradas. Ela suportava bem as perdas, com o *sang froid* do velho *habitué*. Apostou *en plein* uma ou duas vezes, colocando o máximo no vermelho, ganhando um pouco na meia dúzia e perdendo novamente, e por fim jogou no *manque* seis vezes e perdeu em todas elas. Em seguida, encolhendo graciosamente os ombros, retirou-se.

Sua aparência estava excepcionalmente marcante, num vestido em tecido dourado com um toque de verde por baixo. Trazia o famoso fio de pérolas em volta do pescoço e, nas orelhas, um par de longos pingentes de pérolas.

O sr. Satterthwaite ouviu dois homens perto dele a elogiarem.

– A Czarnova – disse um deles. – Veste-se bem, não? E as joias da coroa da Bósnia lhe caem muito bem.

O outro, um homem baixo, olhava-a fixamente, curioso.

– Então, aquelas são as pérolas da Bósnia? – perguntou. – *En verité*. Isto é estranho.

Riu baixinho, consigo mesmo.

O sr. Satterthwaite não conseguiu ouvir mais, porque, naquele momento, virou a cabeça e ficou muito feliz ao reconhecer um velho amigo.

– Meu estimado sr. Quin – apertou-lhe calorosamente a mão. – Este é o último lugar em que esperaria encontrá-lo.

O sr. Quin sorriu, o rosto moreno e atraente, iluminou-se.

– Não deveria se surpreender – disse ele. – É Carnaval. Costumo vir aqui na época do Carnaval.

– Verdade? Bem, é um imenso prazer. Faz questão de ficar aqui nas salas? Acho que estão um tanto quentes.

– Será mais agradável do lado de fora – concordou o outro. – Vamos caminhar pelos jardins.

O ar do lado de fora estava frio, mas não gelado. Ambos respiraram fundo.

– Assim é melhor – disse o sr. Satterthwaite.

– Bem melhor – concordou o sr. Quin. – E podemos falar com mais liberdade. Estou certo de que há muitas coisas que deseja me contar.

– Há, de fato.

Falando com ansiedade, o sr. Satterthwaite descreveu suas perplexidades. Como de costume, orgulhava-se de seu poder de compor uma atmosfera. A condessa, o jovem Franklin, a inflexível Elizabeth – todos esboçados em traços ágeis.

– O senhor mudou, desde a primeira vez em que o encontrei – disse o sr. Quin, sorrindo, concluída a narração.

– De que maneira?

– Contentava-se, então, em observar os dramas que a vida oferecia. Agora... quer participar... agir.

– É verdade – confessou o sr. Satterthwaite. – Mas, neste caso, não sei o que fazer. É tudo muito confuso. Talvez – ele hesitou. – Talvez possa me ajudar.

– Com prazer – disse o sr. Quin. – Vamos ver o que podemos fazer.

O sr. Satterthwaite teve uma estranha sensação de alívio e confiança.

No dia seguinte, apresentou Franklin Rudge e Elizabeth Martin ao seu amigo, o sr. Harley Quin. Ficou satisfeito ao ver que se relacionavam bem. A condessa não foi mencionada, mas, na hora do almoço, ele soube de notícias que despertaram sua atenção.

– Mirabelle chega a Monte esta noite – confidenciou, muito empolgado, ao sr. Quin.

– A grande estrela dos palcos parisienses?

– Sim. É bem provável que o senhor saiba, como todo mundo, que ela é a última paixão do rei da Bósnia.

Cobriu-a de joias, ao que parece. Dizem que é a mulher mais exigente e extravagante de Paris.

– Será interessante ver o encontro dela com a condessa Czarnova, hoje à noite.

– Exatamente o que pensei.

Mirabelle era uma figura alta e magra, com uma bela cabeça, ornada por cabelos pintados de louro. A pele de um tom de malva pálido e os lábios, cor de laranja. Era espantosamente chique. Vestia algo que parecia uma ave do paraíso glorificada, e correntes de joias pendiam sobre as costas nuas. Um pesado bracelete com imensos diamantes engastados enlaçava-lhe o tornozelo esquerdo.

Causou sensação ao aparecer no cassino.

– Sua amiga condessa terá dificuldade em superá-la – murmurou o sr. Quin ao ouvido do sr. Satterthwaite.

Este último assentiu, balançando a cabeça. Estava curioso para ver qual seria o comportamento da condessa.

Ela chegou tarde, e um murmúrio a seguiu enquanto caminhava, muito à vontade, até uma das mesas centrais de roleta.

Vestia branco – uma simples faixa de crepe trespassada, como uma debutante teria usado, e no pescoço e nos braços nus, de uma alvura radiosa, nenhum tipo de adorno. Não usava joia alguma.

– Uma jogada inteligente – disse o sr. Satterthwaite em imediata aprovação. – Ela desdenha a concorrência e vira a mesa da adversária.

Aproximou-se e ficou junto à mesa. De vez em quando, divertia-se com uma aposta. Ganhou algumas vezes, mas perdeu muitas vezes mais.

Houve uma rodada incrível, na última dúzia. Os números 31 e 34 ganharam por várias vezes. As fichas iam todas para o fundo do pano.

Com um sorriso, o sr. Satterthwaite fez sua última aposta da noite, colocando o máximo no número 5.

A condessa, por sua vez, inclinou-se para frente e pôs o máximo no 6.

– *Faites vos jeux* – convidou o crupiê, com voz rouca. – *Rien ne va plus. Plus rien.**

A bola girou, zunindo divertidamente.

"Isto significa algo diferente para cada um de nós. Angústias de esperança e desespero, tédio, uma diversão à toa, vida e morte", pensou o sr. Satterthwaite.

Clique!

O crupiê inclinou-se para frente para ver.

– *Numéro cinque, rouge, impair et manque.*

O sr. Satterthwaite ganhara!

Depois de retirar as demais fichas, o crupiê empurrou para frente os ganhos do sr. Satterthwaite, que estendeu a mão para apanhá-los. A Condessa fez a mesma coisa. O crupiê olhou de um para o outro.

– *À madame* – disse bruscamente.

A condessa recolheu o dinheiro. O sr. Satterthwaite recuou. Sempre um *gentleman*. Ela o encarou, e ele lhe devolveu o olhar. Uma ou duas pessoas próximas indicaram o engano ao crupiê, mas o homem abanou a cabeça, com impaciência. Decidira. Caso encerrado. Elevou o grito rouco:

– *Faites vos jeux, Messieurs et Mesdames.*

O sr. Satterthwaite juntou-se novamente ao sr. Quin. Por trás de suas maneiras impecáveis, sentia-se extremamente indignado. O sr. Quin o ouviu, compreensivo.

– Muito desagradável – disse ele –, mas essas coisas acontecem. Mais tarde, encontraremos nosso amigo Franklin Rudge. Estou dando uma pequena ceia.

---

* Façam suas apostas... nenhuma aposta mais. Encerradas as apostas. (N.T.)

Os três se encontraram à meia-noite, e o sr. Quin explicou seu plano.

– É o que se chama de festa surpresa – explicou ele. – Escolhemos o local do encontro, e, então, cada um sai com o compromisso de honra de convidar a primeira pessoa que encontrar.

Franklin Rudge divertiu-se com a ideia.

– Mas e se a pessoa não aceitar?

– Terá de empregar seus mais fortes poderes de persuasão.

– Muito bem. E onde é o local do encontro?

– É num café meio boêmio... onde se pode levar convidados de fora. Chama-se Le Caveau.

Ele explicou a localização, e os três se separaram. O sr. Satterthwaite teve a sorte de dar de cara com Elizabeth Martin e chamou-a, alegremente. Chegaram ao Le Caveau e desceram até uma espécie de adega onde encontraram uma mesa posta para a ceia e iluminada por candelabros antiquados.

– Somos os primeiros – disse o sr. Satterthwaite. – Ah! Aí vem Franklin...

E parou de repente. Franklin vinha acompanhado da condessa. Foi um momento complicado. Elizabeth mostrou-se menos amável do que deveria. A condessa, mulher experiente, manteve as aparências.

Por último chegou o sr. Quin. Com ele, vinha um homenzinho moreno, bem-vestido, cujo rosto pareceu familiar ao sr. Satterthwaite. Passados alguns instantes, reconheceu-o. Era o crupiê que, naquela mesma noite, cometera o tão lamentável engano.

– Deixe-me apresentá-lo ao grupo, sr. Pierre Vaucher – disse o sr. Quin.

O homenzinho parecia confuso. O sr. Quin fez as devidas apresentações, de forma natural e descontraída.

A ceia foi servida, uma ceia excelente. Veio o vinho, igualmente excelente. Um pouco do gelo reinante desapareceu da atmosfera. A condessa estava muito calada, assim como Elizabeth. Franklin Rudge mostrou-se falante. Contou várias histórias, nada engraçadas. Histórias sérias. E, silenciosa e assiduamente, o sr. Quin servia o vinho a todos.

– Vou contar-lhes, e trata-se de uma história verídica. Sobre um homem que fazia o bem – disse Franklin Rudge de modo imponente.

Para alguém vindo do país da Lei Seca, não parecia lhe faltar o gosto pelo champanhe.

Rudge contou sua história – talvez alongando-se mais do que o necessário. Era, como muitas das histórias verídicas, bem inferior à ficção.

Ao pronunciar a última palavra, Pierre Vaucher, do lado oposto ao dele, pareceu acordar. Também ele fizera justiça ao champanhe. Inclinou-se à frente, por sobre a mesa.

– Eu também vou contar uma história – disse com voz carregada. – A minha, porém, é a história de um homem que não fazia o bem. É a história de um homem não que ascendeu, mas que desceu ladeira abaixo. E, assim como a sua, é uma história verdadeira.

– Conte-nos, *monsieur*, por favor – disse o sr. Satterthwaite educadamente.

Pierre Vaucher recostou-se na cadeira e olhou para o teto.

– A história começa em Paris. Lá havia um homem, um joalheiro ativo. Era jovem, despreocupado e competente na profissão. Diziam que tinha futuro. Já estava com um bom casamento arranjado, a noiva não era muito feia, o dote bastante satisfatório. E então, sabem o que aconteceu? Certa manhã, ele viu uma moça. Uma coisinha miúda, *messieurs*. Bonita? Sim, talvez, se não estivesse semimorta de fome. Mas, de qualquer maneira, para aquele rapaz, ela tinha um encanto mágico a que ele não podia resistir. Ela vinha lutando para arranjar um emprego, era virtuosa... ou, pelo menos, foi o que lhe disse. Não sei se era verdade.

A voz da condessa surgiu, de repente, da penumbra.
– Por que não seria verdade? Existem muitas assim.
– Bem, conforme eu disse, o jovem acreditou nela. E casou-se com ela... um ato de loucura! A família não quis mais falar com ele. Ultrajara a todos. E ele casou-se com... vou chamá-la Jeanne. Era uma boa ação. Ele disse isso a ela. Sacrificara muita coisa por sua causa.

– Um começo encantador para a pobre moça – observou a condessa, sendo sarcástica.

– Ele a amava sim, mas desde o início ela o enlouquecia. Era dada a ataques de raiva. Era fria num dia, apaixonada no outro. Por fim, ele enxergou a verdade. Ela nunca o amara. Casara-se para sobreviver. A verdade o magoou, magoou-o terrivelmente, mas ele tentou ao máximo não deixar que nada transparecesse. E julgava-se merecedor de gratidão e obediência aos seus desejos. Discutiam. Ela o censurava. *Mon Dieu*, sobre o que ela não o censurava?

– É possível imaginar o passo seguinte, não? O que tinha de acontecer. Ela o deixou. Durante dois anos, ele ficou sozinho, trabalhando na pequena loja, sem nenhuma notícia dela. Tinha um amigo... o absinto. O negócio já não prosperava tanto.

E então, um dia, ele entrou na loja e encontrou-a lá, sentada. Estava muito bem-vestida. Tinha anéis nos dedos. Ele ficou a observá-la. Seu coração batia... e como batia! Não sabia o que fazer. Gostaria de tê-la espancado, abraçado com força, atirado no chão, pisoteado, ou de se ter lançado aos seus pés. Não fez nada disso. Pegou seus alicates e continuou o trabalho. "*Madame* deseja alguma coisa?", perguntou formalmente.

Aquilo a perturbou. Não era o que esperava.

– Pierre – disse ela –, eu voltei.

Ele colocou os alicates de lado e olhou-a.

– Você quer ser perdoada? – perguntou. – Quer que a receba de volta? Está sinceramente arrependida?

– Você me quer de volta? – ela murmurou.

Oh, e tão suavemente disse aquilo.

Ele sabia que ela preparava uma armadilha. Estava louco para apertá-la nos braços, mas era inteligente demais para isso. Fingiu indiferença.

– Sou um homem cristão – disse ele. – Tento fazer o que a Igreja recomenda. "Ah!", pensou, "vou humilhá-la até deixá-la de joelhos."

Mas Jeanne, é como a estou chamando, jogou a cabeça para trás e riu. Uma risada maldosa.

– Faço troça de você, pequeno Pierre – disse ela. – Veja esses ricos trajes, esses anéis e pulseiras. Eu vim me exibir para você. Pensei que o faria tomar-me em seus braços e quando o fizesse, então... *então* eu cuspiria na sua cara e diria que o odeio!

E, em seguida, ela saiu da loja.

– Acreditam, senhores, que uma mulher poderia ser assim tão má – que voltaria apenas para me atormentar?

– Não – disse a condessa. – Eu não acreditaria, e tampouco acreditaria qualquer homem que não fosse um idiota. Mas todos os homens são completamente idiotas.

Pierre Voucher não lhe deu atenção e prosseguiu.

– E, assim, o jovem de quem lhes falei foi afundando cada vez mais. Bebia mais absinto. A lojinha foi vendida a contragosto. Ele se tornou ralé, caiu na sarjeta. E aí, veio a guerra. Ah, a guerra foi uma boa coisa para ele.

Tirou aquele homem da sarjeta e ensinou-lhe a não ser mais um animal selvagem. Disciplinou-o... e tornou-o sóbrio. Ele suportou o frio e a dor e o medo da morte... mas não morreu e, quando a guerra acabou, sentia-se homem novamente.

– Foi então, *messieurs*, que ele veio para o sul. Seus pulmões tinham sido afetados pelo gás; disseram-lhe que precisava procurar emprego no sul. Não vou cansá-los contando todas as coisas que ele fez. Basta dizer que terminou como crupiê e, lá no cassino, certa noite, viu novamente a mulher que o arruinara. Ela não o reconheceu, mas ele sim. Parecia rica e não sentia falta de nada... mas, *messieurs*, os olhos de um crupiê são penetrantes. Houve uma noite em que ela fez sua última aposta. Não me perguntem como eu sei... mas eu sei... a gente sente essas coisas. Os outros podem não acreditar. Ela ainda tinha roupas caras... por que não empenhá-las, diria alguém? Mas, quando se faz isso, o crédito acaba na hora. Suas joias? Ah, não! E eu não fui um joalheiro, na juventude? Há muito as joias verdadeiras já não estavam ali. As pérolas do rei, vendidas, uma por uma, e substituídas por falsas. Enquanto isso, era preciso comer e pagar a conta do hotel. Sim, e os ricaços – bem, ela já estava muito visada por eles. Oh, diziam... está com mais de cinquenta anos! Quero gastar meu dinheiro com uma mulher mais jovem.

Um longo suspiro veio do lado da janela onde a condessa se achava recostada.

– Sim. Foi um grande momento, aquele. Por duas noites eu a observei. Perdendo, perdendo e perdendo novamente. E agora, o fim. Ela aposta tudo num número. Ao lado dela, um lorde inglês também aposta o máximo... no número seguinte. A bola gira; o momento chegou; ela perdeu.

– Os olhos dela encontram os meus. E o que eu faço? Ponho em risco meu emprego no cassino. Roubo o lorde inglês. Digo "*À Madame*", e entrego o dinheiro a ela.

– Ah! – houve um estrondo, quando a condessa se ergueu de repente e inclinou-se por sobre a mesa, derrubando o copo no chão.

– Por quê? – gritou ela. – É o que eu quero saber, por que fez isso?

Houve uma longa pausa, uma pausa que parecia interminável, e os dois se encarando de um e outro lado da mesa, olhando e olhando... Como se fosse um duelo.

Um sorrisinho malicioso insinuou-se no rosto de Pierre Vaucher. Ele ergueu as mãos.

– *Madame* – disse ele –, existe uma coisa que se chama piedade...

– Ah! – ela desabou novamente. – Entendo.

Tranquila e sorridente, sentia-se senhora de si novamente.

– Uma história interessante, *monsieur* Voucher, não? Deixe-me acender seu cigarro.

Habilmente, enrolou um pedaço de papel, acendeu-o na vela e estendeu-o na direção dele. Ele se inclinou para frente até a chama alcançar a ponta do cigarro que trazia nos lábios.

Então, inesperadamente, ela se levantou:

– E agora devo deixá-los. E, por favor, não preciso que ninguém me acompanhe.

Antes que alguém percebesse, ela já se fora. O sr. Satterthwaite teria corrido atrás dela, mas foi detido por uma imprecação do francês estupefato.

– Com mil demônios!

Ele olhava para o pedaço de papel chamuscado que a condessa deixara cair sobre a mesa. Desenrolou-o.

– *Mon Dieu!* – exclamou ele. – Uma nota de cinquenta mil francos. Percebem? Tudo o que ela ganhou esta noite. Tudo o que tinha no mundo. E acendeu meu cigarro com ela! Porque foi muito orgulhosa para aceitar... a piedade. Ah! Orgulhosa, sempre orgulhosa como o diabo. Ela é única... maravilhosa.

Pulou da cadeira e saiu em disparada. O sr. Satterthwaite e o sr. Quin também tinham se levantado. O garçom aproximou-se de Franklin Rudge.

– *La note, monsieur* – observou sem emoção.

O sr. Quin tirou-a dele rapidamente.

– Estou me sentindo meio solitário, Elizabeth – comentou Franklin Rudge. – Esses estrangeiros... são incríveis! Não consigo entendê-los. O que significa tudo isso, afinal?

– Puxa, como é bom olhar para algo cem por cento americano como você – disse choramingando como uma criancinha. – Esses estrangeiros são tão *estranhos*.

Agradeceram ao sr. Quin e saíram juntos pela noite.

O sr. Quin pegou o troco e sorriu para o sr. Satterthwaite, que se pavoneava, todo satisfeito.

– Bem – disse este último. – Tudo correu de forma esplêndida. Nossos pombinhos estarão bem, agora.

– Quais? – perguntou o sr. Quin.

– Oh – disse o sr. Satterthwaite, caindo em si.

– Bem, suponho que tem razão, levando-se em conta o temperamento latino e tudo o mais...

Parecia hesitante.

O sr. Quin sorriu, e um vitral por trás dele envolveu-o, por alguns instantes apenas, numa roupagem estampada de luz colorida.

Capítulo 6

O homem que veio do mar

O sr. Satterthwaite sentia-se velho. Talvez isso não devesse ser motivo de surpresa, porque, para muitas pessoas, ele *era* velho. Jovens indiscretos diziam aos companheiros: "O velho Satterthwaite? Ora, deve ter cem anos ou, pelo menos, uns oitenta". E mesmo as moças mais gentis diziam com boa vontade: "Ora, Satterthwaite. Sim, é bem idoso. *Deve* estar com sessenta". O que beirava o pior, pois ele tinha sessenta e nove.

Na avaliação que fazia de si mesmo, porém, ele não era velho. Sessenta e nove era uma idade interessante – uma idade de infinitas possibilidades, uma idade em que, afinal, a experiência de uma vida inteira começava a contar. Mas sentir-se velho – isso era diferente: um estado de espírito cansado, desestimulado, quando alguém tende a se fazer perguntas deprimentes. O que era ele, afinal de contas? Um velhote mirrado, sem mulher nem filhos, sem ninguém, sem nada, contando apenas com uma valiosa coleção de arte que parecia, no momento, estranhamente insatisfatória. Ninguém que se preocupasse se estava vivo ou morto...

A esta altura de suas reflexões, o sr. Satterthwaite resolveu parar por ali mesmo. O que pensava era mórbido e inútil. Sabia muito bem, melhor do que ninguém, que uma esposa o teria odiado ou, ao contrário, que ele a teria odiado. Os filhos teriam sido fonte de constante preocupação e ansiedade, e as exigências em relação ao seu tempo e afeto o teriam perturbado consideravelmente.

– Segurança e bem-estar – disse o sr. Satterthwaite – é o que importa.

O último pensamento lembrou-o de uma carta recebida naquela manhã. Tirou-a do bolso e a releu, saboreando o conteúdo com prazer. Para começar, era da duquesa, e o sr. Satterthwaite gostava de ter notícias de duquesas. Na verdade, a carta começava com o pedido de uma soma polpuda para caridade e, se não fosse por isso, talvez jamais tivesse sido escrita. Entretanto, seus termos eram tão agradáveis que o sr. Satterthwaite sentiu-se em condições de relevar o primeiro fato.

Então o senhor abandonou a Riviera – escreveu a duquesa. – Como é que está essa sua ilha? Barata? Cannotti elevou os preços de forma vergonhosa este ano, e eu não devo ir à Riviera novamente. Posso tentar sua ilha, no próximo ano, se as notícias sobre ela forem favoráveis, embora eu deteste passar cinco dias num navio. Ainda assim, qualquer coisa que você recomende será, com certeza, bastante confortável – e satisfatória. Você é uma dessas pessoas que não fazem mimar-se e pensar no próprio conforto. Só existe algo que o salvará, Satterthwaite: o interesse incomum que tem pela vida dos outros...

Ao dobrar a carta, ocorreu-lhe uma visão nítida da duquesa. Sua pequenez, a gentileza inesperada e alarmante, a língua cáustica, o espírito indômito.

Espírito! Todos precisavam de espírito. Puxou outra carta, com um selo da Alemanha, escrita por uma jovem cantora pela qual ele se interessara pessoalmente. Era uma carta agradecida, afetuosa.

Como posso agradecer-lhe, querido sr. Satterthwaite? Parece maravilhoso demais, pensar que dentro de poucos dias estarei cantando Isolda...

Pena que ela tivesse que fazer seu *début* como Isolda. Uma garota encantadora, esforçada, Olga, uma linda voz, mas nenhuma personalidade. E cantarolou para si mesmo. "Não, ordeno-lhe! Peço, compreenda. Eu assim o determino. Eu, Isolda." Não, a menina não tinha nada daquilo dentro dela – o espírito – a vontade indomável – tudo expresso naquele final "*Ich Isolde!*".

Bem, de qualquer forma, ele tinha feito alguma coisa por alguém. Aquela ilha o deprimia. Por que, oh, por que abandonara a Riviera, que ele conhecia tão bem e onde era tão conhecido? Ninguém por aqui se interessava por ele. Ninguém parecia se dar conta de que ali estava o sr. Satterthwaite – o amigo das duquesas e das condessas, dos cantores e escritores. Ninguém na ilha tinha importância social ou artística. Em sua maioria, as pessoas estavam ali há sete, catorze ou vinte e um anos seguidos, valorizando a si próprios e sendo valorizados, de acordo.

Com um suspiro profundo, o sr. Satterthwaite foi descendo do hotel para o pequeno porto solitário, lá embaixo. O trajeto passava por uma avenida de buganvílias – um bloco de vermelho vivo e espalhafatoso, que o fez sentir-se mais velho e grisalho do que nunca.

– Estou ficando velho – murmurou. – Estou ficando velho e cansado.

Alegrou-se quando acabou de passar pelas buganvílias e passou a caminhar pela rua branca, que tinha o mar azul como ponto final. Um cachorro vira-lata estava no meio da estrada, bocejando e se espreguiçando ao sol. Tendo prolongado o espreguiçamento até o limite máximo do êxtase, sentou-se e se deliciou, coçando-se bastante. Depois se levantou, sacudiu-se e olhou em torno, em busca de outras coisas boas que a vida tivesse a oferecer.

Havia um monte de lixo à margem da estrada, e o cão dirigiu-se para lá, farejando, numa agradável expectativa. Era verdade, seu focinho não o enganara! Um cheiro de podridão tão rica superara até mesmo suas expectativas. Farejava com um deleite crescente e, em seguida, abandonando-se de repente, deitou-se de costas e rolou, freneticamente, no apetitoso monte. Era evidente que o mundo, aquela manhã, era o paraíso dos cães!

Cansando-se, afinal, pôs-se de pé novamente e caminhou mais uma vez para o meio da estrada. E então, sem o menor aviso, um automóvel desengonçado adernou, ao dobrar a esquina, apanhando-o em cheio e afastando-se sem dar atenção.

O cachorro ficou de pé, fitando o sr. Satterthwaite por um minuto, com um olhar de vaga e sombria reprovação, e caiu por terra. O sr. Satterthwaite aproximou-se dele e inclinou-se. Estava morto. Continuou seu caminho, pensando na tristeza e na crueldade da vida. Que estranho olhar taciturno de repreensão o cachorro lhe dirigira. "Oh, mundo", parecia dizer. "Oh, mundo maravilhoso em que confiei. Por que fez isto comigo?"

O sr. Satterthwaite prosseguiu, passando pelas palmeiras e pelas casas brancas dispersas, pela praia de lava negra, na qual a arrebentação estourava e onde, certa vez, há muito tempo, um nadador inglês bem conhecido fora arrastado para alto mar e se afogara; para além das piscinas nas rochas, onde crianças e senhoras idosas saltitavam, chamando aquilo de banho; e passou ao longo da estrada íngreme que serpenteava para cima, até o topo do penhasco. Na ponta do penhasco, havia uma casa, apropriadamente chamada La Paz. Uma casa branca com venezianas verdes desbotadas bem fechadas, um belo e rebuscado jardim e uma passagem entre ciprestes que levava a um platô no topo do penhasco, de onde se avistava, lá embaixo – bem lá embaixo – o mar azul profundo.

Era para esse local que o sr. Satterthwaite se dirigia. Cultivara um grande amor pelo jardim de La Paz. Nunca entrara na *villa*. Parecia estar sempre vazia. Manuel, o jardineiro espanhol, dava bom dia com um floreio e, galantemente, presenteava as damas com um buquê e os cavalheiros com uma única flor para a lapela, o rosto moreno, todo sorrisos.

Às vezes, o sr. Satterthwaite inventava histórias em sua imaginação sobre o proprietário da *villa*. A favorita era a de pertencer a uma dançarina espanhola, outrora internacionalmente famosa por sua beleza, que ali se escondia para que o mundo não soubesse que não era mais bonita.

Ele a imaginava saindo da casa ao entardecer e caminhando pelo jardim. Noutras ocasiões, sentiu-se inclinado a perguntar a Manuel sobre a verdade, mas resistiu à tentação. Preferia as próprias fantasias.

Depois de trocar umas poucas palavras com Manuel e de aceitar educadamente o botão de rosa alaranjado, o sr. Satterthwaite desceu pela passagem entre os ciprestes na direção do mar. Era tão maravilhoso sentar ali – à beira do nada – com aquela escarpa abaixo. Fazia-o pensar em Tristão e Isolda, no começo do terceiro ato com Tristão e Gorvenal – aquela espera solitária e Isolda chegando, apressadamente, do mar e Tristão morrendo em seus braços. (Não, a pequena Olga jamais daria uma Isolda. Isolda da Cornualha, aquela que odiava e amava regiamente...) Ele estremeceu. Sentiu-se velho, com frio, sozinho... O que tinha feito da vida? Nada – nada. Não muito mais do que aquele cachorro na rua...

Um som inesperado despertou-o de seu devaneio. Os passos no caminho dos ciprestes eram inaudíveis, sendo que o primeiro sinal da presença de alguém foi a palavra "maldição" em inglês.

Ele olhou em volta e percebeu um jovem que o fitava com óbvia surpresa e decepção. O sr. Satterthwaite identificou-o imediatamente como alguém que chegara no dia anterior e mais ou menos o intrigara. O sr. Satterthwaite chamava-o de jovem – porque, comparando-o à maioria dos macróbios do hotel, ele *era* um jovem, mas, com certeza, nunca mais passaria pelos quarenta e era provável que estivesse beirando o meio século. A despeito disso, o termo "jovem" lhe caía bem – o sr. Satterthwaite costumava acertar em relação a tais coisas –, e havia um quê de imaturidade nele. Assim como existe um quê de filhote em muito cachorro adulto, o mesmo se dava com o estranho.

"Este sujeito nunca cresceu realmente. Não como deveria, é isso", pensou o sr. Satterthwaite.

Ainda assim, não havia nele nada de Peter Pan. Era roliço – quase gordo, com um ar de quem sempre fora bem-sucedido demais no sentido material, sem se negar qualquer tipo de prazer ou satisfação. Olhos castanhos, bem redondos, cabelos louros ficando grisalhos, um bigodinho e um rosto bem corado.

O que intrigava o sr. Satterthwaite era o que trazia o jovem à ilha. Poderia imaginá-lo atirando, caçando, jogando polo, golfe ou tênis, cortejando belas mulheres. Na ilha não havia onde atirar ou caçar, nenhum jogo à exceção do *croquet*, e a coisa mais parecida com uma mulher bonita era a idosa srta. Baba Kindersley. Havia, claro, artistas, atraídos pela beleza do cenário, mas o sr. Satterthwaite tinha certeza de que o jovem não era um artista. Seu perfil, claramente, era de um filisteu.

Enquanto tudo isso lhe passava pela cabeça, o outro falou, dando-se conta um tanto tarde de que sua única exclamação até agora poderia estar sujeita a críticas.

– Perdoe-me – disse com certo embaraço. – Na verdade, fiquei... bem, espantado. Não esperava ver ninguém aqui.

Ele sorriu de forma cativante. O sorriso dele era encantador, amistoso, atraente.

– É um lugar bem solitário – concordou o sr. Satterthwaite, movendo-se polidamente um pouco para cima no banco. O outro aceitou o convite espontâneo e sentou-se.

– Não sei se é solitário – disse ele. – Parece haver sempre *alguém* por aqui.

Havia um tom de ressentimento latente em sua voz. O sr. Satterthwaite ficou imaginando por quê. Via o outro como uma pessoa afável. Por que a insistência na solidão? Um encontro amoroso, talvez? Não. Não era aquilo. Olhou novamente para o companheiro, num exame cuidadosamente velado. Onde vira aquela expressão em particular antes, bem recentemente? Aquele olhar de ressentimento sombrio?

– Já esteve aqui antes, então? – disse o sr. Satterthwaite, mais em nome de dizer algo do que por qualquer outra razão.

– Estive aqui ontem à noite – depois do jantar.

– É verdade? Pensei que os portões ficassem sempre trancados.

Houve uma pausa, e em seguida, quase de repente, o jovem disse:

– Pulei o muro.

O sr. Satterthwaite olhou-o com toda a atenção, agora. Tinha o hábito de bancar o detetive e sabia que seu interlocutor chegara na tarde anterior. Tivera pouco tempo para descobrir as belezas da *villa* à luz do dia e, até agora, não falara com ninguém. Mesmo assim, já noite, ele fora diretamente para La Paz. Por quê? Quase involuntariamente, o sr. Satterthwaite virou a cabeça, a fim de olhar para a casa de venezianas verdes, mas estava serenamente sem vida como sempre, bem fechada. Não, a solução do mistério não estava ali.

– E, na verdade, encontrou outra pessoa?

O outro assentiu com a cabeça.

– Sim. Deve ser alguém do outro hotel. Vestia uma fantasia.

– Fantasia?

– Sim. Um tipo de traje de arlequim.

– O quê?

A pergunta quase que saltou dos lábios do sr. Satterthwaite. O companheiro virou-se para fitá-lo, surpreendido.

– Eles costumam fazer bailes à fantasia nos hotéis, imagino?

– Oh! Muitos – disse o sr. Satterthwaite. – Muitos, muitos, muitos.

Ele fez uma pausa, quase sem fôlego e, em seguida, acrescentou:

– Desculpe minha empolgação. Por acaso conhece alguma coisa sobre catálise?

O jovem olhou fixamente para ele.

– Nunca ouvi falar. O que é?

O sr. Satterthwaite citou com seriedade: "Uma reação química cujo sucesso depende da presença de certa substância que, em si mesma, permanece inalterada".

– Oh! – disse o jovem, em tom de dúvida.

– Tenho um amigo... o nome dele é sr. Quin, e pode bem ser descrito nos termos da catálise. Sua presença é um sinal de que coisas vão acontecer; devido à sua presença, estranhas revelações vêm à luz, são feitas descobertas. E, no entanto, ele próprio não participa dos procedimentos. Tenho um sentimento de que foi o meu amigo que o senhor encontrou aqui na noite passada.

– Então, ele é do tipo bastante apressado. Deu-me um grande susto. Num minuto, estava ali, e no seguinte, não estava mais! Foi quase como se saísse do mar.

O sr. Satterthwaite olhou para o pequeno platô e para a descida escarpada abaixo.

– Não faz sentido, naturalmente – disse o outro. – Mas foi o sentimento que ele me passou. Claro, não há, de fato, lugar nem para uma mosca se apoiar. – E olhou por sobre a beira. – Uma queda livre. Se alguém ultrapassar isto... bem, seria o fim de tudo.

– Lugar ideal para um assassinato, na verdade – disse o sr. Satterthwaite descontraidamente.

O outro o olhou, como se não estivesse ouvindo naquele momento. Em seguida, disse vagamente:

– Oh! Sim, claro...

Ficou ali sentado, batendo de leve no chão com a bengala, a testa franzida. De repente, o sr. Satterthwaite identificou a tal semelhança que vinha buscando. Aquele ressentimento sombrio. *Assim olhava o cachorro que fora atropelado.* Os olhos dele, como os desse jovem, faziam a mesma pergunta patética, com a mesma acusação. *Oh! Mundo em que confiei, o que fez comigo?*

Ele percebeu outros pontos de semelhança entre os dois: o mesmo gosto pela vida fácil e despreocupada, o mesmo alegre abandono aos prazeres da vida, a mesma ausência de questionamento intelectual. O suficiente para ambos viverem no momento presente – o mundo era um bom lugar, um lugar de delícias materiais – sol, mar, céu – um simples monte de lixo. E depois... o quê? Um automóvel pegara o cachorro. O que atingira o homem?

O sujeito dessas cogitações interrompeu-as a esta altura, falando, todavia, mais consigo próprio do que com o sr. Satterthwaite.

– Fico imaginando – disse ele – o porquê de tudo isso?

Palavras familiares – palavras que costumavam levar um sorriso aos lábios do sr. Satterthwaite, por traírem inconscientemente o egoísmo inato da humanidade, que insiste em considerar toda manifestação da vida como diretamente destinada a seu prazer ou seu tormento. Não respondeu, e o estranho disse, com uma leve risada, meio como forma de desculpa:

– Ouvi dizer que todo homem deve construir uma casa, plantar uma árvore e ter um filho. – Fez uma pausa e, em seguida, acrescentou: – Creio ter plantado um carvalho, certa vez...

O sr. Satterthwaite agitou-se um pouco. Sua curiosidade fora despertada... aquele interesse sempre presente pela vida dos outros, de que a duquesa o acusara... fora estimulado. Não era difícil de acontecer. Por natureza, o sr. Satterthwaite tinha um lado muito feminino; era tão bom ouvinte quanto qualquer mulher e sabia o momento exato de dizer uma palavra de incentivo. Agora, ele ouvia a história toda.

Anthony Cosden, era o nome do estranho, e sua vida era quase como o sr. Satterthwaite imaginara. Não tinha muito jeito para contar uma história, mas seu ouvinte preencheu as lacunas facilmente. Uma vida bastante comum: renda média, um breve período militar, muito esporte sempre que havia oportunidade, muitos amigos, muitas coisas agradáveis para fazer, mulheres em quantidade suficiente. O tipo de vida que praticamente impede qualquer descrição, pois se limita às sensações. Falando francamente, uma vida animal.

"Mas há coisas piores do que isso", pensou o sr. Satterthwaite, das profundezas de sua experiência. "Oh! Coisas muito piores do que isso."

Para Anthony Cosden, este mundo parecera um lugar muito bom. Ele praguejara porque todo mundo sempre pragueja, mas não fora um resmungo sério. E então – *isto*.

Afinal chegou ao ponto – bem vaga e incoerentemente. Não sentira muita coisa – nada demais. Procurara seu médico, e o médico persuadiu-o a consultar-se com outro em Harley Street. E, então, a verdade inacreditável. Tentaram usar de subterfúgios – falaram de grandes cuidados, uma vida tranquila, mas não tinham conseguido disfarçar que aquilo era um engodo para ajudá-lo a passar pela situação, o que o abateu de certa forma. A coisa resumia-se a seis meses. Foi o que lhe deram de vida. Seis meses.

Voltou aqueles olhos castanhos assustados para o sr. Satterthwaite. Era um grande choque para um homem, claro. Não sabia – não sabia o que *fazer*.

O sr. Satterthwaite meneou a cabeça, sinalizando gravidade e compreensão.

Fora bem difícil absorver de imediato, continuou Anthony Cosden. Como situar a coisa no tempo. Um gosto estragado esse, de esperar pela hora de bater as botas. Não se sentia doente de fato – ainda não. Embora isso pudesse acontecer mais adiante, conforme as palavras do especialista. Na verdade, era inevitável. Morrer parecia um enorme contrassenso, quando não se desejava isso de forma alguma. A melhor coisa a fazer, pensara, seria levar tudo adiante, como de costume. Mas, de algum modo, não tinha funcionado.

Aqui, o sr. Satterthwaite o interrompeu

– Não haveria – disse ele, numa delicada insinuação – uma mulher?

Entretanto, aparentemente, não havia. Existiam mulheres, claro, mas não desse tipo. A turma dele era muito animada. Ninguém ali gostava, segundo ele, de cadáveres. Não desejava fazer de si próprio uma espécie de funeral ambulante. Seria embaraçoso para todos. Assim, resolvera viajar para o exterior.

– Veio conhecer estas ilhas? Mas por quê? – O sr. Satterthwaite estava à cata de algo, algo intangível, porém delicado, que lhe escapava mas, ainda assim, tinha certeza de que existia. – Já esteve aqui antes, talvez?

– Sim – admitiu quase a contragosto. – Há muitos anos quando era bem jovem.

E, de repente, quase inconscientemente, segundo pareceu, deu uma rápida olhada para trás, por sobre o ombro, em direção à *villa*.

– Lembrei deste lugar – disse ele, balançando a cabeça na direção do mar. – *A um passo da eternidade.*

– E foi por isso, então, que esteve aqui ontem à noite – concluiu o sr. Satterthwaite calmamente.

Anthony Cosden lançou-lhe um olhar assombrado.

– Oh! Quero dizer... realmente... – protestou ele.

– Ontem à noite encontrou alguém aqui. Esta tarde, encontrou a mim. Sua vida foi salva – duas vezes.

– Pode colocar dessa forma, se quiser... mas, dane-se, é a *minha* vida. Tenho o direito de fazer com ela o que bem entender.

– Isso é um clichê – disse o sr. Satterthwaite num tom cansado.

– Claro que entendo seu ponto de vista – disse Anthony Cosden com afabilidade. – Claro que o senhor tem de dizer o que é possível. Eu mesmo tentaria dissuadir a pessoa, mesmo sabendo, bem lá no fundo, que ela estava certa. E o senhor sabe que estou certo. Um fim limpo e rápido é melhor do que um arrastado... causando problemas, despesas e incômodos para todos. De qualquer jeito, não é como se eu tivesse neste mundo alguém que realmente me pertencesse...

– E se tivesse...? – indagou o sr. Satterthwaite sendo direto.

Cosden respirou profundamente.

– Não sei. Mesmo nesse caso, creio, esta forma seria a melhor. Mas, de qualquer maneira – eu não tenho...

Ele parou de repente. O sr. Satterthwaite observou-o com curiosidade. Incuravelmente romântico, mais uma vez sugeriu haver, em algum lugar, alguma mulher. Cosden, porém, negou. Não tinha, disse ele, do que se queixar. No geral, levara uma vida muito boa. Pena que fosse terminar tão cedo, só isso. Mas, de qualquer maneira, tivera tudo aquilo que, ele supunha, valia a pena ter. Exceto um filho. Gostaria de ter tido um filho. Gostaria de saber que, agora, um filho seu lhe sobreviveria. Ainda assim – reiterava o fato – tivera uma vida muito boa.

Foi neste ponto que o sr. Satterthwaite perdeu a paciência. Ninguém, ele observou, que ainda estivesse no estágio larval poderia dizer que conhece alguma coisa da vida. Uma vez que as palavras *estágio larval* visivelmente nada significavam para Cosden, ele esforçou-se para esclarecer o que queria dizer.

– Você nem começou a viver ainda. Ainda está no começo da vida.

Cosden riu.

– Ora, meu cabelo está grisalho. Tenho quarenta anos...

O sr. Satterthwaite o interrompeu.

– Isto nada tem a ver com o caso. A vida é um composto de experiências físicas e mentais. Eu, por exemplo, tenho sessenta e nove anos, e estou realmente com sessenta e nove. Conheci, seja em primeira ou em segunda mão, quase todas as experiências que a vida tem a oferecer. Você é como um homem que fala de um ano inteiro, mas que viu apenas neve e gelo! As flores da primavera, os dias lânguidos do verão, as folhas caídas do outono... nada sabe sobre isso, nem mesmo que existem tais coisas. E vai virar as costas até mesmo à oportunidade de conhecê-las.

– Parece esquecer – disse Anthony Cosden secamente – que, de qualquer maneira, tenho apenas seis meses.

– O tempo, assim como tudo o mais, é relativo – disse o sr. Satterthwaite. – Esses seis meses poderiam ser mais longos e mais cheios de experiências do que sua vida inteira.

Cosden parecia não estar convencido.

– No meu lugar – disse ele – o senhor faria o mesmo.

O sr. Satterthwaite balançou a cabeça.

– Não – disse simplesmente. – Em primeiro lugar, duvido que eu tivesse coragem. É preciso coragem, e não sou um indivíduo corajoso. E, em segundo lugar...

– Sim?

– Sempre quero saber o que vai acontecer amanhã.

Cosden ergueu-se de repente, dando uma risada.

– Bem, senhor, foi bondade sua me permitir conversar com o senhor. Nem sei bem por que... De qualquer jeito, é isso. Falei demais. Esqueça.

– E amanhã, quando um acidente for noticiado, devo deixar por isso mesmo? Não sugerir que tenha sido suicídio?

– Como quiser. Gostaria que compreendesse uma coisa... que não pode me impedir.

– Meu caro jovem – disse o sr. Satterthwaite tranquilamente –, não tenho como me agarrar a você como se fosse um carrapato. Mais cedo ou mais tarde, você me escaparia e cumpriria o seu intento. No entanto, foi frustrado, pelo menos esta tarde. Você não gostaria de morrer deixando-me sujeito à possível acusação de tê-lo empurrado.

– É verdade – disse Cosden. – Se insistir em permanecer aqui...

– Eu insisto – disse o sr. Satterthwaite com firmeza.

Cosden deu uma gargalhada bem-humorada.

– Então, o plano precisa ser adiado por ora. Nesse caso, voltarei para o hotel. Vejo-o mais tarde, talvez.

O sr. Satterthwaite ficou ali, olhando o mar.

– E agora – falou consigo, baixinho –, o que vai acontecer? Algo tem de acontecer... O que poderia ser...

Ele se levantou. Ficou por um momento à beira do platô, olhando para a água ondulante, lá embaixo. Mas não encontrou ali nenhuma inspiração e, virando-se devagar, voltou a pé pelo caminho dos ciprestes até o jardim silencioso. Olhou para a casa fechada e pacífica e ficou imaginando, como fizera muitas vezes antes, quem tinha morado ali e o que acontecera entre aquelas plácidas paredes. Num súbito impulso, subiu alguns degraus de pedra arrebentados e pôs a mão sobre uma das venezianas verdes desbotadas.

Para sua surpresa, ela cedeu ao toque. Hesitou por um momento e, em seguida, escancarou-a com um empurrão. No minuto seguinte ele recuou com uma pequena exclamação de assombro. Uma mulher estava na janela, o encarando. Ela vestia preto e trazia uma mantilha de renda negra sobre a cabeça.

Dada a urgência do momento, o sr. Satterthwaite oscilou de forma atrapalhada entre o italiano e o alemão – a coisa mais parecida com o espanhol que encontrou. Estava desolado e envergonhado, explicou precariamente. A *Signora* tinha de perdoá-lo. Logo em seguida, retirou-se o mais rápido possível, sem que a mulher tivesse dito uma só palavra.

Ele já ia pela metade do pátio quando ela falou – duas palavras bruscas como os disparos de uma pistola.

– Volte aqui!

Foi um comando vociferado, como que dirigido a um cão, mas era tão absoluta a autoridade expressa que o sr. Satterthwaite deu uma rápida meia-volta e num passo acelerado retornou à janela, quase automaticamente, antes que lhe ocorresse sentir qualquer ressentimento. Obedecia como um cachorro. A mulher continuava imóvel, à janela. Olhou-o de alto a baixo, examinando-o com toda a calma.

– O senhor é inglês – ela disse. – Foi o que me pareceu.

O sr. Satterthwaite deu início a um segundo pedido de desculpas.

– Se soubesse que era inglesa – disse ele –, eu teria me expressado melhor do que fiz agora há pouco. Peço-lhe as mais sinceras desculpas pela grosseria em forçar a veneziana. Sinto não ter outra justificativa a não ser a curiosidade. Eu tinha um imenso desejo de ver como seria o interior dessa casa tão encantadora.

Ela riu de repente, uma risada ampla e sonora:

– Se quer realmente vê-la – disse –, é melhor entrar.

Ela se afastou, e o sr. Satterthwaite, sentindo uma aprazível empolgação, entrou na sala. Estava escura, pois as venezianas das outras janelas estavam fechadas, mas ele pôde reparar que a mobília era escassa e pobre e que havia poeira da grossa por todo o canto.

– Aqui, não – disse ela. – Não uso esta sala.

Ela tomou a dianteira, e ele a seguiu, saindo do aposento e passando por um corredor até uma sala do outro lado. Ali, as janelas davam para o mar, e o sol iluminava tudo. Os móveis, como os do outro cômodo, eram de má qualidade, mas havia alguns tapetes desgastados que teriam sido bonitos no passado, um grande biombo de couro espanhol e jarros com flores frescas.

– Vai tomar um chá comigo – disse a anfitriã do sr. Satterthwaite. – É um chá muito bom e será feito com água fervente – acrescentou, tranquilizando-o.

Ela foi do lado de fora da porta e gritou algo em espanhol. Voltou em seguida e sentou-se no sofá em frente ao convidado. Pela primeira vez, o sr. Satterthwaite conseguiu estudar-lhe a aparência.

O primeiro efeito da impressão foi o de fazê-lo se sentir ainda mais grisalho, enrugado e envelhecido do que o habitual, dado o contraste com a personalidade vigorosa da anfitriã. Era uma mulher alta, bem queimada pelo sol, morena e bonita, embora não fosse mais jovem. Quando ela estava na sala, o sol parecia brilhar duas vezes mais do que quando se ausentava, e agora uma curiosa sensação de calor e vitalidade começava a dominar o sr. Satterthwaite. Era como se estendesse as mãos magras e enrugadas em direção a um fogo acolhedor.

"Ela tem tanta vitalidade que sobra para as outras pessoas", pensou.

Lembrou-se do tom de comando na voz, quando ela o detivera, e desejou que sua *protégée*, Olga, pudesse contar com um pouco daquela força. "Que Isolda ela daria! E provavelmente não tem nem de longe voz de cantora. A vida é desencontrada", pensou. De qualquer forma, ele a receava um pouco. Não lhe agradavam mulheres dominadoras.

Ela estivera, claramente, analisando-o, sentada com o queixo nas mãos, sem dissimulação. Por fim, balançou a cabeça, como se tivesse tomado uma decisão.

– Alegro-me que tenha vindo – disse afinal. – Precisava demais de alguém com quem falar esta tarde. E o senhor está habituado a isso, não?

– Não estou entendendo bem.

– Eu quis dizer que as pessoas lhe contam coisas. O senhor sabe o que eu queria dizer! Por que fingir?

– Bem... talvez...

Ela prosseguiu, sem levar em conta o que quer que ele tivesse para falar.

– Pode-se dizer qualquer coisa para o senhor. Isso por ser metade mulher. Sabe o que sentimos, o que pensamos, as coisas estranhas, bem estranhas que fazemos.

A voz dela desapareceu. O chá foi trazido por uma moça espanhola, gorda e sorridente. Era um bom chá, da China, e o sr. Satterthwaite saboreou-o com gosto.

– Mora aqui? – perguntou ele, engrenando uma conversa.

– Sim.

– Mas não o tempo todo. Em geral a casa está fechada, não é? Pelo menos, assim me contaram.

– Fico um bom tempo por aqui, mais do que as pessoas sabem. Uso apenas estas salas.

– É a proprietária da casa há muito tempo?

– Pertence a mim há vinte e dois anos. E eu morei aqui por um ano antes disso.

O sr. Satterthwaite falou de um jeito um tanto frívolo (ou assim o sentiu):

– É muito tempo.

– Aquele ano? Ou os vinte e dois anos?

O interesse dele aumentou, e o sr. Satterthwaite disse em tom grave:

– Depende.

Ela assentiu com a cabeça.

– Sim, depende. São dois períodos separados. Nada têm a ver um com o outro. Qual é o longo? Qual o curto? Mesmo agora, não sei dizer.

Ficou calada por um minuto, meditando. Depois disse, com um pequeno sorriso:

– Faz tanto tempo que não falo com ninguém... tanto tempo! Eu não lamento. O senhor veio até à veneziana. Queria espiar pela minha janela. E é isto que está fazendo sempre, não? Empurrando a veneziana e olhando pela janela para a verdade da vida das pessoas. Se elas o permitem. E muitas vezes, mesmo que não permitam. Seria difícil esconder alguma coisa do senhor. O senhor adivinharia... e adivinharia acertadamente.

O sr. Satterthwaite teve um impulso estranho de ser absolutamente sincero.

– Estou com sessenta e nove anos – disse ele. – Tudo o que sei da vida é em segunda mão. Algumas vezes isso é muito amargo para mim. E, no entanto, por causa disso sei de muita coisa.

Ela balançou a cabeça, pensativa.

– Eu sei. A vida é muito estranha. Não posso imaginar como seria ser... sempre um observador.

O tom era de divagação. O sr. Satterthwaite sorriu.

– Não, não poderia imaginar. Seu lugar é no centro do palco. Será sempre a *prima donna*.

– Que coisa curiosa está dizendo.

– Mas tenho certeza. Coisas lhe aconteceram... sempre lhe acontecerão. Às vezes, creio eu, houve coisas bem trágicas. Não é mesmo?

Os olhos dela se estreitaram, fitando-o.

– Se ficar aqui muito tempo, alguém lhe contará sobre o nadador inglês que se afogou ao pé desse penhasco. Dirão como era jovem e forte, como era bonito, e lhe dirão que sua jovem mulher o viu afogar-se, do alto do penhasco.

– Sim, já soube dessa história.

– Esse homem era meu marido. Esta era sua *villa*. Ele me trouxe para cá quando eu tinha dezoito anos e um ano depois morreu... atirado pelas ondas contra as rochas negras, cortado, ferido e mutilado, golpeado até morrer.

O sr. Satterthwaite soltou uma exclamação, chocado. Ela inclinou-se para frente, com os olhos ardentes fixos no rosto dele.

– O senhor falou em tragédia. Pode imaginar tragédia maior que essa? Para uma jovem esposa, com apenas um ano de casada, ficar ali, impotente, enquanto o homem que ela amava se debatia pela vida... e a perdia... pavorosamente.

– Terrível – disse o sr. Satterthwaite, falando com viva emoção. – Concordo. Nada na vida poderia ser tão medonho.

De repente, ela riu, jogando a cabeça para trás.

– Está errado – disse. – Existe algo mais terrível. É uma jovem esposa ficar ali esperando e desejando que o marido se afogasse.

– Mas, por Deus – gritou o sr. Satterthwaite –, não está querendo dizer que...

– Sim, estou. Foi o que realmente aconteceu. Ajoelhei-me ali... ajoelhei-me no penhasco e rezei. Os criados espanhóis pensavam que eu rezava para que ele se salvasse. Mas eu não estava. Rezava para conseguir desejar que ele fosse poupado. Dizia a mesma coisa, vezes repetidas: "Meu Deus, ajude-me a não desejar que ele morra. Meu Deus, ajude-me a não desejar que ele morra". Mas de nada adiantou. O tempo todo eu ansiei por aquilo... ansiei... e meu desejo realizou-se.

Calou-se por um ou dois minutos e, então, disse, de modo delicado, numa voz bem diferente:

– É algo terrível, não? O tipo de coisa que não se pode esquecer. Fiquei imensamente feliz ao saber que ele estava morto de fato e que não poderia mais voltar para me torturar.

– Minha filha – disse o sr. Satterthwaite, chocado.

– Eu sei. Eu era jovem demais para que algo assim me acontecesse. São coisas que deveriam acontecer quando se é mais velho... quando se está mais preparado... para a brutalidade. Creio que ninguém sabia o que ele realmente era. Pensei que fosse alguém maravilhoso, quando o encontrei pela primeira vez, e fiquei muito feliz e orgulhosa quando me pediu em casamento. Mas as coisas deram errado quase imediatamente. Vivia furioso comigo... nada do que eu fazia lhe agradava... e, no entanto, tentei com todas as forças. Então, ele começou a gostar de me magoar. E, acima de tudo, de me aterrorizar. Isso era o que mais lhe agradava. Inventava todo tipo de coisa... coisas terríveis. Não vou lhe contar. Suponho mesmo que ele devia ser um pouco louco. Eu estava sozinha aqui, em suas mãos, e a crueldade começou a ser o seu passatempo.

Os olhos dela, arregalados, ficaram sombrios.

– O pior foi o meu bebê. Eu ia ter um bebê. Por causa de algumas das coisas que ele me fez, o bebê nasceu morto. Meu bebezinho. Quase morri também, mas não. Queria ter morrido.

O sr. Satterthwaite emitiu um som inarticulado.

– E então eu me vi livre, da forma como lhe contei. Algumas das moças que estavam hospedadas no hotel o desafiaram. Foi assim que aconteceu. Todos os espanhóis disseram que seria loucura arriscar-se no mar logo ali. Mas ele, muito vaidoso, queria se exibir. E eu... eu o vi se afogar. E fiquei contente. Deus não devia permitir que coisas assim acontecessem.

O sr. Satterthwaite estendeu a pequena mão e segurou as dela. Ela a apertou com força, como uma criança teria feito. A maturidade abandonara-lhe o rosto. Ele a via, sem dificuldade, como se tivesse dezenove anos.

– A princípio, parecia muito bom para ser verdade. A casa era minha, e eu podia habitá-la. E ninguém mais poderia me machucar! Eu era órfã, sabe, sem parentes próximos, ninguém para se preocupar com o que seria de mim. Isso simplificava as coisas. Continuei vivendo aqui, nesta *villa*, e era como se fosse o paraíso. Sim, como estar no paraíso. Eu nunca tinha sido tão feliz, e jamais serei novamente. Apenas acordar e saber que estava tudo bem. Nenhuma dor, nem terror, nem ficar imaginando o que ele faria comigo em seguida. Sim, era o céu.

Calou-se por um bom tempo.

– E depois? – perguntou o sr. Satterthwaite, por fim.

– Acho que o ser humano nunca está satisfeito. Primeiro, estar livre, apenas, era suficiente. Depois de algum tempo, porém, comecei a me sentir... bem, solitária, suponho. Comecei a pensar no meu bebê que tinha morrido. Se ao menos eu tivesse o meu bebê! Queria-o como um bebê e também como um brinquedo. Desejava muitíssimo algo ou alguém para brincar. Parece tolice e infantilidade, mas assim foi.

– Compreendo – disse o sr. Satterthwaite, em tom grave.

– É difícil explicar a parte seguinte. Simplesmente... bem, aconteceu, sabe. Havia um jovem inglês hospedado no hotel. Ele entrou por engano no jardim. Eu estava usando um traje espanhol, e ele achou que eu era uma moça espanhola. Pensei que seria engraçado fingir, e assumi o papel. Ele falava espanhol muito mal, mas fazia-se entender de alguma forma. Eu falei que a *villa* pertencia a uma senhora inglesa que estava fora. Disse-lhe que ela me ensinara um pouco de inglês e fingi, falando um inglês errado. Foi muito divertido... tão divertido... ainda agora lembro como foi divertido. Ele começou a me cortejar. Concordamos em fingir que a *villa* era o nosso lar, que acabáramos de nos casar e que íamos viver aqui. Sugeri que empurrássemos uma das venezianas... essa que o senhor empurrou, esta tarde. Estava aberta e, dentro, a sala estava empoeirada e abandonada. Entramos furtivamente. Foi excitante e maravilhoso. Fingíamos que a casa era nossa.

Ela parou de repente, com um olhar suplicante para o sr. Satterthwaite.

– Tudo parecia lindo, como num conto de fadas. E o mais lindo, para mim, era porque não era verdadeiro. Não era real.

O sr. Satterthwaite assentiu com a cabeça. Ele a via, talvez com maior nitidez do que ela própria – aquela criança amedrontada, solitária, arrebatada por um faz de conta que era seguro por não ser real.

– Acho que ele era um rapaz bem comum. Em busca de aventura, mas bastante gentil. Continuamos fingindo.

Parou, fitando o sr. Satterthwaite.

– Compreende? – disse novamente. – Continuamos fingindo...

Prosseguiu, depois de um minuto.

– Ele apareceu na *villa* novamente na manhã seguinte. Eu o vi do meu quarto de dormir, pela veneziana. Claro que ele nem sonhava que eu estivesse lá dentro. Ainda pensava que eu era uma camponesinha espanhola. Ficou lá, olhando em volta. Pedira-me para me encontrar com ele. Eu dissera que sim, mas jamais pretendi aparecer.

– Ele se limitou a ficar por ali, parecendo preocupado. Acho que estava preocupado comigo. Era gentil da parte dele se preocupar comigo. Ele *era* gentil...

Ela fez outra pausa.

– Ele se foi no dia seguinte. Nunca mais o vi.

– Meu bebê nasceu nove meses depois. Senti-me maravilhosamente feliz o tempo todo. Poder ter um bebê de forma tão tranquila, sem ninguém para nos magoar, ou nos fazer infeliz. Não me lembrei de perguntar ao meu rapaz inglês seu nome de batismo. Eu teria dado o mesmo nome ao bebê. Parecia-me grosseiro não fazê-lo. Parecia até bastante injusto. Ele me dera o que eu mais queria no mundo e nem mesmo viria a tomar conhecimento! Mas, claro, eu disse a mim mesma, ele não veria a coisa dessa forma... saber do fato provavelmente só o preocuparia e aborreceria. Para ele, eu fora uma distração passageira, apenas isso.

– E o bebê? – perguntou o sr. Satterthwaite.

– Era esplêndido. Dei-lhe o nome de John. Esplêndido. Gostaria que pudesse vê-lo agora. Tem vinte anos. Vai ser engenheiro especializado em mineração. Tem sido para mim o melhor e mais querido filho do mundo. Contei-lhe que o pai falecera antes de ele nascer.

O sr. Satterthwaite olhou fixamente para ela. Uma história curiosa. E, de alguma forma, uma história que ainda não fora contada por inteiro. Estava convicto de que havia algo mais.

– Vinte anos é muito tempo – disse ele, pensativo. – Nunca pensou em casar-se de novo?

Ela balançou a cabeça, negando. Lentamente, um rubor ardente se espalhou pelo rosto bronzeado.

– Seu filho lhe bastou – sempre?

Ela o fitou com os olhos mais doces que ele vira até então.

– Essas coisas estranhas acontecem! – murmurou. – Coisas estranhas mesmo... Não acreditaria nelas. Não, estou enganada, talvez o *senhor* acreditasse. Eu não amava o pai de John, não naquela ocasião. Acho que nem sabia o que era o amor. Supus, como algo natural, que a criança fosse ser como eu. Mas não era. Poderia não ser meu filho, com certeza. Era igual ao pai... parecia-se apenas com ele. Aprendi a conhecer aquele homem... por intermédio de seu filho. Pelo filho, aprendi a amá-lo. Eu o amo, agora. Sempre o amarei. O senhor poderá dizer que é imaginação, que fabriquei um ideal, mas não é assim. Amo o homem, o homem real e humano. Eu o reconheceria, se o visse amanhã... mesmo depois de vinte e tantos anos desde que nos conhecemos. Amá-lo fez de mim uma mulher. Eu o amo como uma mulher ama um homem. Por vinte anos, vivi amando-o. Morrerei amando-o.

Ela parou, de repente. Em seguida, desafiou seu interlocutor.

– Acha que estou louca, ao dizer essas coisas estranhas?

– Oh, minha querida! – disse o sr. Satterthwaite, segurando novamente a mão dela.

– Compreende?

– Creio que sim. Mas há algo mais, não há? Algo que ainda não me contou?

Ela franziu a testa.

– Sim, há algo. Foi esperto em adivinhar. Logo percebi que o senhor não é alguém de quem se pode esconder alguma coisa. Mas não quero lhe contar. E a razão para eu não querer lhe contar é porque é melhor para o senhor não sabê-lo.

Ele olhou para ela. Seus olhos fixaram-se nos dele, de modo corajoso e desafiador.

"Este é o teste", pensou ele. "Todas as pistas estão na minha mão. Devo ser capaz de saber. Se raciocinar corretamente, saberei."

Fez-se uma pausa, e, em seguida, ele disse devagar:
– Algo deu errado.

Percebeu um ligeiríssimo tremor nas pálpebras dela e soube que estava no caminho certo.

– Algo deu errado – de repente –, depois de todos esses anos.

Satterthwaite sentiu-se tateando, tateando os recônditos de sua mente, onde ela tentava esconder dele o seu segredo.

"O rapaz... só pode ser algo em relação a ele. A senhora não se importaria com mais ninguém."

Ouviu-a suspirar muito de leve e sentiu que tocara no ponto. Uma coisa cruel, porém necessária. Era a vontade dela contra a sua. Ela possuía uma vontade dominadora, implacável, mas ele também tinha a dele, escondida pelos modos afáveis. E tinha por esteio a segurança celestial de um homem cumprindo a tarefa que lhe fora designada. Sentiu uma ligeira piedade mesclada de altivez pelos homens cuja ocupação era seguir a pista de imbecilidades, como o crime. Mas esta função de detetive da mente, a montagem de pistas, a investigação da verdade, a incontida alegria de se aproximar do objetivo... A própria paixão com que ela se empenhava em esconder-lhe a verdade o ajudava. Sentiu-a aprumar-se, de modo desafiador, enquanto ele chegava cada vez mais perto.

– Diz que é melhor que eu não saiba. Melhor para *mim*? Mas a senhora não é alguém que tenha tanta consideração assim. Não se furtaria a criar um pequeno e temporário desconforto para um estranho. É mais do que isso, então? Se me contar, vai tornar-me cúmplice antes do fato. Isso soa como crime. Fantástico! Eu não poderia associar um crime com a senhora. Ou melhor, apenas um tipo de crime. Um crime contra a senhora mesma.

A contragosto, suas pálpebras se cerraram, velando-lhe os olhos. Ele se inclinou para frente e segurou-lhe o pulso.

– *É* isto, então! Está pensando em se matar.

Ela soltou um grito abafado.

– Como soube? Como soube?

– Mas por quê? Não está cansada da vida. Nunca vi uma mulher menos cansada da vida... mais radiantemente viva.

Ela se levantou, e dirigiu-se à janela, puxando uma mecha do cabelo para trás.

– Já que adivinhou tanto, não importa dizer-lhe a verdade. Não deveria tê-lo deixado entrar esta tarde. Devia ter percebido que o senhor enxerga demais. É esse tipo de homem. Estava certo quanto à causa. É o rapaz. Ele de nada sabe. Entretanto, da última vez em que esteve aqui em casa, falou de maneira trágica sobre um amigo seu e descobri algo. Se ele souber que é filho ilegítimo, ficará desesperado. Ele é orgulhoso, terrivelmente orgulhoso! Existe uma moça... Oh, não vou entrar em detalhes. Mas ele virá muito em breve... e vai querer saber sobre o pai... querer os detalhes. Os pais da moça, naturalmente, querem saber. Quando descobrir a verdade, ele romperá com ela, procurará exilar-se, arruinar sua própria vida. Oh, sei o que o senhor vai dizer. Ele é jovem, louco e está errado, interpretando as coisas assim! Talvez seja tudo verdade. Mas que importância tem o que as pessoas deveriam ser? Elas são o que são. *Ele ficará desesperado*... Mas, se antes de ele chegar houver um acidente, será absorvido em meio à dor pela minha morte. Ele examinará meus documentos, nada encontrará, e ficará aborrecido por eu ter lhe dito tão pouco. Mas não suspeitará da verdade. É o melhor caminho. A felicidade tem seu preço, e eu recebi tanta...

oh, tanta felicidade. E, na verdade, o preço será baixo. Um pouco de coragem... para dar o salto... talvez alguns instantes de angústia.

– Mas, minha querida...

– Não discuta comigo – irrompeu ela, enfurecida. – Não darei ouvidos a argumentos convencionais. A vida é minha. Até agora, ela foi necessária. Por John. Mas ele, não precisa mais dela. Quer um par... uma companheira... e a buscará ainda com mais determinação porque não estarei mais aqui. Minha vida é inútil, mas minha morte será útil. E eu tenho o direito de fazer o que quiser da minha própria vida.

– Tem certeza? – perguntou o sr. Satterthwaite.

A dureza do tom a surpreendeu. Ela gaguejou de leve.

– Se não faz bem a ninguém, e eu sou o melhor juiz para julgá-lo...

– Não necessariamente.

– O que quer dizer?

– Ouça. Vou apresentar-lhe um caso. Um homem vai a certo lugar... a fim de suicidar-se, digamos assim. Mas, por acaso, encontra lá outro homem, de modo que não pode cumprir seu intento e vai embora... para viver. O segundo homem salvou a vida do primeiro, não por lhe ser necessário ou importante em sua vida, mas simplesmente pelo mero fato de ter estado fisicamente num certo lugar, em determinado momento. Mate-se hoje e talvez daqui a cinco, seis, sete anos, alguém morra ou caia em desgraça apenas pela falta de sua presença em determinado lugar. Pode ser um cavalo em fuga, descendo uma rua, que se desvie para um lado, ao vê-la e, assim, não pisoteie uma criança que brinca na sarjeta. Aquela criança pode viver e crescer, e ser um grande músico, ou descobrir a cura do câncer. Ou tudo pode ser menos melodramático. Ela pode, apenas, crescer para desfrutar a felicidade comum do dia a dia.

Ela o olhou fixamente.

– É um homem estranho. As coisas que o senhor diz – nunca pensei dessa forma...

– Diz que a vida é sua – prosseguiu o sr. Satterthwaite. – Mas como ousa ignorar a oportunidade de estar tomando parte num drama gigantesco sob as ordens do divino Produtor? Sua deixa pode não ser dada até o final da peça, pode ser totalmente sem importância, uma mera aparição sem fala, mas a ela poderão estar ligadas as questões centrais da peça, se não der a deixa para outro ator. O edifício inteiro pode ruir. A senhora pode não ter importância para ninguém no mundo, mas como pessoa, num determinado lugar, pode ser de uma relevância inimaginável.

Ela sentou-se, ainda com o olhar fixo.

– O que quer que eu faça? – disse simplesmente.

Foi um momento de triunfo para o sr. Satterthwaite. Ele dava as ordens.

– Quero que, pelo menos, prometa-me uma coisa: não fará nada precipitado dentro das próximas vinte e quatro horas.

Ela se calou por alguns momentos e depois disse:

– Prometo.

– Há outra coisa... um favor.

– Sim?

– Deixe aberta a veneziana da sala pela qual entrei e fique atenta esta noite.

Ela o olhou com curiosidade, mas balançou a cabeça, concordando.

– E agora – disse o sr. Satterthwaite, ligeiramente consciente de um anticlímax –, preciso realmente ir embora. Deus a abençoe, minha querida.

Foi uma saída um tanto embaraçosa. A moça espanhola corpulenta encontrou-o no corredor e abriu-lhe uma porta lateral, observando-o com curiosidade.

Começava a escurecer quando ele chegou ao hotel. Havia uma figura solitária sentada no terraço. O sr. Satterthwaite foi direto até lá. Estava agitado, e seu coração batia, acelerado. Sentiu que tinha tremendos problemas nas mãos. Um passo em falso...

Entretanto, ele tentou aquietar sua agitação e falar naturalmente com Anthony Cosden.

– Uma noite aprazível – observou. – Até perdi a noção do tempo, sentado lá no penhasco.

– Esteve lá todo esse tempo?

O sr. Satterthwaite assentiu com a cabeça. A porta giratória do hotel deixou alguém passar e, de repente, um raio de luz incidiu sobre o rosto do outro, iluminando seu olhar de sofrimento sombrio, de resistência surda e perplexa.

O sr. Satterthwaite pensou com seus botões.

"É pior para ele do que para mim. Imaginação, conjecturas, especulações podem ser de grande ajuda. A pessoa pode mudar com a dor. O sofrimento cego de quem não compreende, como o de um animal, é terrível..."

Cosden falou de repente, com voz rouca.

– Vou fazer uma caminhada depois do jantar. O senhor... entende? A terceira vez não falha. Pelo amor de Deus, não interfira. Sei que sua interferência será bem intencionada... mas poupe-me dela, é inútil.

O sr. Satterthwaite se aprumou.

– Jamais interfiro – disse ele, mentindo em relação a todo o propósito e objeto de sua existência.

– Sei o que pensa – continuou Cosden, mas foi interrompido.

– Perdoe-me, mas aqui peço licença para discordar – disse o sr. Satterthwaite. – Ninguém sabe o que outra pessoa está pensando. Imaginam que podem saber, mas quase sempre estão errados.

– Bem, talvez seja isso mesmo – Cosden mostrava-se hesitante, ligeiramente abatido.

– O pensamento é apenas seu – disse o sr. Satterthwaite a seu interlocutor. – Ninguém pode alterar ou influenciar o uso que pretenda fazer dele. Vamos falar de um assunto menos doloroso. Aquela antiga *villa*, por exemplo. Ela tem um curioso encanto, assim retirada, abrigada do mundo, guardando só Deus sabe que mistério. Fiquei tentado a fazer algo meio escuso. Empurrei uma das venezianas.

– Fez isso? – disse Cosden, virando abruptamente a cabeça. – Mas estava trancada, decerto.

– Não – disse o sr. Satterthwaite. – Estava aberta. – E acrescentou, com delicadeza: – A terceira veneziana, a partir do final.

– Ora – exclamou Cosden –, esta foi a que...

Parou de repente, mas o sr. Satterthwaite viu uma luz brilhando em seus olhos. Levantou-se, satisfeito.

Um leve matiz de ansiedade ainda permanecia. Recorrendo à metáfora favorita, a do drama, esperava ter dito sua fala corretamente. Era uma fala muito importante.

No entanto, rememorando o assunto, seu discernimento artístico estava satisfeito. Ao subir até o penhasco, Cosden empurraria aquela veneziana. Resistir não fazia parte da natureza humana. Uma lembrança de vinte anos o trouxera àquele local; a mesma lembrança o levaria até à veneziana. E depois?

– Saberei amanhã – disse o sr. Satterthwaite. E pôs-se a trocar de roupa, metodicamente, para o jantar.

Eram mais ou menos dez horas quando o sr. Satterthwaite pôs os pés, mais uma vez, no jardim de La Paz. Manuel, sorridente, deu-lhe um "bom-dia" e ofereceu-lhe um botão de rosa, que o sr. Satterthwaite colocou cuidadosamente na lapela. Em seguida, foi até a casa. Ali ficou, por alguns minutos, olhando para as pacíficas paredes brancas, a trepadeira de flores alaranjadas, as venezianas verdes desbotadas. Tão silenciosa, tão pacífica. Será que tudo não passara de um sonho?

Todavia, naquele instante, uma das janelas se abriu, e aquela que ocupava os pensamentos do sr. Satterthwaite emergiu. Dirigiu-se diretamente para ele, com um andar animado, como que arrebatada por uma grande onda de júbilo. Os olhos brilhavam, o rosto bem corado. Parecia a representação da alegria num friso. Não expressava nenhuma hesitação, nenhuma dúvida ou tremor. Foi direto ao sr. Satterthwaite, colocou as mãos sobre os ombros dele e beijou-o – não apenas uma vez, mas muitas. Rosas vermelhas, bem grandes e vermelhas, muito aveludadas... foi o que ele pensou depois, repensando a cena. Sol, verão, pássaros cantando – era a atmosfera na qual se via envolvido. Calor, alegria, um tremendo vigor.

– Estou tão feliz – disse ela. – O senhor, tão querido! Como soube? Como *pôde* saber? O senhor é como o mágico bom dos contos de fadas.

Fez uma pausa, como se estivesse sem fôlego de tanta felicidade.

– Hoje procuraremos o cônsul... para nos casarmos. Quando John chegar, seu pai estará aqui. Vamos contar-lhe que houve alguns mal-entendidos no passado. Oh, ele não vai fazer perguntas. Estou tão feliz... tão feliz... tão feliz.

A felicidade realmente a invadia como uma onda e rodeava o sr. Satterthwaite num fluxo caloroso e estimulante.

— Foi tão maravilhoso para Anthony descobrir que tem um filho. Jamais imaginei que ele se importasse com isso. — E olhou confiantemente nos olhos do sr. Satterthwaite. — Não é estranho como as coisas dão certo e terminam muito bem?

Ele teve dela a visão mais clara, até então. Uma criança, ainda uma criança, adorando fazer de conta; seus contos de fadas terminando maravilhosamente, com duas pessoas "vivendo felizes para sempre".

Ele disse suavemente:

— Se der felicidade a este homem, nos seus últimos meses, terá feito, sem dúvida, algo muito bonito.

Ela arregalou os olhos, surpresa.

— Oh! — disse. — Não acha que eu o deixaria morrer, não é? Depois de todos esses anos... justo quando ele veio para mim? Conheci muitas pessoas desenganadas pelos médicos e que vivem ainda hoje. Morrer? Claro que ele não vai morrer!

Ele a fitou, sua força, sua beleza e sua vitalidade. Uma coragem e uma força de vontade indomáveis. Ele também vira médicos se enganarem. O lado pessoal — nunca se descobriu exatamente o quanto ele conta.

Ela disse, novamente, expressando desdém e divertimento na voz:

— Não acha que vou deixá-lo morrer, acha?

— Não — disse o sr. Satterthwaite, por fim, com brandura. — De alguma maneira, minha querida, acho que não vai deixar...

Então, por fim, ele seguiu pelo caminho dos ciprestes até o banco de onde se descortinava o mar e ali encontrou a pessoa que esperava ver. O sr. Quin levantou-se e cumprimentou-o. O mesmo de sempre: moreno, melancólico, sorridente e tristonho.

— Esperava me encontrar? — perguntou.

– Sim, esperava – respondeu o sr. Satterthwaite.

Sentaram-se juntos no banco.

– A julgar por sua expressão, imagino que o senhor esteve brincado de Providência novamente – comentou o sr. Quin, logo em seguida.

O sr. Satterthwaite dirigiu-lhe um olhar de censura.

– Como se não soubesse de tudo.

– O senhor sempre me acusa de onisciência – disse o sr. Quin, sorrindo.

– Se não sabe de nada, por que estava aqui anteontem à noite... esperando? – redarguiu o sr. Satterthwaite.

– Oh, aquilo...?

– Sim, aquilo.

– Eu tinha um... mandado a cumprir.

– Em nome de quem?

– Por vezes o senhor me chamou, fantasiosamente, de advogado dos mortos.

– Dos mortos? – disse o sr. Satterthwaite, meio confuso. – Não compreendo.

O sr. Quin apontou um longo dedo magro para as profundezas azuis lá embaixo.

– Um homem se afogou ali, faz vinte e dois anos.

– Eu sei, mas não vejo...

– Supondo que, afinal, aquele homem amasse sua jovem esposa. O amor pode transformar homens em demônios ou em anjos. Ela tinha uma adoração infantilizada por ele, que, por sua vez, jamais conseguiu despertar o que nela havia de mulher... e aquilo o enlouqueceu. Ele a torturava porque a amava. Essas coisas acontecem. O senhor sabe disso tão bem quanto eu.

– Sim – admitiu o sr. Satterthwaite –, já vi coisas desse tipo, mas raramente, muito raramente...

– Sim, porém a morte veio cedo demais...

– A morte! – havia desprezo na voz do sr. Quin. – Acredita em vida após a morte, não é mesmo? E quem é o senhor para dizer que as mesmas aspirações, os mesmos desejos não prevalecem nessa outra vida? Se o desejo for suficientemente forte, pode-se encontrar um mensageiro.

A voz dele enfraqueceu.

O sr. Satterthwaite ergueu-se, estremecendo um pouco.

– Preciso voltar para o hotel – disse ele. – Se o senhor vai naquela direção...

Entretanto, o sr. Quin balançou a cabeça.

– Não – disse ele. – Devo voltar pelo mesmo caminho que me trouxe até aqui.

Quando o sr. Satterthwaite olhou para trás, por sobre o ombro, viu o amigo se encaminhar para a beira do penhasco.

Capítulo 7

A voz no escuro

I

— Estou um pouco preocupada com Margery – disse lady Stranleigh. – Minha filha, sabe – acrescentou e suspirou pensativa. – Ter uma filha adulta faz a gente se sentir terrivelmente velha.

O sr. Satterthwaite, o ouvinte dessas confidências, reagiu com um galanteio à altura da ocasião.

– Ninguém acreditaria nessa possibilidade – declarou com uma discreta reverência.

– Bajulador – disse lady Stranleigh, de forma vaga, ficando claro que seu pensamento estava noutra parte.

O sr. Satterthwaite olhou para a figura esguia vestida de branco com alguma admiração. O sol de Cannes era penetrante; lady Stranleigh, porém, passara pelo teste muito bem. À distância, o efeito rejuvenescedor era realmente extraordinário. Dava para se perguntar se ela própria era adulta ou não. O sr. Satterthwaite, que sabia de tudo, também estava certo de que era bem possível lady Stranleigh ter filhos adultos. Ela representava o triunfo definitivo da arte sobre a natureza. Tinha um porte maravilhoso, a pele maravilhosa. Enriquecera muitos salões de beleza, e, realmente, o resultado era espantoso.

Lady Stranleigh acendeu um cigarro, cruzou as bonitas pernas, vestidas nas mais finas meias de seda transparentes, e murmurou:

– Sim, estou bastante preocupada com Margery.

– Meu Deus – disse o sr. Satterthwaite –, qual é o problema?

Lady Stranleigh olhou-o com os belos olhos azuis.

– O senhor nunca a viu, não é mesmo? Ela é filha de Charles – acrescentou, tentando ajudar.

Se os registros do *Who's Who* fossem absolutamente verdadeiros, o referente a lady Stranleigh poderia terminar assim: *hobbies: casar-se*. Ela flutuara pela vida afora, livrando-se dos maridos em sua passagem. Perdera três por divórcio e um por morte.

– Se fosse filha de Rudolph, eu compreenderia – comentou lady Stranleigh. – Lembra-se de Rudolph? Sempre muito temperamental. Seis meses depois de nos casarmos, tive de recorrer àquelas coisas embaraçosas... como é que se chamam? O que não se deve fazer num casamento... sabe a que estou me referindo... para que fossem atendidas. Ainda bem que hoje é tudo mais fácil. Lembro-me de que tive de escrever-lhe o tipo mais imbecil de carta, praticamente ditada pelo meu advogado. Nela pedia-lhe para voltar, pois eu faria tudo o que pudesse etc., mas jamais se podia confiar em Rudolf, ele era tão temperamental! Voltou para casa, imediatamente, o que era a coisa mais errada a fazer e de jeito nenhum o que os advogados pretendiam.

Ela suspirou.

– E quanto a Margery? – sugeriu o sr. Satterthwaite, redirecionando-a, com tato, ao assunto da conversa.

– Claro. Já ia lhe contando, não? Margery tem visto coisas, ou as tem escutado. Fantasmas, sabe, e todo esse tipo de coisa. Nunca pensara que Margery pudesse ser tão cheia de imaginação. É uma ótima moça, sempre foi, mas meio... inexpressiva.

– Impossível – murmurou o sr. Satterthwaite, com a ideia confusa de estar sendo lisonjeiro.

– Na verdade, muito inexpressiva – disse lady Stranleigh. – Não gosta de dançar ou de coquetéis ou de quaisquer das coisas que interessariam a uma jovem. Ela prefere ficar em casa para ir às caçadas do que vir aqui comigo.

– Ora, ora – disse o sr. Satterthwaite –, está dizendo que ela não quer vir aqui com a senhora?

– Bem, não cheguei a forçá-la. As filhas exercem um efeito depressivo sobre a gente, eu acho.

O sr. Satterthwaite tentou imaginar lady Stranleigh em companhia de uma filha compenetrada, e não conseguiu.

– Não consigo deixar de imaginar que Margery esteja enlouquecendo – continuou a mãe de Margery, numa voz animada. – Ouvir vozes é péssimo sinal, pelo que me dizem. E não se pode considerar a possibilidade de Abbot's Mede ser mal-assombrada. O velho prédio foi inteiramente destruído por um incêndio em 1836 e construíram ali um tipo de castelo do início da era vitoriana que simplesmente não pode ser mal-assombrado. É feio e comum demais.

O sr. Satterthwaite tossiu. Imaginava por que tudo aquilo estava sendo relatado a ele.

– Pensei, talvez – disse lady Stranleigh, abrindo-lhe um sorriso iluminado –, que o *senhor* pudesse me ajudar.

– Eu?

– Sim. O senhor volta para a Inglaterra amanhã, não é mesmo?

– É verdade, volto, sim – admitiu um sr. Satterthwaite, cauteloso.

– E o senhor conhece toda essa gente que faz pesquisas psíquicas. Claro que sim, o senhor conhece todo mundo.

O sr. Satterthwaite sorriu de leve. Conhecer todo mundo era uma de suas fraquezas.

– Então, o que pode ser mais simples? – prosseguiu lady Stranleigh. – Nunca me dou bem com esse tipo de gente. Sabe como é... homens sérios, de barba e, geralmente, usando óculos. Entediam-me terrivelmente e, com eles, sinto-me em completa desvantagem.

O sr. Satterthwaite ficou bastante desconcertado. Lady Stranleigh continuava a sorrir-lhe esplendidamente.

– Então, está tudo acertado, não? – disse ela, animada. – O senhor irá a Abbot's Mede, conhecerá Margery e tomará todas as providências. Ficarei extremamente agradecida ao senhor. É claro que se Margery estiver *realmente* enlouquecendo, voltarei para casa. Ah! Aqui está o Bimbo.

De esplêndido, o sorriso dela passou a estonteante.

Um jovem trajando uniforme de tênis em flanela branca aproximava-se deles. Tinha uns 25 anos e ótima aparência.

O rapaz disse, simplesmente:

– Estive procurando você por toda parte, Babs.

– Como foi o tênis?

– Ruim.

Lady Stranleigh levantou-se. Virou a cabeça por cima do ombro e murmurou para o sr. Satterthwaite, numa entonação suave:

– É simplesmente maravilhoso de sua parte ajudar-me. Nunca mais esquecerei.

O sr. Satterthwaite ficou olhando o casal que se afastava.

"Será Bimbo", cogitou, "o nº 5?"

II

O condutor do Train de Luxe apontava para o sr. Satterthwaite o local onde acontecera um acidente na linha há alguns anos. Ao encerrar a empolgada narrativa, o outro ergueu o olhar e viu um rosto bem conhecido sorrindo para ele por sobre o ombro do condutor.

– Meu caro sr. Quin – disse o sr. Satterthwaite, com o rosto miúdo todo sorrisos. – Que coincidência! Estarmos ambos voltando para a Inglaterra no mesmo trem. Está indo para lá, suponho.

– Sim – respondeu o sr. Quin. – Tenho negócios bastante importantes a resolver por lá. Vai optar pelo primeiro horário de jantar?

– Sempre faço isso. Claro que é um horário absurdo, 18h30, mas é menos arriscado em relação à qualidade da comida.

O sr. Quin aquiesceu, compreendendo.

– Eu também – concordou. – Talvez possamos dar um jeito de sentar juntos.

Às 18h30, estavam eles, o sr. Quin e o sr. Satterthwaite, instalados, um em frente ao outro, numa mesinha do vagão-restaurante. O sr. Satterthwaite concentrou a devida atenção na carta de vinhos e depois se virou para o companheiro.

– Não o vejo desde... ah, sim, desde a Córsega. O senhor partiu muito repentinamente naquele dia.

O sr. Quin encolheu os ombros.

– Não mais do que o habitual. Eu apareço e desapareço, como sabe. Venho e vou.

Aquelas palavras pareceram despertar um eco de lembranças na mente do sr. Satterthwaite. Um pequeno calafrio correu-lhe pelas costas. Não uma sensação desagradável. Pelo contrário. Deu-se conta de uma agradável sensação de expectativa.

O sr. Quin segurava uma garrafa de vinho tinto, examinando-lhe o rótulo. A garrafa estava entre ele e a luz e, por rápidos minutos, uma luminosidade vermelha o envolveu.

O sr. Satterthwaite sentiu novamente aquele frisson de empolgação.

– Eu também tenho uma espécie de missão na Inglaterra – observou ele, num sorriso largo ante a lembrança. – Conhece, talvez, lady Stranleigh?

O sr. Quin meneou a cabeça.

– É um título antigo – disse o sr. Satterthwaite –, um título bem antigo. Um dos poucos que estendem a descendência à linha feminina. Ela é baronesa por direito próprio. De fato, uma história bastante romântica.

O sr. Quin recostou-se mais confortavelmente na cadeira. Um garçom, voando pelo vagão chacoalhante, colocou os pratos de sopa diante deles, como por milagre. O sr. Quin sorveu-a com cautela.

– O senhor está prestes a traçar para mim um daqueles seus retratos descritivos – murmurou ele –, não é mesmo?

O sr. Satterthwaite sorriu-lhe radiante.

– Ela é realmente uma mulher maravilhosa – disse. – Sessenta, sabe... sim, eu diria que pelo menos sessenta. Conheci-as ainda meninas, ela e a irmã, Beatrice, esse era o nome da mais velha. Beatrice e Barbara. Lembro-me delas como as meninas Barron. Ambas bonitas e, naquele tempo, muito pobres. Isso foi há muito e muitos anos... meu Deus, eu mesmo era um rapaz, então. – O sr. Satterthwaite suspirou. – Houve várias vidas, então, entre elas e o título. O velho lorde Stranleigh era um primo de primeiro grau, e logo foi retirado. Três mortes inesperadas... dois irmãos e um sobrinho do velho. E depois veio o *Uralia*. Lembra-se do naufrágio do *Uralia*?

Afundou ao largo da costa da Nova Zelândia. As meninas Barron estavam a bordo. Beatrice se afogou. E Barbara ficou entre os poucos sobreviventes. Seis meses mais tarde, o velho Stranleigh morreu, e ela ficou com o título, tomando posse de uma considerável fortuna. Desde então, vive apenas para uma coisa: ela própria! Tem sido sempre a mesma, bela, inescrupulosa, completamente insensível, interessada apenas em si própria. Teve quatro maridos, e não tenho dúvidas de que poderia conseguir um quinto, num minuto.

Ele prosseguiu descrevendo a missão a ele confiada por lady Stranleigh.

– Pensei em ir até Abbot's Mede para ver a jovem – explicou. – Sinto que alguma coisa precisa ser feita em relação ao assunto. É impossível pensar em lady Stranleigh como uma mãe comum.

Parou, olhando para o sr. Quin, do outro lado da mesa.

– Gostaria que viesse comigo – disse esperançoso. – Seria possível?

– Infelizmente, não – respondeu o sr. Quin. – Mas deixe-me ver, Abbot's Mede é em Wiltshire, não é?

O sr. Satterthwaite balançou a cabeça, em concordância.

– Foi o que pensei. Acontece que vou estar perto de Abbot's Mede, num lugar que ambos conhecemos. – Ele sorriu. – Lembra-se daquela pequena estalagem, a Bells e Motley?

– Claro – exclamou o sr. Satterthwaite. – Vai hospedar-se lá?

O sr. Quin assentiu com a cabeça.

– Por uma semana, ou dez dias, ou até mais. Se algum dia me procurar, será um prazer vê-lo por lá.

E, de alguma forma, o sr. Satterthwaite sentiu-se estranhamente confortado com essa garantia.

III

– Minha cara srta... ahn... Margery – disse o sr. Satterthwaite –, garanto-lhe que nem sonho em rir de você.

Margery Gale franziu a testa de leve. Estavam sentados no saguão, amplo e confortável, de Abbot's Mede. Margery Gale era uma moça alta, de compleição robusta. Não se parecia em nada com a mãe. Puxara inteiramente o lado paterno da família, uma linhagem de proprietários rurais, bons cavaleiros. De aspecto jovial e saudável, era o retrato da sanidade. Apesar disso, o sr. Satterthwaite pensou com seus botões que os membros da família Barron eram todos dados à instabilidade mental. Margery poderia ter herdado o aspecto físico do pai e, ao mesmo tempo, algum parafuso frouxo do lado materno da família.

– Gostaria – disse Margery – de me livrar dessa mulher, Casson. Não acredito em espiritismo e não gosto disso. Ela é uma dessas imbecis que levam sua mania a extremos. Está sempre me aborrecendo para trazer uma médium até aqui.

O sr. Satterthwaite tossiu, remexeu-se um pouco na cadeira e, então, disse, de modo imparcial.

– Deixe-me estar seguro de conhecer todos os fatos. O primeiro... ahn... o fenômeno ocorreu há dois meses, pelo que me parece.

– Mais ou menos isso – concordou a moça. – Por vezes, era um sussurro e noutras uma voz bem clara, mas dizendo quase sempre a mesma coisa.

– O que dizia?

"*Devolva-me o que não é seu. Devolva-me o que roubou.*" Todas as vezes, eu acendia a luz, mas o quarto estava completamente vazio, não havia ninguém. Por fim, fiquei tão nervosa que fiz Clayton, a criada de minha mãe, dormir no sofá do meu quarto.

– E a voz continuou da mesma forma?

– Sim. E isto é o que me atemoriza: Clayton não a escutou.

O sr. Satterthwaite refletiu por alguns instantes.

– Naquela noite, a voz foi alta ou baixa?

– Foi quase um sussurro – admitiu Margery. – Se Clayton estivesse num sono profundo, creio que realmente não a teria ouvido. Ela queria que eu fosse ao médico.

A moça riu, com amargura.

– Mas, desde a noite de ontem, até Clayton acredita – prosseguiu ela.

– O que aconteceu na noite passada?

– Vou já lhe contar. Ainda não disse a ninguém. Ontem, fui caçar, e havíamos feito uma longa corrida. Estava morta de cansada e dormi um sono pesado. Sonhei... um sonho horrível... que caía sobre umas grades de ferro e uma das pontas penetrava lentamente no meu pescoço. Acordei e descobri que era verdade... uma ponta aguda pressionava a lateral do meu pescoço e, ao mesmo tempo, uma voz murmurava suavemente: "Você roubou o que é meu. Merece a morte".

"Eu gritei – continuou Margery – e agarrei o ar, mas não havia nada. Clayton me ouviu gritar do quarto ao lado, onde estava dormindo. Ela veio correndo e sentiu, nitidamente, algo que roçou nela ao passar na escuridão, mas ela afirma que, o que quer que tenha sido, não foi nada humano."

O sr. Satterthwaite dirigiu um olhar fixo para ela. A moça estava, obviamente, muito abalada e perturbada. Notou, do lado esquerdo do pescoço, um pequeno quadrado de esparadrapo. Ela percebeu a direção do olhar dele e sacudiu a cabeça.

– Sim – disse –, não foi imaginação, sabe.

O sr. Satterthwaite fez uma pergunta quase que em tom de desculpa, de tão melodramática que soou.

– Não sabe de ninguém...ahn... que tenha algum ressentimento em relação a você?

– Claro que não – disse Margery. – Que ideia!

O sr. Satterthwaite partiu para outra linha de ataque.

– Que hóspedes teve nos últimos dois meses?

– Suponho que não esteja se referindo às pessoas que vêm apenas passar o fim de semana? Marcia Keene tem vindo sempre. Ela é minha melhor amiga e gosta tanto de cavalos quanto eu. Meu primo, Roley Vavasour, também tem aparecido bastante por aqui.

O sr. Satterthwaite balançou a cabeça. Sugeriu que seria bom falar com Clayton, a criada.

– Ela está com vocês há muito tempo, suponho? – perguntou.

– Há muitíssimo tempo – disse Margery. – Ela foi ama de minha mãe e da tia Beatrice, quando eram crianças. Foi por isso que minha mãe a conservou, creio eu, embora tenha contratado uma criada francesa para ela mesma. Clayton costura e faz trabalhinhos avulsos aqui e acolá.

Ela o levou até o andar de cima, e Clayton veio prontamente até eles. Era uma mulher idosa, alta, magra, os cabelos grisalhos bem repartidos, e aparentava total respeitabilidade.

– Não, senhor – respondeu ela às indagações do sr. Satterthwaite. – Jamais soube que a casa fosse mal-assombrada. Para dizer a verdade, senhor, pensei que se tratasse da imaginação da srta. Margery, até a noite de ontem. Eu, de fato, senti algo... roçando em mim, na escuridão. Posso afirmar o seguinte, senhor: *não era algo humano*. Além disso, aquele ferimento no pescoço da srta. Margery. Ela não o fez sozinha, coitada.

Mas as palavras dela soaram sugestivas ao sr. Satterthwaite. Seria possível que Margery tivesse, ela mesma, se ferido? Já ouvira falar de casos estranhos de moças aparentemente tão sadias e equilibradas quanto Margery fazendo as coisas mais assombrosas.

– Vai sarar logo – disse Clayton. – Não é como esta minha cicatriz.

Ela apontou para a marca na própria testa.

– Isto foi há quarenta anos, senhor; ainda trago a marca.

– Foi por ocasião do naufrágio do *Uralia* – acrescentou Margery. – Clayton foi atingida na cabeça por um mastro, não foi, Clayton?

– Sim, senhorita.

– O que acha, Clayton? – perguntou o sr. Satterthwaite. – Para você, qual o significado desse ataque à srta. Margery?

– Eu realmente não gostaria de dizer, senhor.

O sr. Satterthwaite interpretou a réplica corretamente como a reserva de uma criada bem treinada.

– O que acha, de verdade, Clayton? – disse num tom persuasivo.

– Creio, senhor, que algo de muito perverso deve ter acontecido nesta casa e que, até ser eliminado, não haverá paz.

A mulher falou com gravidade, e os olhos de um azul desbotado fixaram-se nos dele.

O sr. Satterthwaite desceu as escadas bastante desapontado. Evidentemente, Clayton sustentava o ponto de vista ortodoxo, de que a "assombração" deliberada seria consequência de um mal causado no passado. O sr. Satterthwaite não se contentava tão facilmente. Os fenômenos só tinham acontecido nos dois últimos meses. Só tinham acontecido desde a vinda de Marcia Keane e Roley Vavasour. Ele precisava descobrir algo a respeito dos dois. Era possível que tudo não passasse de uma brincadeira de mau gosto. Mas sacudiu a cabeça, insatisfeito também com essa solução. O caso era mais sinistro. O correio acabara de chegar, e Margery estava abrindo e lendo as cartas. De repente, ela exclamou:

– Mamãe é absurda demais – disse ela. – Leia isto. – Ela entregou a carta ao sr. Satterthwaite.

Era uma epístola, típica de lady Stranleigh.

Querida Margery (ela escreveu),
Alegro-me que você esteja aí com o pequeno e simpático sr. Satterthwaite. Ele é terrivelmente inteligente e sabe tudo sobre "assombrações". Você deve fazer com que todas elas apareçam, e investigue tudo detidamente. Estou certa de que se divertirá demais, e queria poder estar aí, mas realmente andei bem doente nos últimos dias. Os hotéis são tão descuidados com a comida que oferecem! O médico diz que é uma espécie de envenenamento causado pela comida. Estive, realmente, muito doente.
Muito gentil de sua parte mandar-me chocolates, querida, mas meio bobo, isso, não? Quero dizer, há tantos doces maravilhosos por aqui.
Até breve, querida, e divirta-se bastante, acalmando os fantasmas da família.
Bimbo diz que meu tênis está ficando maravilhoso. Todo o meu amor.

Sua,
Barbara.

– Mamãe sempre quer que eu a chame de Barbara – disse Margery. – Acho isso uma completa tolice.

O sr. Satterthwaite sorriu de leve. Deu-se conta de que o conservadorismo frio da filha deveria ser, em muitas ocasiões, bastante penoso para lady Stranleigh. O conteúdo da carta o marcara de uma forma que obviamente não foi a mesma para Margery.

– Mandou uma caixa de chocolates para sua mãe? – perguntou ele.

Margery balançou a cabeça.

– Não, não mandei, deve ter sido outra pessoa.

O sr. Satterthwaite adquiriu um ar sério. Duas coisas o impactavam como significativas. Lady Stranleigh ganhara uma caixa de chocolates e estava com graves sintomas de envenenamento. Aparentemente, ela não relacionara as duas coisas. Haveria uma conexão? Inclinava-se a pensar que sim.

Uma moça alta e morena saiu languidamente da sala do café e juntou-se a eles.

Foi apresentada ao sr. Satterthwaite como Marcia Keane. Sorriu para o homenzinho, de modo descontraído e bem-humorado.

– Veio até aqui para caçar o fantasma de estimação da Margery? – perguntou ela com uma voz arrastada. – Todos nós implicamos com ela por causa desse fantasma. Olá, aí está o Roley.

Um carro acabara de se aproximar da porta da frente. Dele, saltou um rapaz alto, de cabelos louros e com um jeito de garotão ansioso.

– Olá, Margery – gritou ele. – Olá, Marcia! Trouxe reforços.

Ele se virou para as duas mulheres que estavam entrando no vestíbulo. O sr. Satterthwaite reconheceu a primeira das duas, a sra. Casson, a quem Margery acabara de se referir.

– Peço que me perdoe, Margery, querida – disse ela com voz arrastada, com um sorriso largo. – O sr. Vavasour nos disse que estaria tudo bem. Na verdade, foi ideia dele trazer a sra. Lloyd comigo.

Ela apontou a companheira num discreto gesto com a mão.

– Esta é a sra. Lloyd – disse ela em tom triunfante. – Simplesmente a médium mais maravilhosa que jamais existiu.

A sra. Lloyd não proferiu nenhuma declaração de modéstia; curvou-se e permaneceu com as mãos cruzadas à sua frente. Era uma jovem muito corada, de aparência bem comum. Suas roupas eram fora de moda, bastante enfeitadas. Ela usava um colar de pedras da lua e vários anéis.

Margery Gale, conforme o sr. Satterthwaite pôde perceber, não ficou nada satisfeita com a intrusão. Ela lançou um olhar para Roley Vavasour, que parecia inteiramente inconsciente do desprazer que causara.

– O almoço está pronto, eu acho – disse Margery.

– Ótimo – disse a sra. Casson. – Faremos uma *séance** logo depois. Tem frutas para a sra. Lloyd? Ela nunca faz refeições pesadas antes de uma *séance*.

Todos se dirigiram para a sala de jantar. A médium comeu duas bananas e uma maçã e respondeu cautelosa e laconicamente às várias observações polidas que Margery lhe dirigia aqui e acolá. Pouco antes de se levantarem da mesa, ela atirou a cabeça para trás de repente e farejou o ar.

– Há algo de muito errado nesta casa. Posso senti-lo.

– Ela não é maravilhosa? – disse a sra. Casson em voz baixa, extasiada.

---

* Sessão espírita. (N.T.)

– Oh, sem dúvida – disse o sr. Satterthwaite secamente.

A *séance* foi realizada na biblioteca. A anfitriã estava, como o sr. Satterthwaite pôde verificar, muito contrariada. Apenas o óbvio prazer de seus convidados com o processo reconciliava-a com aquele suplício.

As providências foram tomadas com imenso cuidado pela sra. Casson, que, evidentemente era uma entendida nesses assuntos. As cadeiras foram dispostas em círculo, as cortinas, baixadas e, agora, a médium declarava-se pronta para começar.

– Seis pessoas – disse ela, olhando em volta da sala. – Isso é ruim. Precisamos de um número ímpar, sete é o ideal. Consigo os melhores resultados com um círculo de sete.

– Um dos criados – sugeriu Roley, levantando-se. – Vou ver onde está o mordomo.

– Vamos chamar Clayton – disse Margery.

O sr. Satterthwaite percebeu um ar de aborrecimento no rosto bem apessoado de Roley Vavasour.

– Por que a Clayton? – perguntou.

– Você não gosta dela – falou Margery devagar.

Roley deu de ombros.

– Clayton não gosta de mim – retorquiu amuado. – Na verdade, ela me odeia profundamente.

Ele esperou por um ou dois minutos, mas Margery não desistiu.

– Está bem – disse ele –, faça-a descer.

Formou-se o círculo.

Houve um período de silêncio, interrompido pelas tossidelas e o desassossego de costume. Naquele momento, ouviram-se várias pancadinhas e, depois, a voz de um índio pele-vermelha chamado Cherokee, que incorporava na médium.

– Índio corajoso diz boa noite a senhoras e senhores. Alguém aqui muito ansioso para falar. Alguém aqui muito ansioso para entregar mensagem à moça. Eu vou agora. O espírito diz o que ela veio dizer.

Uma pausa e depois outra voz, a de uma mulher, falou suavemente:

– Margery está aqui?

Roley Vavasour encarregou-se de responder.

– Sim – disse ele –, está. Quem fala?

– Sou Beatrice.

– Beatrice? Quem é Beatrice?

Para o descontentamento geral, a voz do pele-vermelha Cherokee se fez ouvir novamente:

– Tenho mensagem para todos vocês. Vida aqui muito bonita e brilhante. Nós todos trabalhamos pra valer. Ajudem aqueles que ainda não morreram.

Novo silêncio, e, então, a voz de mulher foi ouvida mais uma vez.

– Aqui quem fala é Beatrice.

– Beatrice de quê?

– Beatrice Barron.

O sr. Satterthwaite inclinou-se para frente. Estava empolgadíssimo.

– Beatrice Barron que se afogou no *Uralia*?

– Sim, isso mesmo. Lembro-me do *Uralia*. Tenho uma mensagem para esta casa: *Devolvam o que não é de vocês.*

– Não compreendo – disse Margery, desalentada. – Eu... oh, é mesmo você, tia Beatrice?

– Sim, sou sua tia.

– Claro que é – disse a sra. Casson, em tom de censura. – Como pode ser tão desconfiada? Os espíritos não gostam disso.

De repente, o sr. Satterthwaite pensou num teste simples. A voz saiu meio trêmula ao falar.

– Lembra-se do sr. Bottacetti? – perguntou.
– Pobre coitado do Boatupsetty.* Claro.

O sr. Satterthwaite ficou estupefato. O teste surtira efeito. Tratava-se de um incidente ocorrido há mais de quarenta anos, quando ele e as meninas Barron estavam no mesmo balneário. Um jovem italiano conhecido delas saíra num bote, que virou. Beatrice Barron, brincando, apelidou-o de Boatupsetty. Parecia impossível que alguém na sala, além dele, pudesse saber do incidente.

A médium agitou-se e gemeu.

– Está saindo do transe – disse a sra. Casson. – Infelizmente, é tudo que vamos conseguir dela por hoje.

A luz do dia brilhou uma vez mais na sala cheia de gente. Duas pessoas, pelo menos, mostravam-se assustadíssimas.

O sr. Satterthwaite viu pelo rosto pálido de Margery que ela estava profundamente perturbada. Depois de se livrarem da sra. Casson e da médium, ele procurou ter uma conversa particular com sua anfitriã.

– Gostaria de fazer-lhe uma ou duas perguntas, srta. Margery. Se a senhorita ou sua mãe morresse, quem herdaria o título e as propriedades?

– Roley Vavasour, creio eu. A mãe dele era prima em primeiro grau de minha mãe.

O sr. Satterthwaite assentiu com a cabeça.

– Ele parece estar muito assíduo aqui neste inverno – disse ele, de forma branda. – Desculpe-me por perguntar, mas... ele está apaixonado por você?

– Pediu-me em casamento há três semanas – disse Margery baixinho. – Eu disse não.

– Perdoe-me, por favor, mas está comprometida com outro alguém?

Ele percebeu o rubor invadir-lhe o rosto.

---

* Literalmente, barco virado. (N.T.)

– Sim, estou – disse enfaticamente. – Vou me casar com Noel Barton. Mamãe ri e diz que é um absurdo. Parece que ela acha ridículo eu ficar noiva de um clérigo. Por que, eu gostaria de saber! Há clérigos e clérigos! Devia ver Noel montado num cavalo.

– Oh, tem razão – disse o sr. Satterthwaite. – Sem dúvida.

Um lacaio entrou com um telegrama numa bandeja. Margery abriu-o.

– Mamãe chega amanhã – disse. – Ora bolas! Queria tanto que ela ficasse bem longe.

O sr. Satterthwaite absteve-se de comentar esse sentimento filial. Talvez o achasse justificado.

– Neste caso – murmurou – acho que vou voltar para Londres.

IV

O sr. Satterthwaite não estava muito satisfeito consigo mesmo. Sentia como se tivesse deixado inconcluso aquele problema específico. Fato é que, com a volta de lady Stranleigh, sua responsabilidade acabava, embora ele estivesse seguro de que não chegara ao âmago do mistério de Abbot's Mede.

Entretanto, o desdobramento seguinte foi de teor tão sério que o pegou totalmente despreparado. O sr. Satterthwaite soube pelas páginas do jornal que costumava ler pela manhã: "Baronesa morre no banho", no *Daily Megaphone*. Os outros jornais foram mais contidos e delicados no linguajar, mas o fato era o mesmo. Lady Stranleigh tinha sido encontrada morta na banheira, e a causa da morte, afogamento. Supunha-se que ela teria perdido a consciência e, neste estado, deslizado com a cabeça para dentro d'água.

O sr. Satterthwaite, porém, não se contentou com aquela explicação. Chamou o criado de quarto, arrumou-se com um pouco menos de cuidado do que de costume e, dez minutos depois, o grande Rolls-Royce o conduzia para fora de Londres, na velocidade máxima.

No entanto, por estranho que possa parecer, não se dirigiu para Abbot's Mede, mas para uma pequena estalagem a uns vinte e cinco quilômetros de distância, com o nome bem fora do comum, Bells e Motley. Foi um grande alívio saber que o sr. Harley Quin ainda estava ali. No minuto seguinte, ele estava frente a frente com o amigo.

O sr. Satterthwaite segurou-o pela mão e, de imediato, começou a falar, de maneira agitada.

– Estou muito perturbado. Preciso de sua ajuda. Carrego um sentimento terrível de que talvez já seja tarde demais, de que aquela boa moça seja talvez a próxima vítima; porque ela é uma boa moça, extraordinariamente boa.

– Se me disser – falou o sr. Quin, sorrindo – do que se trata...

O sr. Satterthwaite olhou-o como que o censurando.

– O senhor sabe perfeitamente. Estou certo de que sabe. Mas vou lhe contar.

Despejou a história de sua estada em Abbot's Mede e, como sempre acontecia quando estava com o sr. Quin, descobriu-se apreciando a própria narrativa. Era eloquente, sutil e meticulosa até o mínimo detalhe.

– Aí está – concluiu –, tem de haver uma explicação.

Ele olhou esperançoso para o sr. Quin, qual um cão olhando para o dono.

– Mas é o senhor quem deve resolver o problema, não eu – disse o sr. Quin. – Não conheço essas pessoas. O senhor, sim.

— Conheci as meninas Barron há quarenta anos — disse o sr. Satterthwaite com orgulho.

O sr. Quin balançou a cabeça, mostrando-se receptivo, de modo que o outro continuou, em tom sonhador.

— Aquela temporada em Brighton, Bottacetti... Boatupsetty, uma brincadeira tola, mas rimos muito. Meu Deus, eu era jovem, naquele tempo. Fiz uma porção de tolices. Lembro-me da empregada que estava com elas. Alice era o seu nome, uma coisinha... muito ingênua. Beijei-a no corredor do hotel, bem me lembro, e uma das meninas quase me pegou. Meu Deus, isso tudo foi há tanto tempo.

Ele balançou a cabeça novamente e suspirou. Em seguida, olhou para o sr. Quin.

— Então, não pode me ajudar? — disse ansioso. — Em outras ocasiões...

— Nas outras ocasiões o senhor teve sucesso graças inteiramente aos próprios esforços — disse o sr. Quin em tom grave. — Penso ser a mesma coisa desta vez. Se eu fosse o senhor, iria para Abbot's Mede agora mesmo.

— É isso, é isso — disse o sr. Satterthwaite. — Na verdade, foi o que pensei fazer. Não tenho como convencê-lo a ir comigo?

O sr. Quin sacudiu a cabeça:

— Não — disse. — Meu trabalho aqui está feito. Parto quase imediatamente.

Em Abbot's Mede, o sr. Satterthwaite foi logo levado à presença de Margery Gale. Ela estava sentada, séria, junto a uma escrivaninha na sala matutina. Sobre o móvel, havia vários documentos espalhados. Alguma coisa no cumprimento que lhe dirigiu o sensibilizou. Ela parecia muito feliz em vê-lo.

— Roley e Maria acabaram de sair. Sr. Satterthwaite, não é como os médicos pensam. Estou convencida, absolutamente convencida, de que mamãe foi empurrada para debaixo d'água e mantida ali. Ela foi assassinada, e seja quem for o assassino, quer me matar também. Tenho certeza disso. Por isso... – ela indicou o documento à sua frente.

– Estou fazendo meu testamento – explicou. – Grande parte do dinheiro e algumas propriedades não estão vinculadas ao título, e há ainda o dinheiro de meu pai. Estou deixando tudo o que posso para Noel. Sei que ele fará bom uso do dinheiro e não confio em Roley, ele sempre esteve atrás de tudo o que pudesse conseguir. Poderia assinar como testemunha?

– Minha querida jovem – disse o sr. Satterthwaite –, deve-se assinar um testamento na presença de duas testemunhas e elas devem, além disso, assinar ao mesmo tempo.

Margery rejeitou o discurso jurídico.

– Para mim, isso não tem a mínima importância – declarou. – Clayton me viu assinar e depois assinou o nome dela. Eu ia chamar o mordomo, mas o senhor assinará em seu lugar.

O sr. Satterthwaite não expressou mais protestos, destampou a caneta tinteiro e, quando estava prestes a assinar, fez uma pausa súbita. O nome escrito logo acima do seu provocou-lhe uma série de lembranças. Alice Clayton.

Esforçava-se para entender o que havia por trás. Alice Clayton, havia algo de significativo em torno dela. Algo que envolvia o sr. Quin. Algo que ele dissera ao sr. Quin muito recentemente.

Ah! Agora conseguia se lembrar. Alice Clayton, esse era o nome dela. *Aquela coisinha*. As pessoas mudavam, sim, *mas não dessa forma*. E a Alice Clayton que ele conhecera tinha olhos castanhos. A sala pareceu girar à sua volta. Estendeu as mãos à procura de uma cadeira e depois, como se estivesse a uma grande distância, ouviu a voz ansiosa de Margery, falando com ele.

– Está passando mal? Oh, o que está acontecendo? Tenho certeza de que está doente.

Ele se recuperou e segurou a mão de Margery.

– Minha querida, consigo ver tudo agora. Precisa preparar-se para um grande choque. A mulher que está lá em cima e a quem você chama de Clayton, não é a Clayton. A verdadeira Alice Clayton morreu afogada no *Uralia*.

Margery o olhava fixamente.

– Quem... quem é ela, então?

– Não estou enganado, não posso estar enganado. A mulher a quem chama de Clayton é a irmã de sua mãe, Beatrice Barron. Lembra-se de ter me contado que ela foi atingida por um mastro? Imagino que a pancada arruinou-lhe a memória e, sendo assim, sua mãe viu a chance...

– De roubar o título, quer dizer? – perguntou Margery, com amargura. – Sim, ela faria isso. Parece terrível falar desta maneira, agora que está morta, mas ela era assim.

– Beatrice era a irmã mais velha – disse o sr. Satterthwaite. – Com a morte de seu tio, herdaria tudo, e sua mãe nada conseguiria. Sua mãe declarou que a moça ferida era sua *criada*, não sua *irmã*. A moça recuperou-se da pancada e acreditou, claro, no que lhe disseram, que era Alice Clayton, a criada de sua mãe. Imagino que, só agora mais recentemente, a memória começou a voltar, mas aquele golpe na cabeça, recebido há tantos anos, acabou por causar-lhe um dano cerebral.

Margery fitava-o com olhos aterrorizados.

– Ela matou a mamãe e queria me matar – ela suspirou.

– Parece que sim – disse o sr. Satterthwaite. – Na mente dela só havia uma ideia confusa: a de que sua herança tinha sido roubada e que estava sendo impedida de usufruí-la por você e por sua mãe.

– Mas... mas Clayton é tão velha!

O sr. Satterthwaite ficou calado por um minuto, enquanto uma visão surgiu-lhe diante dos olhos: a velha pálida de cabelos grisalhos e a radiante criatura de cabelos dourados, sentada ao sol de Cannes. Irmãs! Seria mesmo verdade? Lembrou-se das irmãs Barron, e de como se pareciam. Só porque as duas vidas haviam seguido caminho diferente...

Balançou a cabeça com vigor, impressionado com as belezas e as dores da vida...

Virou-se para Margery e disse delicadamente:

– É melhor subirmos para vê-la.

Encontraram Clayton sentada na salinha onde costurava. Não virou a cabeça quando entraram, por uma razão que o sr. Satterthwaite logo descobriu.

– Colapso cardíaco – murmurou ao tocar o ombro frio e enrijecido. – Talvez tenha sido melhor assim.

Capítulo 8

O rosto de Helena

I

O sr. Satterthwaite estava na Ópera, sentado sozinho em seu grande camarote do primeiro mezanino. Do lado de fora da porta, lia-se seu nome impresso num cartão. Como apreciador e *connoisseur* de todas as artes, o sr. Satterthwaite gostava especialmente da boa música e tinha uma assinatura do Covent Garden, reservando um camarote para as terças e sextas-feiras da temporada anual.

Mas não era comum que estivesse ali sozinho. Sendo um pequeno *gentleman* gregário, gostava de encher seu camarote com a *élite* do grande mundo, a que pertencia, e também com a aristocracia do mundo artístico, com a qual sentia-se igualmente à vontade. Estava sozinho aquela noite porque a condessa o havia frustrado. Além de mulher bonita e famosa, a condessa era igualmente uma boa mãe. Os filhos tinham sido acometidos por essa doença comum e penosa, a caxumba, e a condessa ficara em casa em chorosa confabulação com enfermeiras sofisticadamente uniformizadas. O marido, que além das crianças acima mencionadas lhe conferira um título e que, fora isso, era uma completa nulidade, aproveitara a chance para escapar. Nada o entediava mais do que a música.

Assim, o sr. Satterthwaite sentara-se ali, sozinho. Esta noite seriam encenadas *Cavalleria Rusticana* e *Pagliacci* e, já que a primeira jamais o atraíra, ele chegou logo depois de as cortinas baixarem, com a morte agoniada de Santuzza. Isso a tempo de observar a casa com olhar experimentado, antes que todos se dispersassem, para estar com outras pessoas ou brigar por um café ou uma limonada. O sr. Satterthwaite ajustou o binóculo, olhou ao redor do ambiente, localizou sua presa e partiu, com um plano de campanha bem traçado. Plano esse, porém, que ele não executou, porque logo ao deixar o camarote colidiu violentamente com um homem alto e moreno, reconhecendo-o com um agradável frisson de empolgação.

– Sr. Quin – clamou o sr. Satterthwaite.

Segurou o amigo calorosamente pela mão, apertando-o como se temesse que, a qualquer minuto, pudesse vê-lo desaparecer no ar.

– Fique comigo no meu camarote – disse o sr. Satterthwaite, determinado. – Não está com um grupo?

– Não, estou sozinho num camarote – respondeu o sr. Quin com um sorriso.

– Então, está combinado – disse o sr. Satterthwaite com um suspiro de alívio.

Seu jeito era quase cômico, para alguém que estivesse observando.

– O senhor é muito generoso – disse o sr. Quin.

– De forma alguma. É um prazer. Não sabia que apreciava música.

– Há razões para me sentir atraído pela ópera *Pagliacci*.

– Ah! Claro – disse o sr. Satterthwaite, assentindo de forma sábia, embora, se lhe perguntassem, seria difícil explicar por que usara essa expressão. – Claro que sim!

Eles voltaram ao camarote ao primeiro soar da campainha e, inclinando-se por sobre o parapeito, ficaram observando as pessoas retomarem seus assentos.

– Eis uma bela cabeça – observou, de repente, o sr. Satterthwaite.

Com o binóculo, ele indicou um local imediatamente abaixo deles, numa das fileiras de poltronas. Ali sentada, estava uma moça cujo rosto não era visível – apenas o ouro puro dos cabelos que combinavam com o gorro bem fixado, mesclando-se com a alvura do pescoço.

– Uma cabeça grega – disse o sr. Satterthwaite, sendo reverente. – Grego puro – suspirou feliz. – É notável quando se pensa nisso. Como muito poucas pessoas têm cabelos que *de fato* combinam com elas. O que é mais notório agora, já que todas os usam curtos.

– O senhor é muito observador – disse o sr. Quin.

– Eu vejo as coisas – admitiu o sr. Satterthwaite. – Realmente vejo as coisas. Por exemplo, logo distingui aquela cabeça. Mais cedo ou mais tarde, vamos ver o rosto dela. Mas não vai combinar, tenho certeza. Seria uma chance em mil.

Quase ao acabar de falar, as luzes piscaram e se apagaram, ouviu-se a batida seca da batuta do maestro e a ópera começou. Um novo tenor, tido como um segundo Caruso, cantava naquela noite. Os jornais haviam se referido a ele como iugoslavo, tcheco, albanês, húngaro e búlgaro, numa bela demonstração de imparcialidade. Apresentara-se num concerto extraordinário no Albert Hall, com um programa de canções folclóricas de suas colinas natais, acompanhado por uma orquestra especialmente sintonizada. As canções eram em estranhos meios-tons, e pretensos músicos consideraram-nas "maravilhosas demais". Os verdadeiros músicos julgaram com reserva, entendendo que o ouvido precisava ser especialmente treinado e sintonizado antes que alguma crítica pudesse ser proferida. Para algumas pessoas, foi um grande alívio descobrir, naquela noite, que Yoaschbim podia cantar em perfeito italiano, com todos os tradicionais soluços e vibratos.

Findo o primeiro ato, a cortina desceu, e os aplausos eclodiram fragorosos. O sr. Satterthwaite virou-se para o sr. Quin. Deu-se conta de que o outro aguardava sua opinião e envaideceu-se um pouco. Afinal, ele *sabia*. Como crítico, era praticamente infalível.

Balançou a cabeça, bem devagar.

– É uma revelação.

– Acha mesmo?

– Uma voz tão pura quanto a de Caruso. As pessoas não o reconhecerão de início, porque a técnica ainda não é perfeita. Há margens dissonantes, falta segurança no ataque. Mas a voz está ali... magnífica.

– Fui ao concerto dele no Albert Hall – disse o sr. Quin.

– Foi? Eu não pude ir.

– Fez um sucesso estrondoso com uma "Canção do pastor".

– Li a respeito – disse o sr. Satterthwaite. – O refrão termina, cada vez, com uma nota alta... uma espécie de grito. Uma nota a meio-caminho entre o lá e o si bemol. Muito curioso.

Yoaschbim respondeu a séries de ovações, curvando-se e sorrindo. As luzes foram acesas, e as pessoas começaram a enfileirar-se para sair. O sr. Satterthwaite inclinou-se para observar a moça de cabeça dourada. Ela se levantou, ajeitou a estola e se virou.

Ele prendeu a respiração. Existiam, sabia bem, rostos como aquele no mundo... rostos que fizeram história...

A moça encaminhou-se para o corredor, ao lado de um rapaz que lhe fazia companhia. E o sr. Satterthwaite observou que todos os homens nas vizinhanças a olhavam – e continuavam a olhar disfarçadamente.

"Beleza!", pensou o sr. Satterthwaite com seus botões. "Ela existe mesmo. Não o encanto, nem a atração, nem o magnetismo, ou, ainda, qualquer outra dessas coisas de que falamos tanto... mas apenas a pura beleza. A forma de um rosto, a linha de uma sobrancelha, a curva de um maxilar." Citou suavemente, num sussurro: "*O rosto que lançou mil navios*". E, pela primeira vez, percebeu o significado dessas palavras.

Olhou de relance para o sr. Quin que o observava, expressando uma compreensão tão perfeita que dispensava palavras.

– Sempre imaginei – disse simplesmente o sr. Satterthwaite – como seriam, de fato, essas mulheres.

– Refere-se a quem?

– Às Helenas, às Cleópatras, às Marys Stuarts.

O sr. Quin balançou a cabeça, pensativo.

– Se sairmos – sugeriu – poderemos... ver.

Saíram juntos, e a busca foi bem-sucedida. O casal que procuravam estava sentado num recanto, no patamar da escada. Pela primeira vez, o sr. Satterthwaite observou o companheiro da moça, um rapaz moreno, sem ser bonito, mas com certa chama de inquietação. Um rosto cheio de ângulos estranhos, maçãs do rosto salientes, maxilar forte, ligeiramente curvado, olhos fundos com um brilho curioso, sob as sobrancelhas escuras e fartas.

"Um rosto interessante", pensou o sr. Satterthwaite. "Um rosto genuíno. Significa alguma coisa."

O rapaz inclinava-se para frente, falando com seriedade. A moça o ouvia. Nenhum dos dois pertencia ao mundo do sr. Satterthwaite. Tomou-os como membros da classe "artística". Ela trajava um vestido mal talhado, de seda verde barata. Os sapatos eram de cetim branco encardido. O rapaz envergava o traje de noite, parecendo estar pouco à vontade dentro dele.

Os dois homens passaram e voltaram a passar sucessivas vezes. Na quarta vez, mais alguém se juntara ao casal – um jovem louro, com jeito de funcionário de escritório. Com sua chegada, instalou-se certa tensão. O recém-chegado remexia na gravata e não parecia nada à vontade; o rosto belo e sério da moça estava voltado para cima, na direção do dele, e o outro que a acompanhava franzia o cenho, raivosamente.

– A história de sempre – disse o sr. Quin suavemente, ao passarem.

– Sim – disse o sr. Satterthwaite com um suspiro. – Suponho que seja inevitável. Dois cães rosnando pelo mesmo osso. Sempre foi assim e sempre será. E, no entanto, era possível desejar algo diferente. A beleza... – interrompeu-se.

A beleza, para o sr. Satterthwaite, significava algo maravilhoso demais. Achava difícil falar a respeito. Olhou para o sr. Quin, que sacudiu a cabeça, demonstrando compreensão.

Retomaram seus lugares, para o segundo ato.

Ao final do espetáculo, o sr. Satterthwaite voltou-se ansiosamente para o amigo.

– A noite está úmida. Estou com meu automóvel aqui. Permita-me levá-lo... ahn... a algum lugar.

As últimas palavras foram um ato de delicadeza por parte do sr. Satterthwaite. "Levá-lo à sua casa" teria, segundo sentiu, um sabor de indiscrição. O sr. Quin sempre fora singularmente reticente. Era extraordinário como o sr. Satterthwaite sabia muito pouco a seu respeito.

– Talvez – continuou o homenzinho – esteja com o próprio carro à espera?

– Não – disse o sr. Quin. – Não tenho carro à minha espera.

– Então...

O sr. Quin, porém, balançou a cabeça.

— O senhor é muito gentil – disse –, mas prefiro seguir meu próprio caminho. Além disso – observou com um sorriso um tanto curioso – se algo tiver de acontecer, é o senhor que terá de agir. Boa noite e obrigado. Mais uma vez, assistimos ao drama juntos.

Ele se fora de forma tão rápida que o sr. Satterthwaite não teve tempo de protestar, restando-lhe um leve desconforto a incomodar-lhe a mente. A que drama o sr. Quin se referira? *Pagliacci* ou outro?

Masters, o motorista do sr. Satterthwaite, tinha o hábito de esperar numa rua lateral. O patrão não gostava da longa demora dos automóveis esperando a vez de parar em frente à ópera. Agora, como nas ocasiões anteriores, ele caminhava rapidamente. Dobrou a esquina e seguiu pela rua na direção do local onde sabia que Masters o esperava. Exatamente à sua frente havia uma moça e um homem. Logo que os reconheceu, outro homem juntou-se a eles.

Tudo aconteceu num minuto. Uma voz de homem, alta e enraivecida. A voz de outro homem, num protesto ofendido. E depois a briga. Socos, respiração ofegante, mais socos, a figura de um policial surgido não se sabe de onde, majestosamente... e no minuto seguinte, o sr. Satterthwaite estava ao lado da moça, encolhida de encontro a uma parede.

— Permita-me – disse ele. – Não deve ficar aqui.

Segurou-a pelo braço e conduziu-a rapidamente rua abaixo. Ela olhou para trás, uma única vez.

— Será que eu não deveria?... – começou, em tom de dúvida.

O sr. Satterthwaite fez que não com a cabeça.

— Seria muito desagradável envolver-se nisso. Provavelmente seria chamada para acompanhá-los até a delegacia. Estou certo de que nenhum de seus... amigos desejaria isso.

Ele parou.

– Este é meu carro. Se me permitir, terei muito prazer em levá-la para casa.

A moça dirigiu-lhe um olhar penetrante. A tranquilidade respeitosa do sr. Satterthwaite impressionou-a favoravelmente. Ela curvou a cabeça.

– Obrigada – disse ela, e entrou no carro, cuja porta Masters segurava aberta.

Em resposta ao sr. Satterthwaite, ela deu um endereço em Chelsea, e ele entrou, sentando-se ao lado dela.

A moça mostrava-se perturbada e sem vontade de falar, e o sr. Satterthwaite foi bem cauteloso para não se intrometer em seus pensamentos. Logo em seguida, entretanto, ela virou-se para ele e falou por iniciativa própria.

– Queria – disse com impaciência – que as pessoas não fossem tão tolas.

– É um aborrecimento – concordou o sr. Satterthwaite.

Seu jeito descontraído colocou-a à vontade e ela prosseguiu, como se sentisse necessidade de confidenciar coisas a alguém.

– Não foi como se... quero dizer, aconteceu da seguinte maneira. O sr. Eastney e eu somos amigos há muito tempo... desde que cheguei a Londres. Fez um grande esforço em relação à minha voz e conseguiu-me bons contatos. Tem sido muitíssimo bondoso comigo, mais do que eu poderia imaginar. É inteiramente louco por música. Foi muita generosidade dele levar-me à ópera esta noite. Estou certa de que não tem condições para isso. E então o sr. Burns aproximou-se e falou conosco... muito gentilmente, estou certa, e Phil, o sr. Eastney, ficou zangado. Não sei por quê. Estamos num país livre, tenho certeza. E o sr. Burns é sempre agradável, tem bom humor. Depois, quando estávamos caminhando para o metrô, ele apareceu e se juntou a nós. Não tinha dito duas palavras quando Philip voou sobre ele, como um louco. E... oh! Não gosto disso.

– Não? – perguntou o sr. Satterthwaite, bem baixinho.

Ela corou, de leve. Não havia nela nada de mulher conscientemente fatal. Um certo quê, talvez, de prazerosa empolgação, por estar sendo alvo de uma disputa – isso seria natural, mas o sr. Satterthwaite concluiu que havia, acima de tudo, uma perplexidade preocupada e teve indícios disso quando, noutro momento, ela observou, de forma inconsequente:

– Espero que ele não o tenha machucado.

"Agora, quem seria 'o'?", pensou o sr. Satterthwaite, rindo consigo mesmo na escuridão.

Ele apostou no seu próprio discernimento, dizendo:

– Espera que o sr... ahn... Eastney não tenha machucado o sr. Burns?

Ela concordou com a cabeça.

– Sim, foi o que eu disse. Uma coisa terrível. Gostaria de saber o que aconteceu.

O automóvel parou.

– Tem telefone? – perguntou.

– Sim.

– Se quiser, descobrirei exatamente o que aconteceu e depois ligarei para você.

O rosto dela se iluminou.

– Oh, isto seria muito gentil de sua parte. Tem certeza de que não é incômodo demais?

– De forma alguma.

Ela agradeceu de novo e lhe deu o número do telefone, acrescentando, com um toque de timidez:

– Meu nome é Gillian West.

Enquanto seguia de carro pela noite adentro, cumprindo sua missão, o sr. Satterthwaite deu um sorrisinho curioso.

"Então, é apenas isso", pensou. "'*O formato de um rosto, a curva de um maxilar!*'"

Mas cumpriu sua promessa.

II

Na tarde do domingo seguinte, o sr. Satterthwaite foi a Kew Gardens para admirar os rododendros. Há muito tempo (incrivelmente muito tempo, segundo lhe parecia) fora a Kew Gardens com certa jovem, para ver os jacintos. Ele havia organizado mentalmente com antecedência tudo o que iria dizer, as palavras exatas que usaria para pedir a mão da jovem em casamento. Estava justamente a repeti-las em pensamento, respondendo um tanto distraidamente às expressões arrebatadas da moça com relação aos jacintos, quando levou o choque. A moça parou de fazer exclamações sobre os jacintos e, de repente, confessou ao sr. Satterthwaite (como a um verdadeiro amigo) seu amor por outro. O sr. Satterthwaite esqueceu o pequeno discurso que preparara e, apressadamente, vasculhou lá no fundo da mente, buscando palavras de compreensão e amizade.

Assim foi o romance do sr. Satterthwaite – bastante morno e vitoriano, mas deixara-o com uma sensação romântica em relação a Kew Gardens. Ia lá com frequência ver os jacintos ou, caso permanecesse no exterior por mais tempo que o de costume, os rododendros. Suspirava sozinho, sentindo-se meio sentimental, e realmente divertia-se bastante, de um jeito antiquado e romântico.

Naquela tarde, em particular, ele vinha caminhando de volta, passando pelas casas de chá, quando reconheceu um casal numa das mesinhas sobre o gramado. Eram Gillian West e o jovem louro, e naquele mesmo instante eles o reconheceram. Percebeu a moça ruborizar-se e falar ansiosamente com o companheiro. No minuto seguinte, ele apertava a mão de ambos, à sua maneira correta e um tanto empertigada, e aceitava o tímido convite para tomar chá com eles.

– Não imagina, senhor – disse o sr. Burns – como estou grato por ter cuidado de Gillian naquela noite. Ela me contou tudo.

– Sim, é mesmo – disse a moça. – Foi gentil demais de sua parte.

O sr. Satterthwaite sentiu-se satisfeito e interessado pelo casal. A ingenuidade e sinceridade dos dois o tocaram. E também, era para ele como dar uma espiadela num mundo pouco familiar. Essas pessoas eram de uma classe que desconhecia.

Naquele seu jeito seco, o sr. Satterthwaite podia mostrar-se bastante receptivo. Logo estava sabendo de tudo a respeito dos novos amigos. Observou que o sr. Burns agora era Charlie e não foi pego de surpresa pela declaração de que estavam noivos.

– Na verdade – disse o sr. Burns com uma sinceridade revigorante –, foi justamente agora de tarde, não foi, Gil?

Burns era funcionário de uma empresa de navegação. Tinha um salário razoável, algum dinheiro seu, e os dois pretendiam se casar muito em breve.

O sr. Satterthwaite ouviu, balançou a cabeça e lhes deu os parabéns.

"Um rapaz comum", pensou, "um rapaz bem comum. Agradável, um rapaz bastante objetivo, com muita coisa a dizer a seu próprio favor, com uma boa avaliação de si mesmo, sem ser presunçoso, tem boa aparência sem ser bonito demais. Nada de extraordinário nele, e jamais fará algo notório. E a moça o ama."

– E o sr. Eastney – disse em voz alta.

Interrompeu-se, de propósito, mas dissera o bastante para produzir o efeito já esperado. O rosto de Charlie Burns se fechou, e Gillian pareceu perturbada. Mais do que perturbada, pensou. Parecia amedrontada.

– Não gosto disso – disse ela, em voz baixa. Suas palavras dirigiam-se ao sr. Satterthwaite, como se soubesse, instintivamente, que ele entenderia um sentimento que seria incompreensível para o seu amado. – Ele fez muita coisa por mim, sabe, Encorajou-me a estudar canto e... ajudou-me a fazê-lo. Mas eu sabia, o tempo todo, que minha voz não era boa de fato, não da melhor qualidade. É claro que, eu tinha assumido compromissos...

Ela estancou.

– Você teve alguns problemas também – disse Burns. – Uma moça deseja alguém que tome conta dela. Gillian teve muitos aborrecimentos, sr. Satterthwaite. Decididamente, muitos aborrecimentos. É bonita, como pode ver, e... bem, isso, muitas vezes, traz problemas para uma moça.

Ali, entre eles, o sr. Satterthwaite ficou sabendo dos vários acontecimentos vagamente classificados por Burns como "aborrecimentos". Um jovem que se matara com um tiro, o comportamento fora do comum de um gerente de banco (era um homem casado!), o estranho que partira para a violência (devia estar fora de si), a conduta enlouquecida do artista mais velho. Uma trilha de violência e tragédia que Gillian West deixara atrás de si, narrada em tons prosaicos por Charles Burns.

– E, na minha opinião – finalizou –, esse tal rapaz, Eastney, é meio doido. Gillian teria arranjado problemas com ele se eu não aparecesse para tomar conta dela.

A risada dele soou um tanto insensata aos ouvidos do sr. Satterthwaite, e nenhum sorriso correspondente foi expresso pela moça, que olhava para o sr. Satterthwaite com seriedade.

– Está tudo bem com o Phil – disse ela devagar. – Interessa-se por mim, eu sei, e eu por ele, como amigo... mas nada mais. Nem sei como vai receber a notícia sobre Charlie. Ele... tenho tanto medo que fique...

Ela parou, sem palavras ante os perigos que vagamente sentia.

– Se eu puder ajudá-la de alguma forma – disse o sr. Satterthwaite, sendo prestimoso –, peço-lhe que me diga.

Imaginou que Charlie Burns aparentasse um vago ressentimento, mas Gillian disse na mesma hora:

– Obrigada.

O sr. Satterthwaite deixou os novos amigos depois de ter prometido tomar chá com Gillian na quinta-feira seguinte.

Quando chegou, então, a quinta-feira, o sr. Satterthwaite sentiu um suave calafrio com a expectativa agradável. "Sou um velho... mas não velho demais para ser eletrizado por um rosto. Um rosto", pensou ele. E sacudiu a cabeça com um sentimento de agouro.

Gillian estava só. Charlie Burns chegaria mais tarde. Ela parecia bem mais feliz, pensou o sr. Satterthwaite, como se um peso tivesse sido retirado de seu pensamento. De fato, ela o admitiu com toda a franqueza:

– Estava temerosa de contar a Phil sobre Charles. Tolice da minha parte. Eu deveria ter imaginado. Ficou perturbado, é claro, mas ninguém poderia ter sido mais amável. Ele foi amável de verdade. Veja o que me mandou esta manhã... um presente de casamento. Não é magnífico?

Era, sem dúvida, magnífico para um jovem nas condições de Philip Eastney. Um rádio do último modelo.

– Ambos gostamos tanto de música, sabe – explicou a moça. – Ele me disse que, quando eu estivesse ouvindo um concerto, deveria sempre lembrar-me dele um pouquinho. E estou certa de que o farei. Porque fomos muito amigos.

– Deve se sentir orgulhosa do seu amigo – disse o sr. Satterthwaite, gentilmente. – Ele parece ter suportado o golpe com grande espírito esportivo.

Gillian balançou a cabeça, concordando. Ele viu as lágrimas marejarem seus olhos.

– Philip me pediu para fazer algo por ele. Hoje é o aniversário do dia em que nos encontramos pela primeira vez. Pediu-me para ficar em casa, tranquilamente, esta noite, ouvindo um programa de rádio... não sair com Charlie para parte alguma. Eu disse que o faria, claro, que estava muito sensibilizada, e pensaria nele com muito afeto e gratidão.

O sr. Satterthwaite assentiu, mas ficou confuso. Raramente errava ao avaliar um caráter e teria julgado Philip Eastney bastante incapaz de um pedido sentimental daquele. O rapaz decerto era de um tipo mais banal do que supunha. Gillian, é evidente, achou a ideia inteiramente de acordo com a natureza do seu admirador rejeitado. O sr. Satterthwaite ficou um pouco – só um pouco – decepcionado. Ele também era sentimental e sabia disso, mas esperava coisas melhores do resto da humanidade. Além disso, o sentimentalismo era característico de sua época. Não fazia parte do mundo moderno.

Pediu a Gillian que cantasse, e ela concordou. Disse-lhe que sua voz era encantadora, mas sabia muito bem que, no fundo, nitidamente não era de primeira qualidade. Qualquer sucesso que pudesse ter naquela profissão seria alcançado pelo rosto, não pela voz.

Não se sentia particularmente ansioso para rever o jovem Burns e levantou-se para ir embora. Neste momento, sua atenção foi atraída por um ornamento sobre o console da lareira, que se destacava entre os demais objetos, meras bugigangas vistosas, como uma joia num monte de poeira.

Era um tipo de proveta curva em fino cristal verde, com uma haste longa e graciosa. Na extremidade, tinha pousada, qual imensa bolha de sabão, uma bola de vidro iridescente. Gillian percebeu seu fascínio.

– É mais um presente de casamento de Phil. Acho-o muito bonito. Ele trabalha numa espécie de fábrica de vidro.

– É um belo objeto – disse um sr. Satterthwaite reverente. – Os sopradores de vidro de Murano teriam orgulho dele.

Foi embora com seu interesse por Phil Eastney estranhamente aguçado. Um rapaz extraordinariamente interessante. E, ainda assim, a moça de rosto maravilhoso preferira Charles Burns. Que universo estranho e inescrutável!

Foi então que ocorreu ao sr. Satterthwaite que, dada a beleza marcante de Gillian West, aquela noite com o sr. Quin falhara, de alguma forma. Em geral, todo encontro com aquele indivíduo misterioso resultava em algum acontecimento estranho e imprevisto. Esperançoso, talvez, de deparar com o homem dos mistérios, o sr. Satterthwaite dirigiu-se ao restaurante Arlecchino, onde, certa vez, tempos atrás, encontrara o sr. Quin, que costumava frequentá-lo, segundo dissera.

O sr. Satterthwaite percorreu o Arlecchino, sala por sala, procurando-o ansiosamente, mas não havia sinal do rosto moreno e sorridente do sr. Quin. Entretanto, havia ali outra pessoa. Sozinho, numa das mesinhas, estava Philip Eastney.

O lugar estava lotado, e o sr. Satterthwaite sentou-se na cadeira em frente ao jovem. Sentiu um júbilo estranho e repentino, como se tivesse sido arrebatado e incorporado a um fugidio padrão de acontecimentos. Ele era parte daquilo, fosse o que fosse. Percebia, agora, o que o sr. Quin queria dizer, aquela noite na Ópera. Desenrolava-se um drama e havia nele um papel, um papel importante, para o sr. Satterthwaite. Não podia perder sua deixa e perder de falar a parte que lhe cabia.

Sentou-se em frente a Philip Eastney com a sensação de estar cumprindo o inevitável. Era bastante fácil puxar conversa. Eastney parecia ansioso para falar. O sr. Satterthwaite era, como sempre, um ouvinte encorajador e receptivo. Falaram sobre a guerra, explosivos, gases venenosos. Eastney tinha muito a dizer a respeito destes últimos, pois, durante grande parte do período de guerra, trabalhara na sua fabricação. O sr. Satterthwaite achou-o realmente interessante.

Havia um gás, disse Eastney, que jamais fora testado. O armistício chegara cedo demais. Havia grandes esperanças em torno daquela descoberta. Uma simples inalação era fatal. Animou-se, enquanto falava.

Quebrado o gelo, o sr. Satterthwaite, sutilmente, mudou a conversa para música. O rosto magro de Eastney se iluminou. Falou com a paixão e a naturalidade do verdadeiro amante da música. Falaram sobre Yoaschbim, e o jovem mostrou-se entusiasmado. Tanto ele quanto o sr. Satterthwaite concordaram que nada na terra poderia superar uma voz de tenor realmente pura. Ainda menino, Eastney ouvira Caruso e jamais o esquecera.

— Sabia que ele era capaz de estilhaçar uma taça de vinho, cantando? – perguntou.

— Sempre pensei que se tratasse de uma lenda – reagiu o sr. Satterthwaite sorrindo.

— Não, é verdade mesmo, acredite. É perfeitamente possível. É uma questão de vibração.

Prosseguiu, então, entrando nos detalhes técnicos. Os olhos brilhavam no rosto corado. O assunto parecia fasciná-lo, e o sr. Satterthwaite observou que ele parecia conhecer perfeitamente o tema da conversa. O homem mais velho deu-se conta de que estava conversando com alguém dotado de inteligência excepcional, uma inteligência que quase poderia ser descrita como a de um gênio: brilhante, instável, ainda imprecisa quanto ao verdadeiro canal por onde teria vazão, mas, sem dúvida, de gênio.

E pensou em Charlie Burns e imaginou como estaria Gillian West.

Num sobressalto, ele percebeu como estava ficando tarde e pediu a conta. Eastney o olhou, parecendo querer se desculpar.

– Estou com vergonha de mim mesmo, falando tanto – disse. – Mas foi um feliz acaso o senhor ter aparecido aqui esta noite. Eu... eu precisava de alguém para conversar.

Encerrou a fala com um risinho curioso. Os olhos ainda brilhavam, com uma empolgação contida. Ainda assim, havia algo de trágico nele.

– Foi um imenso prazer – disse o sr. Satterthwaite. – Nossa conversa foi muito interessante e proveitosa para mim.

Ele, então, fez sua pequena e engraçada reverência e saiu do restaurante. A noite estava quente e, enquanto descia pela rua devagar, fantasiou algo muito curioso. Foi tomado pela sensação de que não estava sozinho, de que alguém caminhava ao seu lado. Em vão disse a si mesmo que aquilo era uma ilusão, pois a coisa persistia. Alguém descia ao seu lado pela rua escura e silenciosa, alguém que ele não podia ver. Ficou imaginando o que teria trazido à sua mente a imagem tão nítida do sr. Quin. Sentiu exatamente como se ele estivesse ali, caminhando ao seu lado e, no entanto, bastava usar os olhos para ver que não era verdade, que estava sozinho.

Entretanto, a lembrança do sr. Quin persistia e, com ela, veio algo mais, uma necessidade, uma espécie de premência, um prenúncio opressivo de calamidade. Havia algo que ele devia fazer, e rapidamente. Havia algo muito errado, e estava em suas mãos corrigi-lo.

A sensação era tão forte que o sr. Satterthwaite desistiu de lutar contra ela. Em vez disso, fechou os olhos e tentou trazer a imagem mental do sr. Quin para mais perto. Se, pelo menos, pudesse ter perguntado a ele... mas, mesmo enquanto o pensamento atravessava-lhe a mente, sabia que estava errado. De nada adiantava perguntar alguma coisa ao sr. Quin. "Os fios estão todos em suas mãos." Esse era o tipo de coisa que ele diria.

Os fios. Fios de quê? Analisou cuidadosamente seus sentimentos e impressões. Agora, aquele pressentimento de perigo. Quem estava sendo ameaçado?

De imediato, um quadro desenhou-se diante dele, o quadro de Gillian West, sentada sozinha, ouvindo o rádio.

O sr. Satterthwaite atirou uma moeda para um vendedor de jornais que passava e apanhou um exemplar. Procurou, imediatamente, a programação da London Radio. Yoaschbim tinha uma apresentação naquela noite, registrou com interesse. Ia cantar "Salve Dimora", de Fausto e, depois, uma seleção de suas canções folclóricas: "Canção do pastor", "O peixe", "O pequeno cervo" etc.

O sr. Satterthwaite dobrou o jornal. Saber o que Gillian estaria ouvindo tornava o quadro dela mais claro. Sentada lá sozinha...

Pedido estranho, aquele de Philip Eastney. Não combinava com o sujeito, de maneira alguma. Não havia nenhum sentimentalismo em Eastney. Era um homem de índole violenta, um homem perigoso, talvez...

Mais uma vez, seus pensamentos voltaram à baila, num estremecimento. Um homem perigoso... aquilo significava algo. *"Os fios estão todos em suas mãos."* Aquele encontro com Philip Eastney, naquela mesma noite... muito estranho. Um feliz acaso, dissera Eastney. Seria acaso? Ou era parte de uma trama entrelaçada, da qual o sr. Satterthwaite tivera consciência, uma ou duas vezes, naquela noite?

Ele vasculhou a mente. Devia haver *alguma coisa* na fala de Eastney, alguma pista. Devia, sim, se não por que aquele estranho sentimento de urgência? Sobre o que ele falara? Canto, trabalho durante a guerra, Caruso.

Caruso. Os pensamentos do sr. Satterthwaite enveredaram por ali. A voz de Yoaschbim era praticamente igual à de Caruso. Gillian estaria sentada, ouvindo-a, agora, enquanto ressoava forte e poderosa, ecoando por toda a sala, fazendo as taças tinirem...

Satterthwaite prendeu a respiração. As taças tinindo! Caruso, cantando e uma taça se quebrando. Yoaschbim cantando no estúdio da London Radio e, numa sala, a quilômetros de distância, o espatifar-se... não de uma taça de vinho, mas de uma proveta de cristal verde. A queda de uma bolha de sabão de cristal, uma bolha que talvez não estivesse vazia...

Foi naquele exato momento que o sr. Satterthwaite, no julgar dos passantes, enlouqueceu de repente. Abriu novamente o jornal, deu uma rápida olhada nas transmissões de rádio e correu em disparada, descendo pela rua silenciosa. Ao final dela, encontrou um táxi vagaroso e, saltando dentro dele, berrou um endereço para o motorista, informando-o de que era uma questão de vida ou morte chegar lá o mais rápido possível. O motorista, julgando-o mentalmente afetado, mas rico, atendeu ao pedido.

O sr. Satterthwaite recostou-se no assento, com a cabeça repleta de pensamentos fragmentados, frases ditas por Eastney naquela noite. Vibração... períodos naturais... se o período da força coincidir com o período natural... algo a respeito de uma ponte pênsil, soldados marchando sobre ela e a cadência de suas passadas correspondendo ao período da ponte. Eastney estudara o assunto. Eastney sabia. E Eastney era um gênio.

A transmissão de Yoaschbim seria às 22h45. Era agora. Sim, mas antes viria o Fausto. Era na "Canção do pastor", com o grito forte após o refrão, que aconteceria... aconteceria o quê?

A mente dele entrou, novamente, num turbilhão. Tons, sons harmônicos, meios-tons. Ele não entendia muito dessas coisas, mas Eastney sim. Rogava a Deus que chegasse a tempo!

O táxi parou. O sr. Satterthwaite atirou-se para fora e subiu correndo a escadaria de pedra, até o segundo andar, como um jovem atleta. A porta do apartamento estava entreaberta. Abriu-a com um empurrão, e a grande voz do tenor o acolheu. As palavras da "Canção do pastor" eram-lhe familiares em outro cenário, menos informal.

"Pastor, vê a crina esvoaçante do teu cavalo."

Ele ainda tinha tempo. Abriu a porta da sala de estar num solavanco. Gillian ali estava, sentada numa cadeira alta, perto da lareira.

"A filha de Barya Mischa vai hoje se casar:
Para o casamento preciso me apressar."

Ela deve ter pensado que ele estava louco. Agarrou-a, gritando algo incompreensível, puxando-a, arrastando-a para fora até que tivessem chegado à beira da escadaria.

*"Para o casamento preciso me apressar –
Ya-ha!"*

Uma linda nota alta, poderosa, emitida em cheio, a plenos pulmões, uma nota para orgulhar qualquer cantor. E, com ela, outro som, um débil tinido de vidro estilhaçado.

Um gato de rua passou por eles em disparada e entrou pela porta do apartamento. Gillian fez um movimento, mas o sr. Satterthwaite a segurou, falando de forma incoerente.

– Não, não... é fatal; não tem cheiro, nada que possa alertá-la. Uma simples inalação, e é o fim. Não se sabe bem o quanto pode ser letal. É diferente de qualquer coisa já testada.

Ele repetia aquilo que Philip Eastney lhe dissera à mesa do jantar.

Gillian olhou-o fixamente, sem entender.

III

Philip Eastney sacou o relógio e o consultou. Eram exatamente onze e meia da noite. Nos últimos três quartos de hora, caminhara para cima e para baixo, beirando o cais. Olhou para o Tâmisa e, depois, virou-se. Deu de cara com o companheiro de jantar.

– Estranho – disse ele, rindo. – Parecemos destinados a nos encontrar esta noite.

– Se quiser chamá-lo de Destino – disse o sr. Satterthwaite.

Philip Eastney olhou-o com mais atentamente, e sua expressão mudou.

– Sim? – disse baixinho.

O sr. Satterthwaite foi direto ao ponto.

– Acabo de chegar do apartamento da srta. West.

– Sim?

A mesma voz, de uma impassibilidade mórbida.

– Tiramos um gato morto de lá.

Houve um silêncio e depois Eastney falou:

– Quem é o senhor?

O sr. Satterthwaite falou, por algum tempo. Narrou toda a sequência dos acontecimentos.

– Como pode ver, cheguei a tempo – concluiu. Fez uma pausa e acrescentou, muito gentilmente:

– Tem alguma coisa... a dizer?

Esperava algo como uma explosão, uma justificativa colérica. Mas nada disso aconteceu.

– Não – disse Philip Eastney, com voz baixa, deu meia-volta e afastou-se, caminhando.

O sr. Satterthwaite seguiu-o com o olhar até sua figura ser engolida pela escuridão. Apesar de tudo, sentia uma estranha solidariedade com Eastney, o sentimento de um artista por outro, de um homem sentimental por um verdadeiro apaixonado, de um homem comum por um gênio.

Por fim, despertou num estalo e começou a caminhar na mesma direção que Eastney. Havia um nevoeiro incipiente. Logo em seguida, encontrou um policial que o olhou de modo desconfiado.

– Ouviu o barulho de algo caindo na água, agora mesmo? – perguntou o policial.

– Não – disse o sr. Satterthwaite.

O guarda observava o rio.

– Outro suicida, eu acho – resmungou desconsolado. – Sempre fazem isso.

– Suponho – disse o sr. Satterthwaite – que tenham suas razões.

– Dinheiro, na maioria das vezes – disse o policial. – Algumas vezes é uma mulher – prosseguiu, enquanto se preparava para ir embora. – Nem sempre a culpa é delas, mas algumas mulheres causam muitos problemas.

– Algumas mulheres – concordou o sr. Satterthwaite, baixinho.

Quando o policial se retirou, sentou-se num banco, com o nevoeiro envolvendo-o por completo, e pensou em Helena de Troia. Imaginou se ela teria sido uma mulher comum, boa e abençoada, ou uma mulher amaldiçoada, com um rosto maravilhoso.

Capítulo 9

A morte do Arlequim

O sr. Satterthwaite subia calmamente pela Bond Street, desfrutando do dia ensolarado. Sempre elegante e impecavelmente bem-vestido, como de costume, dirigia-se a Harchester Galleries, onde havia uma exposição de pinturas de um tal Frank Bristow, um nome novo e até então desconhecido, que dava sinais de estar, de repente, chegando ao estrelato. O sr. Satterthwaite era um patrono das artes.

Assim que adentrou a Harchester Galleries, foi logo cumprimentado com um sorriso de grata satisfação.

– Bom dia, sr. Satterthwaite. Julguei que o veria em breve. Conhece o trabalho de Bristow? É muito bom, na verdade, excelente. Absolutamente único no gênero.

O sr. Satterthwaite comprou um catálogo e passou sob a arcada que o levaria à entrada da sala extensa onde os trabalhos do artista estavam expostos. Eram aquarelas executadas e finalizadas com uma técnica tão extraordinária que pareciam gravuras coloridas. O sr. Satterthwaite olhava devagar cada um dos quadros ao longo das paredes, aprovando todo o acervo. Pensou então que o jovem era um artista bastante promissor. Via-se ali originalidade, visão, o máximo rigor e exatidão técnica. Havia, é claro, ainda alguma coisa a ser trabalhada. Isso era de se esperar, mas também havia algo reservado apenas a gênios. O sr. Satterthwaite demorou-se um pouco diante de uma pequena obra-prima que representava a Westminster Bridge com grande aglomeração de ônibus, bondes e pedestres apressados. Algo tão singelo e maravilhosamente perfeito. Chamava-se, como era possível ler, *O formigueiro*. Passou adiante e, de repente, respirou fundo e emitiu um suspiro, e a atenção concentrou-se totalmente no que via.

A pintura chamava-se *A morte do Arlequim*. Em primeiro plano, a representação de um piso de mármore formando um quadriculado em preto e branco. No meio dele, a figura de Arlequim deitado de costas e com os braços estirados, em seu traje preto e vermelho. Por trás dele, havia uma janela em que se podia ver, do lado de fora e olhando a figura no chão, alguém com a mesma silhueta, retratada contra o tom avermelhado do pôr do sol.

O quadro impressionou o sr. Satterthwaite por dois motivos. O primeiro, por ter reconhecido, ou pensar ter reconhecido, o rosto do homem na pintura. Havia uma clara semelhança com um conhecido seu, o sr. Quin, com quem havia se encontrado algumas vezes em circunstâncias um tanto misteriosas.

– Decerto não estou enganado – murmurou. – Mas, se for ele, o que isso significa?

O sr. Satterthwaite sabia, por experiência própria, que cada aparição do sr. Quin trazia junto um significado único.

Havia ainda, como foi mencionado, um segundo motivo que lhe chamou a atenção. Ele reconhecia o cenário da pintura: "É o Salão do Terraço em Charnley. Curioso... e muito interessante".

Observando mais atentamente a pintura, ficou imaginando o que exatamente se passara na mente do artista. Um Arlequim morto no chão, outro Arlequim olhando pela janela... Ou seria o mesmo Arlequim? Sem pressa, seguiu olhando os outros quadros na parede, mas não os via, pois tinha a mente tomada pelo mesmo tema.

Sentia-se alvoroçado. A vida, que naquela manhã parecia um tanto monótona, de monótona nada mais tinha. Tinha quase certeza de estar prestes a viver momentos intensos e interessantes. Dirigiu-se à mesa à qual estava sentado o sr. Cobb, um curador da Harchester Galleries, seu conhecido de muitos anos.

– Tenho interesse em comprar o número 39, se ainda não foi vendido – disse.

O sr. Cobb abriu um livro-caixa e retrucou:

– É o melhor do acervo. Uma relíquia, não é? Não, não foi vendido.

E após mencionar o preço, argumentou:

– É um bom investimento, sr. Satterthwaite. No ano que vem, nesta mesma época, estará valendo três vezes mais.

– É o que sempre dizem em ocasiões como esta – disse o sr. Satterthwaite, sorrindo.

– Bem, e eu nunca errei, não é? – perguntou o sr. Cobb. – Não creio que se o senhor quisesse vender algum dos quadros de sua coleção, iria valer menos do que pagou.

– Vou comprar esse quadro – disse o sr. Satterthwaite. – Faço-lhe o cheque agora mesmo.

– E não se arrependerá. Acreditamos em Bristow.

– Ele é jovem?

– Creio que tem vinte e sete ou vinte e oito anos.

– Gostaria de conhecê-lo – disse o sr. Satterthwaite. – Quem sabe ele não pode vir jantar comigo uma noite destas?

– Posso dar-lhe o endereço dele. Tenho certeza de que não perderia por nada esta oportunidade. O nome do senhor tem muita reputação no mundo das artes.

– Muito lisonjeiro de sua parte – dizia o sr. Satterthwaite, quando o sr. Cobb o interrompeu.

– Lá está ele. Vou apresentá-lo agora – disse o sr. Cobb, levantando-se e saindo de trás da mesa.

O sr. Satterthwaite o acompanhou até o lugar onde estava um rapaz forte e desengonçado encostado na parede, como se a observar o mundo protegido por uma carranca enraivecida.

O sr. Cobb fez as devidas apresentações, e o sr. Satterthwaite dirigiu ao artista algumas palavras de maneira formal e respeitosa.

– Acabo de ter o prazer de adquirir uma de suas pinturas: *A morte do Arlequim*.

– Ah! Bem, acho que não perderá nada com ele – retrucou o sr. Bristow, de um modo um tanto grosseiro. – É um trabalho danado de bom, embora quem esteja dizendo isso seja eu.

– Tenho certeza que é – disse o sr. Satterthwaite. – Seu trabalho me interessa muito, sr. Bristow. É extraordinariamente maduro para um homem tão jovem. Será que não poderia me dar o prazer de jantar comigo numa noite dessas? Tem algum compromisso para esta noite?

– Para dizer a verdade, não tenho – respondeu o sr. Bristow, sem dar qualquer demonstração de cortesia.

– Podemos marcar, digamos, às oito horas? – perguntou o sr. Satterthwaite. – Eis o meu cartão, onde consta meu endereço.

– Oh, está bem – confirmou o sr. Bristow. – Obrigado – acrescentou, como se fosse apenas algo óbvio de se dizer.

"Um jovem que não se julga bom o suficiente e receia que o mundo compartilhe essa opinião."

Essa foi a síntese que o sr. Satterthwaite fez enquanto saía para a ensolarada Bond Street. Raramente o sr. Satterthwaite se equivocava em seus julgamentos sobre os outros seres humanos.

Frank Bristow chegou cerca de cinco minutos depois das oito, encontrando seu anfitrião e outro convidado à sua espera. O convidado foi apresentado como o coronel Monckton. Logo em seguida, o jantar foi servido. Como na mesa oval de mogno havia um lugar reservado para uma quarta pessoa, o sr. Satterthwaite deu uma breve explicação.

– Estou um pouco na expectativa de que o sr. Quin possa aparecer – disse. – Imagino que já tenha encontrado, o sr. Harley Quin?

– Nunca encontro ninguém – resmungou Bristow.

O coronel Monckton olhava para o artista com o mesmo interesse que poderia dispensar ao tomar conhecimento da descoberta de uma nova espécie de água-viva. O sr. Satterthwaite, por sua vez, se esforçava para manter a conversa num tom cordial.

– Eu me interessei particularmente por aquele seu quadro porque creio ter reconhecido aquele cenário como o Salão do Terraço, em Charnley. Estou certo?

Como o artista assentiu com a cabeça, continuou:

– Isso é muito interessante. Em outros tempos, fui hóspede em Charnley por várias vezes. Conhece, por acaso, alguém daquela família?

– Não, não conheço – respondeu Bristow. – Aquele tipo de família não gostaria de me conhecer. Fui até lá num daqueles ônibus comuns.

– Meu Deus! – exclamou o coronel Monckton, sem se conter. – De ônibus, meu Deus!

Frank Bristow franziu o cenho e esbravejou.

– E por que não?

O pobre coronel Monckton foi tomado de surpresa. Lançou um olhar de reprovação ao sr. Satterthwaite, como se lhe dissesse: "Este modo de vida primitivo pode ser interessante para você, que é um naturalista, mas por que tem que *me* fazer aguentar isso?".

— Oh, aqueles ônibus são terríveis — respondeu. — Dão solavancos sempre que passam por algum buraco.

— Quando não se pode ter um Rolls-Royce, o jeito é ir de ônibus — retorquiu Bristow, irritado.

O coronel Monckton olhou fixamente para ele.

"Se eu não conseguir acalmar este jovem, teremos uma noite bem desagradável", refletiu o sr. Satterthwaite.

— Charnley sempre me fascinou — comentou. — Estive lá apenas uma única vez depois da tragédia. Tornou-se uma casa sombria... e fantasmagórica.

— É verdade — concordou Bristow.

— Existem dois autênticos fantasmas ali — disse Monckton. — Contam que Charles I anda para cima e para baixo no terraço com a cabeça dele embaixo do braço. Agora já não me lembro por quê. Há também a "Dama Chorosa com o Jarro de Prata" que sempre é vista quando algum dos Charnley morre.

— Que bobagem! — exclamou um Bristow zombeteiro.

— Certamente os membros daquela família tiveram muitos infortúnios — o sr. Satterthwaite apressou-se em dizer. — Quatro dos detentores do título de lorde Charnley tiveram mortes violentas, e o último cometeu suicídio.

— Uma coisa horripilante — disse Monckton com gravidade. — Estava lá quando aconteceu.

— Deixe-me ver, deve ter sido há catorze anos — lembrou o sr. Satterthwaite. — Desde então a casa ficou fechada.

— Não é de se estranhar — disse Monckton. — Deve ter sido um choque terrível para a jovem esposa. Haviam se casado um mês antes e acabavam de chegar da viagem de lua de mel. Programaram um grande baile à fantasia para celebrar o retorno do casal. Os convidados apenas começavam a chegar, quando Charnley se trancou na Sala de Carvalho e atirou contra si mesmo. É o tipo da coisa incompreensível. O que disse?

Ele virara a cabeça para a esquerda de repente, e em seguida voltou o olhar para o sr. Satterthwaite. Constrangido, deu uma risada.

– Estou começando a ter delírios, Satterthwaite. Por um momento, pensei ter ouvido alguém me dizer algo vindo da direção dessa cadeira vazia.

– Sim – retomou a conversa depois de um ou dois minutos. – Foi um choque terrível para Alix Charnley. Ela, uma das moças mais bonitas que se possa imaginar, era cheia do que as pessoas chamam de alegria de viver. Dizem que agora está parecendo um fantasma. Não a vejo há anos. Creio que vive no exterior, na maior parte do tempo.

– E o filho?

– Ele está em Eton. O que fará mais tarde, não sei. Não creio, contudo, que vá reabrir aquela velha propriedade.

– Poderia ser um belo parque de diversões público – disse Bristow.

O coronel Monckton olhou-o com um frio desdém.

– Não, é claro que não pensa realmente isso – interveio o anfitrião. – Não teria pintado aquele quadro se pensasse desse modo. Tradição e atmosfera são coisas intangíveis. Levam séculos para serem construídas. Caso sejam destruídas, será impossível reerguê-las em vinte e quatro horas.

E então se levantou e disse:

– Vamos para o salão de fumantes. Lá tenho algumas fotografias de Charnley que eu gostaria que vissem.

Um dos hobbies do sr. Satterthwaite era a fotografia amadora. Tinha também orgulho de ser autor de um livro, *As casas dos meus amigos*. Os amigos em questão eram todos bem-sucedidos, e o livro mostrava o sr. Satterthwaite um tanto mais esnobe do que seria justo.

– Esta é uma foto que tirei no Salão do Terraço no ano passado – disse, passando-a para Bristow. – Veja que está quase no mesmo ângulo que o de sua pintura. Este tapete é maravilhoso... pena que a foto não seja colorida.

– Lembro-me dele – comentou Bristow. – Tinha uma tonalidade maravilhosa. Brilhava como uma chama. Contudo, parecia um pouco incoerente ali. O tamanho errado para um salão tão grande, com um piso de placas quadradas pretas e brancas. Não havia qualquer outro tapete naquele salão. E não causava um bom efeito... parecia uma gigantesca mancha de sangue.

– Quem sabe se não foi isso o que o inspirou em sua pintura? – questionou o sr. Satterthwaite.

– Sim, talvez – afirmou Bristow, pensativo. – Diante dele, seria natural que se pensasse na tragédia na pequena sala, ao lado, forrada com painéis de madeira.

– A Sala de Carvalho – disse Monckton. – Sim, sem dúvida o local é mal-assombrado. Atrás do painel móvel junto à lareira há uma saída secreta para um cômodo. Dizem que Charles I certa vez se escondeu ali. Houve duas mortes em duelo naquela sala. E foi lá, como já disse, que Reggie Charnley se matou com um tiro.

Tomou a foto das mãos de Bristow e prosseguiu:

– Ah, este é o tapete Bockhara. Creio que vale alguns milhares de libras. Quando estive ali, ficava na Sala de Carvalho, um lugar mais apropriado. Parece destoar completamente nessa extensão de placas de mármore.

O sr. Satterthwaite estava olhando para a cadeira vazia que puxara para junto de si. Então, disse, pensativo:

– Quando será que mudaram o tapete de lugar?

— Deve ter sido recentemente. Porque eu me lembro de ter comentado sobre ele no mesmo dia da tragédia. Charnley dizia que o tapete deveria estar protegido por vidro — respondeu o coronel.

O sr. Satterthwaite balançou a cabeça:

— A casa foi imediatamente fechada após a tragédia e tudo foi deixado exatamente como estava.

Bristow então fez uma pergunta, deixando de lado o comportamento agressivo.

— Por que lorde Charnley suicidou-se?

O coronel Monckton, parecia desconfortável na cadeira, quando respondeu vagamente:

— Ninguém soube o motivo.

— *Suponho* — disse o sr. Satterthwaite lentamente — que tenha sido suicídio.

O coronel olhou para ele completamente atônito.

— Foi suicídio — garantiu —, ora, é claro que foi suicídio. Caro amigo, eu estava ali, naquela casa, na ocasião.

O sr. Satterthwaite olhou para a cadeira vazia ao lado e, sorrindo para si mesmo, como se estivesse ouvindo uma piada que os outros não podiam ouvir, disse tranquilamente:

— Às vezes uma pessoa pode ver de maneira mais clara anos depois de as coisas se passarem.

— Que absurdo — balbuciou Monckton — um total absurdo! Como é possível ver as coisas melhor quando elas se tornaram mais vagas em nossa memória do que quando estão claras e nítidas?

Todavia, o sr. Satterthwaite viu suas ideias receberem um inesperado apoio.

— Sei o que quer dizer — disse o artista. — Creio que é bem provável que esteja certo. É uma questão de proporção, não é? E mais do que proporção, é probabilidade. Relatividade e toda essa espécie de coisa.

– Se querem saber – disse o coronel –, toda essa questão einsteiniana é um absurdo sem igual. Tanto quanto os espíritas que falam com o fantasma da avó de alguém – e prosseguiu olhando à volta, colérico:

– É óbvio que foi suicídio, pois praticamente não vi as coisas acontecerem diante de meus olhos?

– Conte-nos sobre o ocorrido – pediu o sr. Satterthwaite. – Assim poderemos ver também com nossos olhos.

O coronel, ajeitando-se melhor na poltrona, começou seu relato em um tom mais apaziguador.

– Tudo ocorreu de modo absolutamente inesperado. Charnley agia de modo normal. Havia um grupo grande hospedado na casa para o baile. Ninguém poderia adivinhar que ele iria atirar em si mesmo justamente quando os convidados começavam a chegar.

– Ele teria provado ter mais bom gosto se tivesse esperado todos irem embora – comentou o sr. Satterthwaite.

– Claro que sim. Que péssimo gosto fazer daquela forma!

– Incompreensível – expressou Satterthwaite.

– Sim, isso não era típico de Charnley – admitiu Monckton.

– E mesmo assim *foi* suicídio?

– Claro que foi suicídio. Ora, éramos três ou quatro no topo da escada. Além de mim, havia a menina Ostrander, Algie Darcy e creio... mais uma ou duas outras pessoas. Charnley passou abaixo de nós, no vestíbulo, e entrou na Sala de Carvalho. A menina Ostrander disse que a expressão de seu rosto era terrível, que estava com os olhos esbugalhados... Mas é óbvio que isso é um absurdo, pois do lugar onde estávamos não dava para ver o rosto dele. O que foi possível verificar é que ele caminhava encurvado, como se estivesse levando o peso do mundo nos ombros. Uma das moças o chamou... era a governanta de alguém que lady Charnley teria incluído na comitiva por cortesia. Ela estava procurando por ele para lhe entregar uma mensagem. Chamou por ele: "Lorde Charnley, lady Charnley quer saber...", mas ele nem lhe deu atenção e entrou na Sala de Carvalho. Então, bateu a porta e ouvimos a chave girar na fechadura. Um minuto depois, *ouvimos o tiro*.

– Descemos então correndo para o vestíbulo. Havia outra porta que ligava a Sala de Carvalho ao Salão do Terraço. Tentamos aquela porta também, mas estava trancada. Por fim, tivemos de arrombar a porta. Charnley estava deitado no chão, morto, com uma pistola perto da mão direita. Portanto, o que poderia ter sido, senão suicídio? Um acidente? Não me fale nisso. Há apenas outra possibilidade: assassinato. Mas não pode haver um assassinato sem um assassino. Suponho que isso você admita.

– O assassino pode ter escapado – sugeriu o sr. Satterthwaite.

– É impossível. Se tiver um pedaço de papel e um lápis, desenharei a planta do local. Há duas portas na Sala de Carvalho, uma que dá para o vestíbulo e outra, para o Salão do Terraço. Ambas as portas estavam trancadas por dentro, e as chaves, nas fechaduras.

– E a janela?

– Fechada e com as venezianas cerradas.

Após uma pausa, o coronel Monckton disse, triunfante:

– Isso é tudo.

– Certamente parece que sim – disse o sr. Satterthwaite, com tristeza.

– Vejam bem – prosseguiu o coronel –, há pouco eu estava rindo dos espíritas, mas tenho de admitir que havia uma atmosfera macabra naquele lugar... naquele salão, em particular. Há vários buracos de tiros nos painéis da parede, resultantes de duelos ocorridos ali. Há também uma mancha no piso que, embora tenham substituído a madeira várias vezes, sempre retorna. Suponho que haverá outra mancha de sangue no chão agora... o sangue do pobre Charnley.

– Havia muito sangue? – perguntou o sr. Satterthwaite.

– Curiosamente, muito pouco, segundo as palavras do médico.

– Onde ele atirou? Foi na cabeça?

– Não, foi no coração.

– Não é a maneira mais fácil de fazer isso – disse Bristow. – É muito difícil saber onde está o coração de alguém. Se fosse eu, jamais o faria desse jeito.

O sr. Satterthwaite balançou a cabeça. Estava ligeiramente insatisfeito. Esperava obter alguma coisa a mais, algo que não sabia bem o que seria. O coronel Monckton prosseguiu com o relato.

– Charnley é um lugar assombrado. É claro que *eu* não vi nada.

– Não viu a "Dama Chorosa com o Jarro de Prata"?

– Não, não vi – disse o coronel enfaticamente. – Mas com certeza todos os empregados da casa jurariam ter visto.

– Superstição é coisa da Idade Média – disse Bristow. – Ainda há traços dela aqui e ali, mas, graças a Deus, estamos nos livrando disso.

– Superstição – refletia o sr. Satterthwaite, com os olhos voltados para a cadeira vazia. – Não concordam que algumas vezes ela pode ser útil?

– Útil é uma palavra estranha – Bristow respondeu, olhando-o fixamente.

— Bem, espero que esteja convencido agora, Satterthwaite — concluiu o coronel, por sua vez.

— Oh, completamente — disse o sr. Satterthwaite. — Contudo, diante disso tudo parece estranho. Não faz sentido um homem recém-casado, jovem, rico, feliz, comemorando a volta ao lar... Curioso... mas admito que não há como negar os fatos... — e repetiu, baixinho, franzindo o cenho — os fatos...

— Aquilo que mais poderia nos interessar jamais saberemos — afirmou Monckton. — A história por trás disso tudo. Claro que houve rumores... rumores de vários tipos. Conhecem o tipo de comentário que as pessoas fazem.

— Mas ninguém *soube* de nada — disse o sr. Satterthwaite, pensativo.

— Não se trata de uma história policial clássica — comentou Bristow. — Ninguém ganhou nada com a morte dele.

— Ninguém, a não ser uma criança que ainda não tinha nascido — disse o sr. Satterthwaite.

O coronel soltou, de repente, uma risada.

— Foi mesmo um golpe para o pobre Hugo Charnley. Logo que soube que uma criança iria nascer, ele se deu ao luxo de parar com tudo e esperar sentado para ver se seria menino ou menina. Uma espera ansiosa compartilhada por seus credores. Por fim, foi um menino, para decepção deles.

— A viúva ficou muito desconsolada? — quis saber Bristow.

— Pobre moça — disse Monckton. — Jamais esquecerei. Ela não gritou, nem desmaiou ou coisa parecida. Parecia ter ficado... congelada. Como já disse, pouco depois, fechou a casa que pelo que sei nunca mais foi reaberta.

– Portanto, o motivo continua obscuro para nós – disse Bristow, rindo um pouco. – Outro homem ou outra mulher, poderia ser um ou outro, não?

– É possível – ponderou o sr. Satterthwaite.

– Aposto com toda certeza que foi outra mulher – continuou Bristow –, uma vez que a bela viúva não se casou de novo. Odeio as mulheres – acrescentou, friamente.

Ao notar que o sr. Satterthwaite sorria de leve, Frank Bristow foi incisivo:

– Pode sorrir – disse –, mas é verdade. Perturbam e interferem demais. Elas se interpõem entre você e seu trabalho. Apenas uma vez encontrei uma mulher... bem interessante.

– Imaginei que haveria de ter uma – disse o sr. Satterthwaite.

– Não da maneira que pensa. Eu apenas a encontrei... por acaso. Na verdade foi num trem. Além do mais – disse desafiador –, que mal pode haver em encontrar pessoas em trens?

– Claro, claro – concordou o sr. Satterthwaite, de modo conciliador –, um trem é um lugar tão bom quanto outro qualquer.

– Vínhamos do norte. Estávamos sozinhos num vagão. Nem sei por quê, começamos a conversar. Não sei o nome dela e nem creio que nos encontremos novamente. Não sei se quero. Pode até ser... uma pena. – Fez uma pausa, procurando a melhor forma de se expressar. – Ela não era totalmente real. Era sombria. Como um personagem saído das colinas nos contos de fadas gaélicos.

O sr. Satterthwaite assentiu suavemente com a cabeça. Era bem fácil para ele imaginar a cena. Bristow, muito positivo e realista, e uma figura prateada e fantasmagórica... sombria, dissera Bristow.

– Suponho que só algo terrível, tão terrível, beirando ao insuportável, possa ter deixado alguém assim. É como se, fugindo da realidade, uma pessoa criasse seu mundo próprio e, então, depois de algum tempo, não conseguisse mais voltar.

– O que aconteceu a ela? – perguntou o sr. Satterthwaite, sem conter a curiosidade.

– Não sei – respondeu Bristow. – Ela não me disse coisa alguma. Estou apenas conjecturando. É preciso conjecturar para se chegar a alguma conclusão.

– Sim – disse o sr. Satterthwaite. – É preciso conjecturar.

Nesse momento, a porta se abriu. Ele se voltou rapidamente, com expectativa, mas as palavras do mordomo o decepcionaram.

– Há uma senhora, senhor, pedindo para vê-lo com extrema urgência. É a srta. Aspasia Glen.

O sr. Satterthwaite levantou-se, um pouco aturdido. Ele conhecia o nome Aspasia Glen. Quem, em Londres não conhecia? Inicialmente chamavam-na de *A mulher do lenço*. Fizera uma série de espetáculos solo de grande sucesso naquela cidade. Com o auxílio de um único lenço, criava rapidamente novos personagens. Ora usava o lenço como o véu de uma freira, ora como o xale de uma moleira, ou como o lenço na cabeça de uma camponesa e uma centena de outras possibilidades. E a cada personagem, Aspasia Glen se transformava. Como artista, o sr. Satterthwaite a reverenciava. No entanto, já que nunca lhe fora apresentado, uma visita sua, àquela hora da noite, intrigou-o muitíssimo. Com algumas palavras de desculpas aos convidados, deixou a sala e atravessou o vestíbulo, para chegar até a sala de visitas.

A srta. Glen estava sentada bem no meio de um grande sofá estofado de brocado dourado. Nessa posição, dominava a sala. Assim, o sr. Satterthwaite percebeu de imediato que o intento da atriz era dominar a situação. Curiosamente, seu primeiro sentimento foi de repulsa. Fora um sincero admirador da arte de Aspasia Glen. A personalidade dela, transmitida do palco, parecia-lhe atraente e receptiva. Os efeitos causavam expectativas e eram mais sugestivos do que explícitos. Mas agora, diante da mulher em si, teve uma impressão totalmente diversa. Havia nela algo de impositivo, ousado, poderoso. Alta e morena, com aproximadamente trinta e cinco anos de idade. Era, sem dúvida, muito bonita e claramente se aproveitava desse fato.

– Perdoe-me por esta visita pouco convencional, sr. Satterthwaite – disse.

A voz dela era clara, profunda e sedutora.

– Não vou dizer que desejava conhecê-lo há mais tempo, mas *estou* feliz com o pretexto. Quanto à minha vinda aqui, bem... – riu e continuou –, é que quando quero uma coisa, simplesmente não posso esperar. Quando quero uma coisa, simplesmente *preciso* consegui-la.

– Qualquer que tenha sido o pretexto que trouxe aqui uma visitante tão bonita deve ser bem recebido por mim – disse o sr. Satterthwaite, como um galanteador à moda antiga.

– Está sendo gentil comigo – disse Aspasia Glen.

– Minha cara senhora, gostaria de aproveitar a oportunidade para lhe agradecer pelo prazer que tantas vezes me proporcionou... em minha poltrona na plateia.

Ela sorriu, envaidecida.

– Vou direto ao assunto. Estive na Harchester Galleries hoje. Vi uma pintura sem a qual simplesmente não poderia viver. Quis comprá-la, mas não pude porque o senhor já tinha se antecipado. Então... – fez uma pausa. – Eu a quero tanto – continuou. – Caro sr. Satterthwaite, simplesmente *preciso* tê-la. Trouxe meu talão de cheques.

Olhando para ele esperançoso, finalizou:

– Todos dizem que o senhor é extremamente bondoso. As pessoas *são* bondosas comigo, como sabe. Isso é ruim para mim... mas é sempre assim.

Então, eram esses os métodos de Aspasia Glen. Em seu íntimo, o sr. Satterthwaite a criticava friamente pelo fato de a atriz se aproveitar de seus atributos femininos e de sua pose de criança mimada. Se isso deveria ser um atrativo, como ele supunha, não foi o que aconteceu. Aspasia Glen cometera um erro. Julgara que ele fosse um admirador mais velho, que facilmente se dobraria aos atrativos de uma mulher bonita.

Entretanto, por trás das frases galanteadoras, o sr. Satterthwaite tinha a mente astuta e crítica. Sabia distinguir muito bem como as pessoas eram e como queriam se mostrar. Viu que não estava apenas diante de uma mulher encantadora querendo satisfazer um capricho, mas de uma pessoa egoísta, impiedosa e determinada a conseguir o que queria, por alguma razão ainda obscura para ele. E sabia, com toda certeza, que Aspasia Glen não ia conseguir o que queria. Ele não iria ceder-lhe o quadro *A morte do Arlequim*. Rapidamente, começou a pensar sobre a melhor maneira de frustrar o objetivo dela, sem ser deliberadamente rude.

– Tenho certeza – começou a dizer – de que todos, sempre que possível, satisfazem os seus desejos e ficam muito felizes por isso.

– Quer dizer que vai realmente me ceder o quadro?

O sr. Satterthwaite balançou a cabeça devagar e, com uma expressão de pesar no rosto, disse:

– Infelizmente é impossível. Veja bem... – depois de uma breve pausa, continuou –, comprei esse quadro para uma senhora. É um presente.

– Oh, mas com certeza...

O telefone sobre a mesa tocou num som agudo. Murmurando um pedido de desculpas, o sr. Satterthwaite foi atender.

Ouviu uma voz baixa e fria de alguém que parecia estar ligando de muito longe:

– Posso falar com o sr. Satterthwaite, por favor?

– É o sr. Satterthwaite falando.

– Aqui é lady Charnley, Alix Charnley. É provável que não se lembre de mim, sr. Satterthwaite. Nós nos conhecemos há muitos anos.

– Minha cara Alix! É claro que lembro de você.

– Há algo que gostaria de lhe pedir. Estive hoje na Harchester Galleries, numa exposição de pintura. Havia um quadro chamado *A morte do Arlequim*. Talvez tenha reconhecido... Retratava o Salão do Terraço em Charnley. Eu... quero este quadro. Foi vendido ao senhor. – E depois de uma pausa, prosseguiu: – Sr. Satterthwaite, por razões pessoais, quero este quadro. O senhor poderia revendê-lo a mim?

O sr. Satterthwaite pensou consigo mesmo: "Que coincidência! Isso é um milagre". Enquanto falava ao telefone, sentia-se aliviado por Aspasia Glen só poder ouvir um lado da conversa.

– Se aceitá-lo como presente, minha cara senhora, ficarei muito feliz.

Ouviu atrás de si uma espécie de reclamação em voz alta e por isso apressou-se em dizer:

– Na verdade, comprei-o para a senhora. Mas, minha cara Alix, quero lhe pedir um grande favor.

– Claro, pode pedir, sr. Satterthwaite, estou tão grata.

– Quero que venha à minha casa, imediatamente.

Após uma breve pausa, ela respondeu com serenidade:

– Irei neste instante.

O sr. Satterthwaite recolocou o fone no aparelho e voltou-se para a srta. Glen.

Ela estava irritada quando disse, apressadamente:

— Estava falando do quadro?

— Sim – respondeu o sr. Satterthwaite. – A senhora a quem vou presentear o quadro estará aqui dentro de poucos minutos.

O rosto de Aspasia Glen voltou a se iluminar com um sorriso.

— Pode me dar a chance de persuadi-la a me ceder o quadro?

— Sim, terá esta chance.

No íntimo, sentia-se estranhamente empolgado. Estava no meio de um drama que se desenrolava por si só, rumo a um desfecho predeterminado. Ele, o observador, estava sendo o protagonista. Virou-se para a srta. Glen.

— Podemos ir até a outra sala? Gostaria que conhecesse alguns amigos.

Segurou a porta para ela passar, e, atravessando o vestíbulo, dirigiram-se ao salão de fumantes.

— Srta. Glen – disse ele –, meu amigo, o coronel Monckton e o sr. Bristow, o pintor do quadro que tanto admira.

Subitamente, teve um sobressalto ao ver uma terceira pessoa levantar-se da cadeira ao lado da sua, que antes estivera vazia.

— Penso que esperava por mim esta noite – disse o sr. Quin. – Durante sua ausência eu me apresentei aos seus amigos. Estou feliz por ter conseguido vir.

— Meu caro amigo – disse o sr. Satterthwaite –, tenho feito o que posso, mas... – interrompeu-se, ao verificar um curioso ar de ironia nos olhos escuros do sr. Quin. – Bem, deixe-me apresentá-lo à srta. Aspasia Glen.

Era fruto de sua imaginação, ou ela teria recuado ligeiramente? Uma expressão estranha passara pelo rosto da mulher. De repente, Bristow, falou intempestivamente.

– Já entendi.

– Entendeu o quê?

– Entendi o que estava me intrigando. Existe uma semelhança, uma óbvia semelhança – e olhando curiosamente para o sr. Quin, virou-se para o sr. Satterthwaite. – Não vê? Não vê uma nítida semelhança entre ele e o Arlequim do meu quadro... o homem olhando pela janela?

Daquela vez, não era imaginação. Ele ouviu claramente a srta. Glen prender de modo abrupto a respiração e viu que dera um passo para trás.

– Disse-lhes que estava esperando alguém – falou o sr. Satterthwaite, com ar de triunfo. – Devo informá-los de que meu amigo sr. Quin é uma pessoa extraordinária. Ele é capaz de desvendar mistérios. Pode fazer com que enxerguemos as coisas.

– O senhor é médium? – perguntou o coronel Monckton, enquanto olhava para o sr. Quin com um ar duvidoso.

Este sorriu e, lentamente, fez um não com a cabeça.

– O sr. Satterthwaite está exagerando – disse calmamente. – Nas vezes que estivemos juntos, ele fez algumas deduções extraordinárias. Não sei por que as credita a mim, suponho que por modéstia.

– Não é isso, não – disse o sr. Satterthwaite, empolgado. – Você me faz ver coisas – coisas que eu deveria estar vendo o tempo todo... o que realmente vi e não sabia que tinha visto.

– Parece complicado demais – disse o coronel.

– Não, na verdade – o sr. Quin explicou. – O problema é que não nos contentamos em apenas ver as coisas... podemos fazer interpretações erradas sobre as coisas que vemos.

Aspasia Glen dirigiu-se para Frank Bristow.

– Quero saber – disse, aparentando nervosismo – o que tinha em mente quando resolveu pintar o quadro?

Bristow encolheu os ombros e confessou:

– Não sei ao certo. Algo ali, quero dizer em Charnley, ativou minha imaginação. O grande salão vazio, o terraço lá fora, a ideia de fantasmas e coisas sobrenaturais, suponho. Tinha acabado de ouvir a história do recente suicídio de lorde Charnley. Suponhamos que alguém seja morto e seu espírito permaneça vivo. Seria algo muito estranho. Seria possível ficar do lado de fora, no terraço, olhando pela janela o próprio cadáver. Então, essa pessoa veria tudo.

– O que significa isso? – perguntou Aspasia Glen. – *Veria* tudo?

– Bem, veria o que aconteceu. Veria...

Nesse instante, a porta se abriu, e o mordomo anunciou a chegada de lady Charnley.

O sr. Satterthwaite foi recepcioná-la. Há treze anos não a via. Lembrava-se de como ela era naquela época, uma moça radiante. E agora, ele a via como a "Dama Congelada". Muito bonita, muito pálida, com ar de quem está sendo arrastada pela correnteza, um floco de neve levado ao acaso pelo vento gelado. Havia algo de irreal nela. Tão fria e tão distante.

– Foi muito gentil de sua parte ter vindo – agradeceu o sr. Satterthwaite, conduzindo-a para a outra sala.

Ela fez uma ligeira menção de reconhecer a srta. Glen, mas recuou quando a outra não lhe retribuiu o gesto.

– Oh, desculpe-me – ela murmurou –, mas certamente já o encontrei em algum lugar, não?

— Talvez, dos palcos — disse o sr. Satterthwaite. — Esta é Aspasia Glen, lady Charnley.

— Muito prazer em conhecê-la, lady Charnley — disse Aspasia Glen.

A voz dela, de repente, assumiu um leve sotaque estrangeiro, o que fez o sr. Satterthwaite lembrar-se de uma de suas várias personagens teatrais.

— O coronel, você já conhece — continuou o anfitrião — e este é o sr. Bristow.

— O sr. Bristow e eu também já nos encontramos — disse ela, sorrindo ligeiramente. — Num trem.

— E o sr. Harley Quin.

Satterthwaite observou-a atentamente, mas, dessa vez, não houve sinal de reconhecimento. Puxou uma cadeira para ela e, sentando-se também, pigarreou e começou a falar meio nervoso:

— Bem... Esta é uma reunião um tanto fora do comum. O ponto central diz respeito ao quadro. Creio que... se quiséssemos, poderíamos esclarecer as coisas.

— Não vai promover uma sessão espírita não é, Satterthwaite? — quis saber o coronel Monckton. — Está muito estranho esta noite.

— Não — afirmou o sr. Satterthwaite. — Não se trata exatamente de uma sessão espírita. Mas meu amigo, sr. Quin, acredita, e eu concordo, que podemos, examinando o passado, ver as coisas como realmente aconteceram, e não como parece que aconteceram.

— O passado? — perguntou lady Charnley.

— Estou falando do suicídio de seu marido, Alix. Sei que isso a faz sofrer...

— Não — disse Alix Charnley —, não me faz sofrer. Atualmente nada me faz sofrer.

O sr. Satterthwaite recordou as palavras de Frank Bristow: *"Ela não era totalmente real. Era sombria. Como um personagem saído das colinas nos contos de fadas gaélicos*".

Sombria. Assim ele a classificara. Uma imagem que a descrevia muito bem. Uma sombra, o reflexo de alguma outra coisa. Onde estaria, então, a Alix real? E sua mente respondeu prontamente: "*No passado*, separada de nós por catorze anos".

– Minha querida – disse-lhe – você me assusta. Parece a "Dama Chorosa com o Jarro de Prata".

Plaft! A xícara de café que estava na mesa, ao lado do cotovelo de Aspasia, caiu, espatifando-se no chão. O sr. Satterthwaite interrompeu os pedidos de desculpas. Ele pensava consigo: "Estamos chegando mais perto, mais perto a cada minuto. Mas mais perto do quê?".

– Vamos deixar nossos pensamentos voltarem àquela noite de catorze anos atrás – disse ele. – Lorde Charnley tirou a própria vida. Qual foi o motivo? Ninguém sabe.

Lady Charnley remexeu-se um pouco na cadeira.

– Lady Charnley sabe – disse Frank Bristow abruptamente.

– Que absurdo! – exclamou o coronel. Contudo, ele parou e franziu o cenho para ela, de forma curiosa.

Ela estava olhando para o artista. Era como se ele a obrigasse a falar. Balançando a cabeça lentamente, começou a relatar com voz fria e suave, tal qual um floco de neve.

– Sim, está totalmente certo. Eu sei. É por isso que, enquanto viver, jamais voltarei a Charnley. É por isso que quando meu filho Dick me pede para que abra a casa e volte a viver ali, digo a ele que é impossível.

– Então nos diga a razão, lady Charnley – solicitou o sr. Quin.

Ela voltou-se para ele e, como se hipnotizada, falou devagar e de modo espontâneo como uma criança.

– Se quiser, eu lhe contarei. Nada parece ter muita importância agora. Eu encontrei uma carta entre os papeis dele e a destruí.

– Que carta? – perguntou o sr. Quin.

– A carta de uma moça... daquela pobre moça. Era a governanta dos Merriam. Ele tinha... fizera amor com ela. Sim, enquanto estávamos noivos, pouco antes do nosso casamento. E ela... ela estava esperando um filho dele. Então, escreveu-lhe dizendo que iria me contar tudo. E, então, ele se matou.

Olhou à volta, para cada um deles, cansada e distraída, como uma criança que repete uma lição bem conhecida.

O coronel Monckton assoou o nariz.

– Meu Deus! – disse. – Então foi isso. Bem, parece que a explicação para tudo é: vingança.

– Será isso mesmo? – inquiriu o sr. Satterthwaite. – Não explica nada. *Não explica por que o sr. Bristow pintou aquele quadro*. Qual o significado disso?

O sr. Satterthwaite olhou para o sr. Quin em busca de um estímulo e aparentemente o obteve, pois continuou:

– Sim, sei que pode parecer loucura para todos vocês, mas aquela pintura é o ponto central de tudo. Estamos todos aqui esta noite por causa desse quadro. Ele *tinha* de ser pintado – é o que tenho a dizer.

– Refere-se à influência sobrenatural da Sala de Carvalho... – manifestou o coronel Monckton.

– Não – discordou o sr. Satterthwaite. – *Não* da Sala de Carvalho. Do Salão do Terraço. É isso mesmo! O espírito do homem morto de pé, do lado de fora da janela, olhando para dentro e vendo o próprio cadáver no chão.

— O que ele não poderia ter feito – disse o coronel –, porque o corpo estava na sala de carvalho.

— Suponhamos que não estivesse – conjecturou o sr. Satterthwaite. – Suponhamos que estivesse exatamente no lugar onde o sr. Bristow viu, ou melhor, imaginou, sobre as placas brancas e pretas, em frente à janela.

— Está dizendo um absurdo – disse o coronel Monckton. – Se estivesse lá, não o teríamos encontrado na Sala de Carvalho.

— A não ser que alguém o tivesse carregado até ali – disse o sr. Satterthwaite.

— Nesse caso, então, como poderíamos ter visto Charnley entrar pela porta da Sala de Carvalho? – perguntou o coronel.

— Bem, você não viu o rosto dele, certo? – perguntou o sr. Satterthwaite. – Quero dizer que o que viu foi um homem entrando na Sala de Carvalho, penso que fantasiado.

— Usava um traje de brocado e uma peruca – assentiu Monckton.

— Exatamente isso. Deduziram que era lorde Charnley, porque a moça o chamou de lorde Charnley.

— E porque, depois que essa pessoa entrou, poucos minutos mais tarde, lá estava lorde Charnley, morto. Não pode fugir disso, Satterthwaite.

— Não – disse o sr. Satterthwaite, sentindo-se desencorajado. – Não, a não ser que houvesse algum tipo de esconderijo.

— O senhor não disse que havia uma espécie de nicho naquela parede da sala? – interveio Frank Bristow.

— Oh! – exclamou o sr. Satterthwaite. – Suponhamos...

Acenou então com uma das mãos, pedindo silêncio, e colocou a outra sobre a testa. Começou então a falar devagar, um pouco hesitante:

– Acabo de ter uma ideia. Pode ser apenas uma ideia, mas penso também que é bem plausível.

– Suponhamos que alguém tenha matado lorde Charnley com um tiro. Que o tenha alvejado no Salão do Terraço e depois, ele e outra pessoa, tivessem arrastado o corpo para a Sala de Carvalho. Que o tivessem deixado no chão, com uma pistola perto da mão direita. Passemos para a etapa seguinte. Era preciso que não houvesse dúvidas de que fora um suicídio. Isso poderia ser feito sem dificuldades. Um homem com traje de brocado e peruca passa pelo vestíbulo e entra pela porta da Sala de Carvalho. Alguém, para dar maior veracidade à cena, chama-o de lorde Charnley, no alto da escada. O homem entra, tranca as duas portas e dá um tiro nos painéis de madeira. Lembrem-se de que, como já havia buracos de bala ali, ninguém notaria mais um. Na sequência, o homem vai tranquilamente para aquele compartimento secreto. Parece óbvio que lorde Charnley cometeu suicídio. Nenhuma outra hipótese sequer foi aventada.

– Bem, acho que tudo isso é pura imaginação – disse o coronel Monckton. – Não há como esquecer que Charnley tinha um motivo e tanto para suicidar-se.

– Uma carta encontrada depois... – sugeriu o sr. Satterthwaite. – Uma carta mentirosa e cruel, escrita por alguma jovem atriz, muito inteligente e inescrupulosa, que pretendia, um dia, se tornar a própria lady Charnley.

– O que quer dizer?

– Quero dizer que havia uma moça que se tornou cúmplice de Hugo Charnley – disse o sr. Satterthwaite. – Você bem sabe, Monckton, assim como todos, que aquele homem era um patife. Tinha como certo que o título seria seu. – E voltando-se repentinamente para lady Charnley perguntou: – Como se chamava a moça que escreveu a carta?

— Monica Ford — respondeu lady Charnley.

— Foi Monica Ford, Monckton, quem chamou lorde Charnley do alto da escada?

— Agora que está tocando no assunto, parece-me que foi ela, sim.

— Oh, é impossível — falou lady Charnley. — Fui falar com ela a respeito da carta. Ela confirmou que era tudo verdade. Depois do acontecido, só a vi aquela vez. Mas, com certeza, ela não poderia estar representando o tempo todo.

O sr. Satterthwaite olhou para Aspasia Glen, do outro lado da sala e disse tranquilamente:

— Acho que poderia. Acho que ela deveria ter todos os predicados de atriz.

— Há algo a que não se referiu — disse Frank Bristow. — Teria de haver sangue no piso do Salão do Terraço. Impossível não haver. Não havia como limpá-lo tão rapidamente.

— Não — admitiu o sr. Satterthwaite. — Porém, há uma providência que poderia ter sido tomada. Algo que levaria apenas alguns segundos. Poderiam ter colocado o tapete Bockhara sobre as manchas de sangue. Antes daquela noite, ninguém havia visto esse tapete no Salão do Terraço.

— Creio que tem razão — disse Monckton. — De qualquer forma, porém, as manchas no piso teriam de ser limpas, mais cedo ou mais tarde.

— Sim — concordou o sr. Satterthwaite —, no meio da noite. Uma mulher com um jarro e uma bacia poderia descer as escadas e limpar as manchas de sangue facilmente.

— Mas e supondo que alguém a visse?

— Isso não seria um problema — disse o sr. Satterthwaite. — Estou falando, agora, de como as coisas *são*. Eu disse: uma mulher com um jarro e uma bacia. Mas se eu tivesse dito a "Dama Chorosa com o Jarro de Prata", é o que *pareceria* ser. Levantou-se e se aproximou de Aspasia Glen.

– Foi o que fez, não foi? – disse ele. – Atualmente é conhecida como "a mulher do lenço", mas foi naquela noite que interpretou seu primeiro papel, o de "Dama Chorosa com o Jarro de Prata". Não teria sido por isso que derrubou a xícara de café da mesa, há pouco? Quando viu o quadro, ficou com medo. Achou que alguém soubesse o que tinha acontecido.

Lady Charnley estendeu uma mão branca e acusadora na direção de Aspasia:

– Monica Ford – disse baixinho. – Agora a reconheço.

Aspasia Glen, sobressaltada, deu um grito. Afastou-se do pequeno sr. Satterthwaite e em pé, trêmula, parou diante do sr. Quin.

– Então, eu estava certa. Alguém *sabia* de tudo! Oh, eu não podia estar enganada a respeito dessa bobagem. Oh, toda essa encenação de estarem descobrindo as coisas. – Apontou o sr. Quin. – Então você estava lá. Estava do lado de fora da janela, olhando para dentro. Viu o que Hugo e eu fizemos. Eu *sabia* que alguém estava nos observando, senti isso o tempo todo. No entanto, quando ergui os olhos, não havia ninguém ali. Julguei realmente ter visto de relance um rosto espiando pela janela. Isso me atemorizou esses anos todos. Então, quando vi aquele quadro, com você na janela, reconheci seu rosto. Durante todos esses anos, você sabia. Por que resolveu quebrar o silêncio agora? É só isso o que eu quero saber.

– Talvez para que o morto possa descansar em paz – disse o sr. Quin.

Subitamente, Aspasia Glen correu em direção à porta e de lá falou algumas palavras em tom desafiador:

– Façam o que quiserem. Há testemunhas suficientes para sustentar o que eu disse. Mas não me incomodo, não me incomodo nem um pouco. Eu amava Hugo, e o ajudei nessa trama macabra. Depois, ele me mandou às favas. Morreu no ano passado. Podem colocar a polícia atrás de mim, se quiserem. Como disse aquele homenzinho insignificante, sou uma atriz muito boa. Terão dificuldades para me encontrar.

Bateu a porta com força atrás de si e, um momento depois, ouviu-se também a batida da porta da frente.

– Reggie – clamou lady Charnley. – Reggie. – As lágrimas escorriam-lhe pelo rosto. – Oh, meu querido, meu querido, agora posso voltar para Charnley. Posso viver com Dickie ali. Preciso lhe dizer que seu pai foi o melhor, o homem mais esplêndido do mundo.

– Precisamos fazer algumas consultas acerca de como proceder nesse caso – disse o coronel Monckton. – Alix, minha cara, se me permitir levá-la para casa, ficarei muito feliz em trocar algumas palavras sobre o assunto.

Lady Charnley levantou-se, aproximou-se do sr. Satterthwaite e, colocando as mãos sobre os ombros dele, beijou-o suavemente.

– É tão maravilhoso estar viva de novo, depois de ter estado morta durante todos esses anos – disse ela. – Era como estar morta. Obrigada, querido sr. Satterthwaite.

Ela deixou a sala com o coronel Monckton, e o sr. Satterthwaite acompanhou-os com o olhar.

Um resmungo passageiro de Frank Bristow, de quem se esquecera por completo, fez com que se virasse rapidamente.

– Uma linda criatura – disse Bristow, sério. – Porém, não mais tão interessante quanto antes – acrescentou melancólico.

– Agora quem fala é o artista – constatou o sr. Satterthwaite.

– É que ela já não é a mesma – argumentou Bristow. – Suponho que seria recebido com certa frieza caso algum dia fosse a Charnley. Não quero ir aonde não sou desejado.

– Meu caro rapaz – disse o sr. Satterthwaite. – Se pensar um pouco menos na impressão que causa nas outras pessoas, será mais sábio e, com isso, mais feliz. Também lhe faria bem tirar da mente algumas noções muito antiquadas, como a de que linhagem familiar tem alguma relevância, nas atuais condições. Você é um rapaz robusto, do tipo que as mulheres consideram bem apessoado, e é, possivelmente, se não com certeza, um gênio. Apenas repita isso, umas duas vezes, todas as noites antes de dormir, e dentro de três meses vá visitar lady Charnley, em Charnley. É o conselho que lhe dou, com minha considerável experiência de vida.

Um sorriso muito encantador surgiu, de repente, no rosto do artista.

– O senhor foi extremamente bondoso comigo – disse o jovem, apertando com força a mão do sr. Satterthwaite. – Sou-lhe grato demais. Preciso ir agora. Muito obrigado por uma das noites mais extraordinárias de minha vida.

Olhou à volta, como se procurasse dizer até logo para mais alguém, e então teve um sobressalto.

– Vejo que seu amigo foi embora. Não o vi sair. É um sujeito bem estranho, não?

– Ele aparece e desaparece muito depressa – disse o sr. Satterthwaite. – É uma de suas características. A gente nunca vê quando ele chega ou vai embora.

– Como o Arlequim – disse Frank Bristow –, ele é invisível.

E, então, riu com vontade, da própria piada.

Capítulo 10

O pássaro com a asa quebrada

I

O sr. Satterthwaite olhava pela janela. Chovia torrencialmente. Tremia de frio. Pensava que muito poucas casas no campo eram bem aquecidas. Sentia-se feliz ao constatar que, em poucas horas, estaria viajando, em grande velocidade, para Londres. Quando passamos dos sessenta anos, Londres é, sem dúvida alguma, o melhor lugar.

Sentia-se um pouco velho e patético. A maioria dos hóspedes da casa era tão jovem! Quatro acabavam de entrar na biblioteca, onde fariam uma roda de mesa espírita. Convidaram o sr. Satterthwaite para se reunir ao grupo, mas ele declinou. Não se divertia nem um pouco com a monotonia da contagem das letras do alfabeto, que resultava num amontoado delas que geralmente não produzia qualquer significado.

Sim, Londres era o melhor lugar para ele. Sentia-se satisfeito por ter recusado o convite de Madge Keeley, quando ela lhe telefonara, há meia hora, para ir ter com ela em Laidell. Sem dúvida, uma jovem adorável, mas ir para Londres seria melhor.

O sr. Satterthwaite estremeceu de novo e lembrou-se que a lareira da biblioteca normalmente era muito boa. Ele abriu a porta e adentrou com cautela na escuridão da sala.

– Se eu não estiver incomodando...

– Era N ou M? Teremos de contar de novo. Não, claro que não, sr. Satterthwaite. Nem imagina quantas coisas incríveis estão acontecendo. O espírito diz que se chama Ada Spiers e que o John aqui vai se casar com uma moça chamada Gladys Bun, logo, logo.

O sr. Satterthwaite sentou-se numa grande poltrona em frente à lareira. As pálpebras se cerravam, e ele cochilava. De vez em quando, voltava à consciência e ouvia trechos da conversa.

– Não pode ser P A B Z L, a não ser que se trate de um russo. John, você está empurrando a carta. Eu vi. Acho que é um novo espírito que está chegando.

Um novo cochilo. De repente, ouviu um nome que o fez despertar num sobressalto.

– Q U I N. É isso? Sim, houve uma pancadinha significando que era isso.

– Quin. Tem alguma mensagem para alguém que está aqui? Sim? Para mim? Para John? Para Sarah? Para Evelyn? Não? Mas não há mais ninguém aqui! Oh! Talvez seja para o sr. Satterthwaite? Ele escreveu *sim*, sr. Satterthwaite. É uma mensagem para o senhor.

– O que está me dizendo? – perguntou o sr. Satterthwaite.

Agora estava totalmente desperto e aprumado na poltrona, os olhos brilhantes.

A mesa começou a se mexer e uma das moças contava as letras.

– L A I... não pode ser, não faz sentido. Não há palavra que comece com L A I...

– Continue – disse o sr. Satterthwaite.

O tom imperativo que a voz imprimia fez com que obedecessem sem fazer perguntas.

– L A I D E L e um outro L. Oh! Parece que terminou.

– Continue.

– Diga-nos algo mais, por favor.

Houve uma pausa.

– Parece que não há mais nada. A mesa está completamente imóvel. Que tolice!

– Não – disse o sr. Satterthwaite, pensativo. – Não acho que seja tolice.

Levantou-se e deixou o recinto. Dirigiu-se imediatamente ao telefone e começou a falar:

– Poderia falar com a srta. Keeley? É você, Madge, querida? Acabo de mudar de ideia e quero, se me permitir, aceitar seu gentil convite. Meu retorno à cidade não é tão urgente quanto eu pensava. Sim... sim... chegarei a tempo para o jantar.

Havia um estranho rubor nas bochechas murchas, quando desligou o telefone. O sr. Quin... o misterioso sr. Harley Quin. O sr. Satterthwaite contava nos dedos as vezes em que entrara em contato com esse homem cheio de mistérios. Onde o sr. Quin aparecia... coisas aconteciam! O que teria ocorrido ou iria ocorrer, em Laidell?

Qualquer que fosse o caso, o sr. Satterthwaite teria coisas para fazer. De um modo ou de outro, com certeza teria um papel ativo a desempenhar. Estava certo disso.

Laidell era uma casa de grandes proporções. O proprietário, David Keeley, era um desses homens quietos, sem personalidade marcante, que mais parecem fazer parte do mobiliário. A inexpressividade deles, porém, nada tem a ver com sua capacidade mental. David Keeley era um dos matemáticos mais brilhantes e escrevera um livro certamente incompreensível para 99% dos mortais. Como tantos outros intelectuais brilhantes, porém, ele não expressava qualquer tipo de magnetismo ou vigor físico. Havia uma piada sobre David Keeley ser um verdadeiro "homem invisível". Os criados se esqueciam de servir-lhe a salada, e os convidados, de cumprimentá-lo com um *como vai* ou um *até logo*.

Já sua filha, Madge, era muito diferente. Uma jovem boa e exemplar, com muita energia e vontade de viver. Íntegra, saudável e extremamente bonita. Foi ela quem recebeu o sr. Satterthwaite, à entrada.

– Quanta gentileza de sua parte ter vindo, no final das contas.

– Foi maravilhoso de sua parte ter permitido que eu mudasse de ideia. Madge, minha querida, você está com ótima aparência.

– Oh, estou sempre bem.

– Sim, eu sei. Mas você parece... bem "viçosa", é a palavra que me ocorre. Alguma coisa aconteceu, minha querida? Algo muito especial?

Ela riu e enrubesceu um pouco.

– Sr. Satterthwaite, é incrível. O senhor sempre adivinha as coisas.

Ele segurou a mão da moça e perguntou:

– Então é isso, não é? O seu príncipe encantado apareceu?

A expressão era um tanto antiquada, mas Madge não fez objeções. Ela até apreciava as maneiras antiquadas do sr. Satterthwaite.

– Creio que sim. Suponho que ninguém ainda descobriu. É um segredo. Mas realmente não me importo que o senhor saiba, sr. Satterthwaite. O senhor é sempre tão bondoso e receptivo.

O sr. Satterthwaite adorava apadrinhar romances. Era sentimental e vitoriano.

– Não devo perguntar quem é o felizardo? Bem, então só posso dizer que espero que ele seja merecedor de você, que tenha a honra de estar à sua altura.

"Nada feito, meu velho sr. Satterthwaite", pensou Madge.

– Oh, creio que nos daremos muito bem – disse ela. – Gostamos de fazer as mesmas coisas, e isso é tão importante, não acha? Realmente temos muitas coisas em comum... e sabemos tudo a respeito um do outro. Na verdade, isso vem de muito tempo. Isso nos dá uma agradável sensação de segurança, não?

– Não há dúvida – admitiu o sr. Satterthwaite. – Entretanto, pela minha experiência, nunca será possível saber tudo sobre qualquer outra pessoa. Faz parte do interesse e do encanto da vida.

– Oh, assumo os riscos – disse Madge, rindo, e subiram para se arrumar para o jantar.

O sr. Satterthwaite estava atrasado. Não levara seu criado de quarto, e como sua bagagem era sempre desfeita por outra pessoa, ele se atrapalhara um pouco. Quando desceu, encontrou todos já reunidos. À maneira moderna, Madge simplesmente disse:

– Oh, aqui está o sr. Satterthwaite. Estou morrendo de fome. Vamos.

Ela foi indicando o caminho, tendo ao lado uma mulher alta, grisalha, de personalidade marcante. Tinha uma voz nítida, um tanto incisiva, e um rosto bem definido, bem bonito.

– Como vai, sr. Satterthwaite? – disse o sr. Keeley.

O sr. Satterthwaite sobressaltou-se.

– Como vai? – desculpou-se. – Realmente não o vi.

– Ninguém me vê – disse o sr. Keeley, conformado.

Chegaram à mesa de mogno, baixa e oval. O sr. Satterthwaite sentou-se entre sua jovem anfitriã e uma moça morena, de estatura pequena, bastante vivaz, que falava e ria alto, expressando mais uma firme determinação de se mostrar alegre a todo custo do que uma verdadeira jovialidade. Seu nome parecia ser Doris, e era o tipo de moça que o sr. Satterthwaite não apreciava. Ela não tinha, segundo o seu critério, nenhuma justificativa artística para existir.

Em frente a Madge, estava um homem de cerca de trinta anos. A semelhança com a senhora de cabelos grisalhos denotava serem mãe e filho.

Perto dele...

O sr. Satterthwaite prendeu a respiração.

Não sabia exatamente o que era. Não era beleza. Era algo mais... algo mais indefinível e inalcançável do que a beleza.

Ela ouvia a conversa formal e um tanto cansativa do sr. Keeley com a cabeça um pouco inclinada para um lado. Segundo pareceu ao sr. Satterthwaite, ela estava lá... e, no entanto, não estava! Era a mais irreal de todas as pessoas que se encontravam em torno da mesa oval. Algo na inclinação de seu corpo era belo, era mais do que belo. Ela ergueu os olhos que, por um momento, encontraram os dos sr. Satterthwaite, do lado oposto da mesa... e, então, a palavra que ainda não tinha encontrado, lhe veio à mente.

"Encantamento." Era isso: ela tinha o dom do encantamento. Poderia ser uma criatura apenas meio humana, de um daqueles povos ocultos das Colinas Ocas. Diante dela, todos os outros à mesa pareciam reais demais.

Contudo, por algum motivo estranho, sentia certa compaixão por ela. Era como se sua semi-humanidade a prejudicasse. Procurou uma frase para defini-la e encontrou.

– Um pássaro com uma asa quebrada – disse o sr. Satterthwaite.

Satisfeito, voltou sua atenção para o assunto que estava sendo tratado – escoteiras –, na expectativa de que a moça, Doris, não tivesse percebido sua distração.

Quando ela se dirigiu ao homem do outro lado, alguém que o sr. Satterthwaite pouco notara, fez uma pergunta a Madge, em voz baixa:

– Quem é aquela mulher ao lado de seu pai?

– A sra. Graham? Ah, não! Fala de Mabelle? Não a conhece? Mabelle Annesley. Era uma Clydesley... da desafortunada família Clydesley.

Ele estremeceu. A desafortunada família Clydesley. Lembrou que um irmão se matara com um tiro, uma irmã se afogara, outra morrera num terremoto. Uma família estranha, predestinada. A tal mulher devia ser a mais jovem de todos.

De repente, seus pensamentos foram interrompidos. A mão de Madge tocou a dele sob a mesa. Todos estavam conversando. Ela fez um movimento leve com a cabeça para a esquerda.

– É aquele ali – murmurou sem maiores explicações.

O sr. Satterthwaite assentiu rapidamente com a cabeça, em sinal de reconhecimento. Então, era o jovem Graham o eleito de Madge. Bem, aparentemente, segundo o sr. Satterthwaite, que era um sagaz observador, ela não poderia ter feito melhor escolha. O jovem era agradável, amável, um tanto prosaico. Formavam um belo casal. Ambos tinham a cabeça no lugar e faziam parte de uma juventude mais moderna, saudável e sociável.

Laidell se alinhava a um modo mais convencional. As mulheres deixaram a sala de jantar primeiro. O sr. Satterthwaite aproximou-se de Graham e puxou uma conversa. A avaliação que fizera do jovem foi confirmada, embora notasse que algo não estava totalmente de acordo com o que esperava dele. Roger Graham mostrava-se distraído, a mente parecia distante, e a mão tremia ao recolocar o copo sobre a mesa.

"Alguma coisa o preocupa", pensou o sr. Satterthwaite, com sua perspicácia. "Provavelmente, nem de longe seja algo tão importante quanto julga ser. De qualquer maneira, fico imaginando o que seria."

O sr. Satterthwaite tinha por hábito tomar alguns comprimidos após o almoço, para facilitar a digestão. Como não os trouxera consigo, subiu ao quarto para apanhá-los.

Na volta, no corredor do térreo, a meio caminho da sala de jantar, passou por um recinto chamado de Sala do Terraço. Olhou pela porta aberta e, então, parou de repente.

A luz do luar inundava a sala. As janelas com treliças formavam um estranho padrão simétrico. Uma figura sentada na soleira baixa da janela, ligeiramente inclinada para um lado, dedilhava suavemente as cordas de um uquelele. O som não era o de um jazz, mas de um ritmo mais antigo, a cadência do cavalgar de cavalos encantados pelas colinas igualmente encantadas dos contos de fadas.

O sr. Satterthwaite ficou fascinado. Ela usava um vestido esvoaçante de gaze azul-escuro, rufada e preguada, como se imitasse a plumagem de um pássaro. Curvava-se sobre o instrumento, cantando baixinho.

Ele entrou na sala, devagar, na ponta dos pés. Apenas ao chegar bem perto a moça levantou a cabeça e o viu. Ele percebeu que ela não se assustou nem demonstrou surpresa.

– Espero não ser um intruso – desculpou-se.

– Por favor, sente-se.

Sentou-se próximo a ela, numa cadeira de carvalho encerado. Ela cantarolava tão suavemente quanto respirava.

– Há um bocado de magia nesta noite – disse ela.
– Não acha?

– Sim, havia um bocado de magia no ar.

– Pediram que eu fosse buscar meu uquelele – ela explicou. – Mas quando passei por aqui, pensei o quanto era adorável estar sozinha aqui, no escuro, ao luar.

– Então eu... – o sr. Satterthwaite ia dizendo e começou a se levantar.

Ela o fez parar.

– Não vá. O senhor faz parte disso tudo, de alguma forma. É estranho, mas faz.

Ele, então, sentou-se novamente.

– Aconteceu algo esquisito ao entardecer – disse ela. – Fui ao bosque e vi alguém. Um homem muito estranho, alto e moreno, mais parecia uma alma perdida. O sol estava se pondo, e os seus raios, filtrados pelas árvores, faziam com que aquele homem parecesse um arlequim.

– Ah! – exclamou o sr. Satterthwaite.

Demonstrando claramente maior interesse no assunto, ele inclinou o corpo para frente, enquanto a ouvia.

– Quis conversar com o homem. Parecia-se muito com alguém que conheço. Mas ele desapareceu entre as árvores.

– Acho que sei quem é – disse o sr. Satterthwaite.

– É mesmo? Ele é... interessante, não é?

– Sim, ele é interessante.

Fez-se uma pausa. O sr. Satterthwaite estava perplexo. Ele sentia que havia algo a fazer... mas não sabia o quê. Mas com certeza... com certeza tinha a ver com essa moça. Disse, meio sem jeito:

– Às vezes, quando se está infeliz... a vontade é fugir...

– Sim, é verdade – ela parou de repente. – Oh, entendo o que quer dizer, mas está enganado. É justamente o contrário. Eu quis ficar só porque me sinto feliz.

– Feliz?

– Extremamente feliz.

Ela estava muito tranquila, mas o sr. Satterthwaite ficou chocado. O que aquela estranha moça queria dizer com *sentir-se feliz* era bem diferente do que Madge Keeley diria usando as mesmas palavras. Felicidade, para Mabelle Annesley, significava uma espécie de êxtase vívido e intenso. Algo que não era mais meramente natural: era sobrenatural. Ficou um pouco assustado.

– Eu... não sabia – admitiu desajeitadamente.

– É claro que o senhor não podia saber. Não está no presente. Não sou feliz ainda, mas vou ser... – e, movendo-se para frente, prosseguiu. – Imagine ficar no meio de um bosque, um grande bosque fechado com muitas árvores e sombras, do qual talvez não consiga sair nunca mais... e então, de repente, exatamente à sua frente, vislumbra o lugar de seus sonhos. Um lugar claro e lindo... é preciso apenas buscar uma saída entre as árvores na escuridão, para alcançá-lo.

– Muitas coisas parecem belas – alertou o sr. Satterthwaite – apenas enquanto não as alcançamos. As coisas mais feias do mundo podem parecer as mais belas.

Ouviu-se o ruído de passos. O sr. Satterthwaite virou a cabeça. O homem louro, com um rosto estúpido, meio insípido, havia entrado. Era o homem que o sr. Satterthwaite pouco notara à mesa no jantar.

– Estão aguardando você, Mabelle – disse.

Ela se levantou, e a expressão de seu rosto se alterou. A voz dela estava calma e controlada:

– Já estou indo, Gerard. Estava conversando com o sr. Satterthwaite.

E então deixou a sala acompanhada pelo sr. Satterthwaite. Enquanto caminhava, ele virou a cabeça para trás e viu a expressão do rosto do marido dela: um olhar carente e desesperado.

"Encantamento", refletiu o sr. Satterthwaite. "Ele sente isso, perfeitamente. Pobre sujeito, pobre sujeito."

A sala de visitas estava bem iluminada. Madge e Doris Coles repreenderam a amiga em voz alta:

– Mabelle, sua pestinha, você demorou séculos!

Ela sentou-se num banquinho, afinou o instrumento e começou a cantar. Todos a acompanharam.

"Como é possível que tantas canções idiotas tenham sido escritas para um *meu amor*?", pensava o sr. Satterthwaite.

Por outro lado, tinha de admitir que os lamentos e o ritmo sincopado das melodias eram comoventes, embora não se comparassem evidentemente com as valsas clássicas.

No ambiente esfumaçado, o ritmo sincopado prosseguia.

"Nenhuma conversa. Nenhuma música boa. Nenhuma *paz*. Definitivamente, gostaria que o mundo não tivesse se tornado tão barulhento!", refletia o sr. Satterthwaite.

Subitamente, Mabelle Annesley parou de tocar e sorriu para ele, do outro lado da sala. Começou, então a cantar uma composição de Grieg.

Meu cisne... meu cisne branco...

Era uma das canções favoritas do sr. Satterthwaite. Gostou da surpresa ingênua, no final:

Era apenas um cisne, então? Apenas um cisne?

Depois disso, o grupo se desfez. Enquanto Madge oferecia bebidas, seu pai pegou o uquelele abandonado e começou a dedilhar alguma coisa ao acaso. As pessoas do grupo começaram a desejar *boa noite* umas às outras, aproximando-se da porta. Falavam ao mesmo tempo. Gerard Annesley, afastando-se de todos, retirou-se discretamente.

Na saída da sala de visitas, o sr. Satterthwaite deu à sra. Graham um *boa noite* cerimonioso. Havia duas escadas, uma perto e a outra no final do longo corredor. Foi por esta última que o sr. Satterthwaite chegou ao seu quarto. A sra. Graham e o filho subiram pela escada mais próxima, a mesma por onde já havia passado o circunspeto Gerard Annesley.

– É melhor você guardar o uquelele, Mabelle – disse Madge. – Se não fizer isso, pode esquecê-lo amanhã de manhã. Afinal, partirão tão cedo!

– Sr. Satterthwaite – disse Doris Coles, agarrando-o firmemente pelo braço. – Cedo para a cama etc.

Madge pendurou-se no outro braço, e os três saíram correndo até a escada dos fundos, o que fez Doris quase explodir de rir. No final do corredor, pararam para esperar o sr. Keeley, que os seguia em ritmo bem mais lento, apagando as luzes nos interruptores à sua passagem. Os quatro subiram a escada juntos.

II

Na manhã seguinte, o sr. Satterthwaite já estava pronto para descer à sala de jantar para tomar o café da manhã, quando ouviu uma batidinha na porta e Madge Keeley entrou. Tinha o rosto mortalmente pálido e tremia da cabeça aos pés.

– Oh, sr. Satterthwaite!

– Minha filha, o que aconteceu? – perguntou, segurando suas mãos.

– Mabelle... Mabelle Annesley...

– Sim?

O que havia acontecido? O quê? Percebeu que era algo terrível. Madge mal conseguia falar.

– Ela se enforcou ontem à noite. Na porta do quarto, por dentro. Oh, é horrível demais – interrompeu-se, soluçando.

Enforcou-se. Impossível. Incompreensível!

Dirigiu a Madge algumas poucas palavras habituais de conforto e desceu correndo para o andar térreo. Encontrou David Keeley com o olhar perplexo e impotente.

– Liguei para a polícia, Satterthwaite. Aparentemente é o que tinha de ser feito. Foi o médico quem disse. Ele está justamente acabando de examinar o... oh, meu Deus, é algo monstruoso. Deveria estar desesperadamente infeliz... para fazer isso, dessa maneira. Foi estranho ela cantar aquela canção ontem à noite. A "Canção do cisne", não é? Ela parecia até um cisne... mas um cisne negro.

– Sim.

– A "Canção do cisne" – repetiu Keeley. – Mostra o que ela tinha em mente, não?

O sr. Satterthwaite hesitou, mas acabou perguntando, gaguejando um pouco, se ele poderia ver... se, quer dizer...

O anfitrião compreendeu o pedido feito pela metade.

– Se assim o desejar. Esqueci que você tem uma inclinação para tragédias humanas.

Dirigiu-se então para a escada principal. O sr. Satterthwaite seguiu-o. Na parte de cima, próximo à escada, estava o quarto ocupado por Roger Graham e, do outro lado do corredor, o de sua mãe. A porta do quarto dela estava encostada, e uma leve fumaça saía pela fresta. O sr. Satterthwaite repentinamente viu-se tomado de surpresa. Não poderia imaginar que uma mulher como a sra. Graham pudesse fumar tão cedo. Na verdade, achava que ela nem fosse fumante.

Seguindo pelo corredor, chegaram à penúltima porta. David Keeley entrou no quarto, e o sr. Satterthwaite o seguiu.

O quarto, não muito espaçoso, tinha indícios de ter sido ocupado por um homem. Na parede, uma porta fazia a comunicação com o quarto ao lado. Um pedaço de corda cortada estava ainda enganchado, pendendo da porta. E em cima da cama...

O sr. Satterthwaite parou um instante para olhar o amontoado de gaze em desordem. Observou que era rufada e preguada, como a plumagem de um pássaro. Depois de olhar rapidamente o rosto, não voltou a fitá-lo.

Seu olhar se dirigiu da porta onde pendia a corda para a porta de comunicação pela qual haviam entrado.

– Estava aberta?

– Sim. Ao menos foi o que a criada informou.

– Annesley dormiu aqui? E não ouviu nada?

– Ele afirma que não.

– É inacreditável – murmurou o sr. Satterthwaite, olhando para trás, em direção ao corpo que jazia na cama.

– Onde está ele agora?

– Annesley? Lá embaixo, com o médico.

Descendo para o térreo, se depararam com o inspetor de polícia, que se aproximava. O sr. Satterthwaite teve a grata surpresa de reconhecer o inspetor Winkfield, seu velho conhecido.

O inspetor subiu as escadas com o médico e, alguns minutos mais tarde, mandou avisar que pedia a todos os convidados que se reunissem na sala de visitas.

As venezianas estavam cerradas, e a sala tinha um aspecto fúnebre. Doris Coles parecia assustada e horrorizada.

De vez em quando, passava um lenço nos olhos. Madge estava firme e alerta, já em pleno domínio de si. A sra. Graham, como era de se esperar, estava composta, com o rosto grave e impassível. A tragédia parecia ter afetado mais intensamente ao filho do que a qualquer outra pessoa. Naquela manhã, definitivamente ele parecia estar acabado. David Keeley, como de costume, se posicionou atrás de todos.

O marido desolado sentou-se um pouco afastado dos demais. Parecia meio atordoado e ainda não estar consciente do que acontecera.

O sr. Satterthwaite, que aparentemente mantinha-se controlado diante de todos, não demonstrava o quanto estava intimamente perturbado com a importante tarefa a ser cumprida.

O inspetor Winfield, seguido pelo dr. Morris, entrou e fechou a porta atrás de si. Após um pequeno pigarro, começou a falar:

– É um acontecimento muito triste. Com certeza, muito triste. Mas é necessário, nas atuais circunstâncias, que eu faça algumas perguntas a todos. Estou certo de que não farão objeções. Vou começar pelo sr. Annesley. Perdoe-me interrogá-lo, senhor, mas sua bondosa esposa, alguma vez, já havia tentado se suicidar?

O sr. Satterthwaite abriu a boca, intempestivamente, mas logo a fechou. Havia tempo. Melhor não começar a falar tão cedo.

– Eu... não, penso que não.

Sua voz soou tão hesitante, tão peculiar, que todos lançaram um olhar em sua direção.

– O senhor não tem certeza?

– Sim, tenho certeza absoluta. Ela nunca tentou se suicidar.

– Ah, sabia se ela, de alguma forma, estava infeliz?
– Não... eu não sabia.
– Ela nada disse ao senhor, por exemplo, sobre estar deprimida?
– Não... nada.

Fosse o que fosse que o inspetor estivesse pensando, nada revelou. Em vez disso, passou para uma nova pergunta:

– Pode me descrever rapidamente como transcorreu a noite passada?

– Fomos... todos para a cama. Adormeci imediatamente e não ouvi nada. Acordei com o grito da empregada esta manhã. Corri para o quarto contíguo e encontrei minha mulher... e encontrei ela...

A voz dele sumiu. O inspetor balançou a cabeça.

– Sim, já é o bastante. Não precisamos falar disso. Quando viu sua mulher pela última vez na noite passada?

– Eu... no andar de baixo.

– No andar de baixo?

– Sim, saímos todos juntos da sala de visitas. Fui direto para cima e deixei os outros conversando no vestíbulo.

– Não voltou a ver sua mulher? Ela não lhe deu *boa noite* quando foi se deitar?

– Eu já estava dormindo quando ela subiu.

– Mas isso aconteceu apenas alguns minutos depois. Não é verdade, senhor? – inquiriu o inspetor, olhando para o sr. David Keeley, que assentiu com a cabeça.

– Meia hora mais tarde, ela ainda não tinha subido – Annesley disse incisivamente.

O inspetor dirigiu-se então amavelmente para a sra. Graham.

– Ela não teria ido ao seu quarto para conversar, madame?

O sr. Satterthwaite ficou se perguntando se era fruto de sua imaginação ou se de fato houve uma ligeira pausa antes da sra. Graham responder, com sua habitual calma e sua maneira decidida:

— Não, fui direto para o meu quarto e fechei a porta. Não ouvi nada.

O inspetor voltou novamente a atenção para Annesley.

— E o senhor diz que dormiu e não ouviu nada? A porta de comunicação estava aberta, não estava?

— Eu... creio que sim. Minha mulher deve ter entrado em seu quarto pela outra porta, a do corredor.

— Mesmo assim, senhor, deve ter havido algum barulho... um ruído de sufocação, o bater de calcanhares na porta.

— *Não!*

O sr. Satterthwaite interrompeu, subitamente, incapaz de se conter.

Todos olharam para ele, surpresos. Ele próprio ficou nervoso, enrubesceu e, gaguejando um pouco, justificou-se:

— Eu... eu peço desculpas, inspetor. Mas preciso falar. O senhor está no caminho errado... no caminho totalmente errado. A sra. Annesley não se matou. Tenho certeza disso. Ela foi assassinada.

Houve um silêncio mortal. Então, o inspetor Winkfield disse calmamente:

— O que o leva a pensar assim?

— Bem... é uma intuição. Uma intuição muito forte.

— Creio, porém, senhor, que deve haver algo mais do que isso. Deve haver uma razão específica.

Sim, é claro que *havia* uma razão específica. A misteriosa mensagem do sr. Quin. Mas ele não podia falar sobre isso a um inspetor de polícia. O sr. Satterthwaite procurou desesperadamente alguma razão e encontrou.

– Na noite passada, quando estávamos conversando, ela me disse que estava muito feliz. Muito feliz... apenas isso. Não seria a declaração de alguém que pensa em suicídio.

Sentindo-se triunfante, acrescentou:

– Além disso, ela voltou para a sala de visitas para apanhar o seu uquelele, de modo a não esquecê-lo de manhã. Essa, sem dúvida, também não parece a atitude de quem pensa em se suicidar.

– Não – admitiu o inspetor. – Não mesmo.

Perguntou, então, a David Keeley:

– Ela levou o uquelele para cima?

O matemático tentou se lembrar.

– Creio que sim... Sim, levou. Subiu, levando-o nas mãos. Lembro-me de ter visto quando ela fez a curva no canto da escada, antes que eu apagasse a luz.

– Oh! – exclamou Madge. – Mas, olhem, ele está ali agora! – Indicou dramaticamente o instrumento em cima de uma mesa.

– Curioso – disse o inspetor. Deu alguns passos e tocou uma campainha.

Deu uma ordem rápida para que o mordomo procurasse a criada incumbida de fazer as arrumações na parte da manhã. Quando inquirida, ela respondeu *sim*, o instrumento musical estava ali, logo cedo, quando espanou os móveis.

O inspetor dispensou-a. Depois, laconicamente, comunicou:

– Gostaria de falar com o sr. Satterthwaite, em particular, por favor. Todos os demais podem ir, mas ninguém deve deixar a casa.

Quando todos se foram, e a porta se fechou, o sr. Satterthwaite começou a falar sem parar.

– Inspetor, eu... estou certo de que conduz o caso de maneira excelente. Apenas achei que... tendo, como disse, uma intuição muito forte...

O inspetor fez um gesto com a mão, impedindo-o de continuar.

– Está completamente certo, sr. Satterthwaite. A senhora foi assassinada.

– Já sabia? – perguntou o sr. Satterthwaite, constrangido.

– Algumas coisas intrigaram o dr. Morris.

Olhou para o médico, que estava presente, e este confirmou sua declaração, acenando a cabeça.

– Fizemos um exame completo. A corda que estava em torno do pescoço não era a mesma com a qual a estrangularam... Algo bem mais fino a matou, algo parecido com um arame. O fio chegou a cortar a carne. A marca da corda estava sobreposta. Ela foi estrangulada e, depois, pendurada na porta, a fim de parecer suicídio.

– Mas quem...?

– Sim – disse o inspetor. – Quem? Essa é a questão. Que tal o marido que dormiu no quarto contíguo, não deu *boa noite* à mulher e não ouviu coisa alguma? Diria que não é preciso procurar muito. É preciso saber como estava a vida do casal. Aí o senhor poderia ser útil, sr. Satterthwaite. Tem *trânsito livre* aqui e pode familiarizar-se com assuntos que não conseguimos acessar. Descubra como estavam as relações do casal.

– Não aprecio muito... – começou o sr. Satterthwaite, bem formal.

– Não será o primeiro assassinato misterioso que nos ajuda a desvendar. Eu me lembro do caso da sra. Strangeways. O senhor tem um *dom* especial para esse tipo de coisa. Um *dom* incrível.

Sim, era verdade. Tinha um *dom* para isso.

– Farei o que puder, inspetor – disse gentilmente.

Será que Gerard Annesley matara a mulher? O sr. Satterthwaite lembrou-se do olhar infeliz da noite passada. Ele a amava... e estava sofrendo. O sofrimento pode levar um homem a cometer atos estranhos. Porém, havia algo mais, outro fator. Mabelle falara de si como se estivesse saindo de uma floresta. Enxergava no futuro a felicidade. Não uma felicidade tranquila, racional, mas uma felicidade irracional, de puro êxtase...

Caso Gerard Annesley tenha dito a verdade, Mabelle chegou ao quarto pelo menos meia hora depois dele. Já David Keeley viu quando ela subiu a escada. Havia dois outros quartos ocupados, naquela ala. Eram o da sra. Graham e o de seu filho. Mas ele e Madge... Certamente Madge teria desconfiado... Mas Madge não era do tipo que desconfiaria. Em todo caso, onde há fumaça há fogo...

"Fumaça"!

Lembrou-se *da fumaça saindo pela fresta da porta da sra. Graham.*

Tomado por um impulso, subiu rapidamente a escada e entrou no quarto dela. Estava vazio. Fechou a porta atrás de si e trancou-a. Foi até a lareira e se deparou com um pequeno monte de papel sendo queimado. Com muito cuidado, revolveu-o com o dedo. No meio, havia alguns que não estavam queimados e podiam ser lidos... eram trechos de cartas. Embora não fosse possível ordená-los sequencialmente, conseguiu juntar frases e descobrir algo valioso:

> *A vida pode ser maravilhosa, Roger, querido. Eu nunca soube... Toda a minha vida foi irreal até encontrá-lo, Roger...*
> *Creio que Gerard já sabe. Sinto muito, mas o que posso fazer?... Nada é real para mim, a não ser você, Roger... Em breve, estaremos juntos...*

O que vai dizer-lhe em Laidell, Roger?... Você escreve de maneira estranha. Mas não estou com medo...

Cautelosamente, o sr. Satterthwaite colocou os pedaços dentro de um envelope que encontrara na escrivaninha. Dirigiu-se à porta e destrancou-a. Ao abri-la, viu-se diante da sra. Graham.

O encontro foi constrangedor e fez com que o sr. Satterthwaite perdesse momentaneamente a compostura habitual. Tomou, talvez, a melhor atitude. Enfrentou a situação de forma direta, dizendo simplesmente:

– Estive fazendo uma busca em seu quarto, sra. Graham. Encontrei algo... um pacote de cartas que não queimaram totalmente.

As feições do rosto dela demonstraram que ficara alarmada. Embora tenha tentado disfarçar rapidamente, não deixaram de ser notadas.

– Eram cartas da sra. Annesley para seu filho.

Um pouco hesitante durante alguns segundos, disse tranquilamente:

– É verdade. Julguei que seria melhor destruí-las.

– Por que razão?

– Meu filho está noivo e vai se casar. Se, com o suicídio da pobre moça, essas cartas fossem divulgadas, poderiam causar muito sofrimento e problemas.

– Seu filho poderia queimar as próprias cartas.

Como ela não respondeu de imediato, o sr. Satterthwaite aproveitou para tirar proveito da situação, que lhe era vantajosa.

– A senhora encontrou as cartas no quarto dele, trouxe-as para cá e queimou-as. Por quê? Estaria com medo, sra. Graham?

– Não costumo ter medo, sr. Satterthwaite.

– Pode ser... mas este é um caso desesperador.

– Desesperador?
– Seu filho pode estar correndo o risco de ser preso... por assassinato.
– Assassinato?

Viu o rosto dela empalidecer. Não obstante, continuou, tranquilamente.

– Ouviu quando a sra. Annesley entrou no quarto de seu filho, na noite passada, não foi? Ele já tinha contado a ela sobre o noivado? Não, vejo que não. Ele contou, discutiram e ele...
– É mentira!

Tão absortos estavam no duelo de palavras que não ouviram o ruído de passos se aproximando. Roger Graham chegara e estava bem atrás deles, sem que nenhum dos dois tivesse percebido.

– Está tudo bem, mamãe. Não se preocupe. Venha até meu quarto, sr. Satterthwaite.

O sr. Satterthwaite o seguiu. A sra. Graham não fez qualquer menção de acompanhá-los. Os dois entraram, e Roger Graham fechou a porta.

– Escute, sr. Satterthwaite. O senhor acha que matei Mabelle. Acha que a estrangulei, aqui, e que a carreguei para pendurá-la naquela porta... mais tarde, quando todos dormiam?

O sr. Satterthwaite olhou-o. Então, surpreendentemente, disse:

– Não, não acho.
– Graças a Deus! Eu não poderia ter matado Mabelle. Eu... eu a amava. Ou não a amava? Não sei. É um emaranhado de sentimentos que não consigo explicar. Gosto de Madge... sempre gostei. E ela é tão boa. Nós nos damos muito bem. Mas Mabelle era diferente. Era... não sei como explicar. Era como se eu tivesse sido encantado por ela. Creio que tinha medo dela.

O sr. Satterthwaite assentiu com a cabeça.

– Foi uma loucura... um tipo de êxtase atordoante... Mas era impossível. Não teria dado certo. Esse tipo de coisa... não perdura. Agora entendo o que significa estar enfeitiçado.

– Sim, deve ter sido assim mesmo – disse o sr. Satterthwaite, pensativo.

– Eu queria me livrar daquilo tudo. Ia dizer a Mabelle na noite passada...

– E não disse?

– Não, não disse – falou Graham lentamente. – Juro, sr. Satterthwaite, que não tornei a vê-la depois que lhe dei *boa noite*, lá embaixo.

– Acredito em suas palavras – disse o sr. Satterthwaite, levantando-se.

Não fora Roger Graham quem matara Mabelle Annesley. Poderia fugir dela, mas não matá-la. Tinha medo dela, medo daquele seu temperamento selvagem, intangível, mágico. Conhecera o encantamento... e lhe dera as costas. Buscava o caminho mais seguro, sensato e que sabia que *daria certo*. Abandonara o sonho intangível que poderia conduzi-lo sabe Deus aonde. Era um jovem sensato e, como tal, desinteressante para o sr. Satterthwaite, que era um artista e um *connoisseur* da vida.

Deixou Roger Graham no quarto e desceu. A sala de visitas estava vazia. O uquelele de Mabelle estava sobre um banquinho perto da janela. Começou a tocá-lo distraidamente. Nada sabia sobre o instrumento, mas seu ouvido acusava um instrumento completamente desafinado. Experimentou mexer numa das cravelhas.

Doris Coles entrou na sala. Olhou-o com ar de reprovação.

– O uquelele de Mabelle – disse.

O visível ar de condenação da moça fez o sr. Satterthwaite lhe dizer:

– Afine-o para mim – e acrescentou –, se puder.

– Claro que posso – disse Doris, como se sentisse ofendida por ser considerada incompetente, sob qualquer ângulo.

Tomou-o das mãos dele, tocou uma corda, virou uma cravelha, rapidamente. Mas a corda partiu-se.

– Bem, eu nunca... Oh! Entendo. Mas que coisa estranha. Esta corda não é a correta... é grande demais. É uma corda lá. Que estupidez colocá-la aqui. É natural que se rompa, ao tentarmos afiná-la. Como as pessoas são estúpidas.

– Sim – concordou o sr. Satterthwaite. – São, mesmo quando tentam ser inteligentes.

A entonação da voz fora tão estranha que a moça olhou-o fixamente. Ele tomou o uquelele de suas mãos e retirou a corda que se rompera. Deixou a sala, levando-a consigo. Na biblioteca encontrou David Keeley.

– Olhe isso – disse.

Kelley pegou a corda que o sr. Satterthwaite lhe oferecia.

– O que é isso?

– Uma corda quebrada de uquelele – depois de uma pausa, continuou. – *O que fez com a outra?*

– Que outra?

– *A corda com a qual a estrangulou.* Foi muito esperto, não? Fez tudo muito depressa... justamente naqueles poucos minutos em que estávamos todos rindo e conversando no vestíbulo. Mabelle voltou para esta sala, para pegar o uquelele. Você já havia retirado a corda pouco antes, enquanto dedilhava. Agarrou Mabelle pelo pescoço e, com a corda, estrangulou-a. Depois, saiu, fechou a porta e juntou-se a nós. Mais tarde, no meio da noite, desceu e... livrou-se do corpo, pendurando-o na porta do quarto dela. E colocou outra corda no instrumento. *Mas tratava-se da corda errada*, e aí você foi estúpido.

Fez-se um breve silêncio até o sr. Satterthwaite perguntar:

– Mas por que fez isso? Por Deus, *por quê*?

O sr. Keeley riu. Uma risadinha debochada que fez o sr. Satterthwaite sentir-se enojado.

– Foi tudo tão simples – disse. – Eis a razão. Ninguém nunca reparou no que eu fazia ou deixava de fazer... Pensei em rir um pouco de todos...

E novamente deu aquela risadinha furtiva. Quando encarou o sr. Satterthwaite, o olhar dele era o de um louco.

Satterthwaite ficou satisfeito com a chegada do inspetor Winkfield na sala, justamente naquele momento.

III

Vinte e quatro horas depois, a caminho de Londres, o sr. Satterthwaite despertou de um cochilo e encontrou um homem alto e moreno, sentado diante dele no vagão do trem. Não ficou muito surpreso.

– Meu caro sr. Quin!
– Sim, estou aqui.

O sr. Satterthwaite disse, então, devagar:

– Não consigo encará-lo. Falhei. Estou envergonhado.
– Tem certeza?
– Não a salvei.
– Mas descobriu a verdade, não foi?
– Sim, de fato. Um daqueles rapazes poderia ter sido acusado e até mesmo condenado. Ou seja, de alguma maneira, salvei a vida de um homem. Mas ela... aquela estranha e encantadora criatura... – e a voz, então, sumiu.

O sr. Quin olhou para ele e perguntou:

– Será que a morte é o maior dos males que pode ocorrer a alguém?

– Talvez... não.

O sr. Satterthwaite lembrou-se de Madge e Roger Graham, do rosto de Mabelle ao luar, a serena felicidade de um outro mundo...

– Não – admitiu –, talvez a morte não seja o maior dos males.

Pensava no vestido de gaze azul esvoaçante, que o fez lembrar a penugem de um pássaro, um pássaro com a asa quebrada.

Ao erguer os olhos, descobriu que estava sozinho no vagão. O sr. Quin não estava mais lá. Entretanto, deixara alguma coisa no banco da frente onde se sentara. Era um pássaro toscamente esculpido numa pedra azul-escuro. Talvez não tivesse grande mérito artístico. Mas tinha algo muito valioso. A sutil qualidade de um encantamento.

Assim definira o sr. Satterthwaite. E o sr. Satterthwaite era um *connoisseur*.

Capítulo 11

O fim do mundo

O sr. Satterthwaite fora à Córsega por causa da duquesa. Certamente o local ficava fora de sua rota habitual. Na Riviera, sem dúvida, teria conforto, e sentir-se confortável era importantíssimo para ele. Mas, embora apreciasse seu conforto, gostava da duquesa também. A seu modo, modo esse inofensivo, cavalheiresco e um tanto antiquado, o sr. Satterthwaite era esnobe. Gostava das pessoas de boa linhagem. E a duquesa de Leith era uma autêntica duquesa. Não havia, entre os seus ancestrais, criadores de porcos de Chicago. Ela não só era filha de um duque, como era esposa de outro.

Não obstante, era uma senhora idosa muito malvestida, apreciadora de contas negras bordadas em profusão nos vestidos. Tinha também grande quantidade de diamantes cravados em joias fora de moda. Usava-as da mesma maneira que sua mãe, ou seja, indiscriminadamente. Certa vez, alguém sugerira que ela devia ficar no meio do quarto enquanto a criada ia prendendo os broches nela a esmo. Destinava boa soma de dinheiro para associações filantrópicas e tratava bem seus inquilinos e dependentes. No entanto, era extremamente mesquinha quando se tratava de pequenos gastos. Pedia carona aos amigos e só comprava em liquidações de pequenas lojas.

A Córsega fora um capricho da duquesa. Cannes a aborrecia, e ela tivera uma grande discussão com o proprietário do hotel, devido ao preço cobrado pelas acomodações.

– E o senhor deve ir comigo, sr. Satterthwaite – dissera ela, com firmeza. – Não precisamos temer um escândalo, a esta altura da vida.

Intimamente, o sr. Satterthwaite sentiu-se lisonjeado. Jamais alguém havia mencionado seu nome ligado a um escândalo. Ele era tão insignificante! Escândalo, com uma duquesa... Parecia delicioso!

– É pitoresco, sabe? – disse a duquesa. – Tem bandidos... e todo esse tipo de coisa. E, pelo que ouvi dizer, é muito barato. Definitivamente, Manuel quis nos explorar, esta manhã. Esses proprietários de hotéis deveriam se colocar em seu devido lugar. Nunca terão bons hóspedes, se continuarem assim. Eu lhe disse isso claramente.

– Creio que será possível irmos até lá de avião, com bastante conforto, partindo de Antibes – disse o sr. Satterthwaite.

– Provavelmente será bem caro – conjecturava a duquesa preocupada. – Pode verificar?

– É claro, duquesa.

O sr. Satterthwaite ainda estava saltitante de alegria, a despeito de seu papel de mensageiro de luxo.

Quando soube do preço da passagem de avião, a duquesa desistiu imediatamente.

– Será que eles pensam que pagarei essa fortuna absurda para viajar numa coisa desagradável e perigosa?

E assim foram de navio. O sr. Satterthwaite suportou dez horas de sumo desconforto. Para começar, como o navio partia às sete horas, ele tinha certeza de que jantariam a bordo. Mas não havia jantar. O navio era pequeno, e o mar estava bastante agitado. De madrugada, já em Ajaccio, o sr. Satterthwaite desembarcou mais morto do que vivo.

A duquesa, ao contrário, estava completamente bem-disposta. Nunca reclamaria de desconforto, se sentisse que estava economizando dinheiro. Cada vez mais empolgada, ela admirava a vista do cais, as palmeiras e o nascer do sol. Parecia que toda a população local estava lá para assistir à chegada do navio. Na hora em que colocavam a prancha de desembarque, as pessoas, entusiasmadas, gritavam e ajudavam a indicar a posição correta.

Um turista francês que se encontrava ao lado deles no navio comentou:

– *On dirait que jamais avant on a fait cette manouevre là!**

– Minha criada passou mal a noite toda – comentou a duquesa. – É uma perfeita idiota.

O sr. Satterthwaite deu um sorriso apagado.

– Ela comeu alguma coisa? – perguntou com certa inveja.

– Eu tinha trazido alguns biscoitos e uma barra de chocolate – disse a duquesa. – Quando descobri que não haveria jantar, dei tudo a ela. Gente de classe inferior sempre cria confusão quando fica sem alguma refeição.

Por fim, ouviu-se um grito triunfante quando conseguiram amarrar a prancha de desembarque no lugar certo. Um bando de homens, que mais parecia um coro de bandidos de alguma comédia musical, subiu a bordo para levar as bagagens, retirando-as das mãos dos passageiros, quase à força.

– Vamos, sr. Satterthwaite – disse a duquesa. – Quero um banho quente e tomar café.

Também era tudo o que o sr. Satterthwaite queria. Contudo, não foi inteiramente bem-sucedido. No hotel, foram recebidos por um gerente solícito que os encaminhou aos respectivos quartos. O da duquesa tinha um banheiro conjugado. Já o banheiro do sr. Satterthwaite parecia ficar no quarto de outra pessoa. Pensar em ter

---

* Diria que ninguém jamais fez esta manobra antes. (N.T.)

água quente àquela hora da manhã seria talvez pouco razoável. Mais tarde tomou avidamente um café preto servido num bule destampado.

Pelas venezianas e a janela do quarto bem abertas, entrava o ar fresco e perfumado da manhã. Um dia de tons azuis e verdes deslumbrantes.

O garçom fez um floreio com a mão, chamando a atenção para a vista.

– Ajaccio – disse ele solenemente. – *Le plus beau port du monde*!

E saiu abruptamente.

Contemplando o azul profundo da baía, com as montanhas cobertas de neve ao fundo, o sr. Satterthwaite teve o ímpeto de concordar. Terminou de tomar o café e, deitando-se na cama, logo adormeceu.

No *déjeuner*, a duquesa estava com excelente humor.

– Era exatamente disso que estava precisando, sr. Satterthwaite – disse ela. – Precisa deixar de lado essas suas manias bobas de velha solteirona.

Então, vasculhou todo o salão com seu lornhão.

– Ora, vejam só! Lá está Naomi Carlton-Smith – disse a duquesa, indicando uma moça, sozinha, numa mesa perto da janela.

Sentada displicentemente, a moça de ombros roliços usava um vestido que parecia feito de sacos de estopa. Os cabelos eram negros, curtos e despenteados.

– Uma artista? – perguntou o sr. Satterthwaite.

Ele nunca errava ao classificar as pessoas.

– Exatamente – disse a duquesa. – Ou ao menos se considera como tal. Sabia que ela estava passeando em alguma parte exótica do mundo. Pobre como um rato de igreja, orgulhosa como Lúcifer e com um parafuso a menos, como todos os Carlton-Smith. A mãe dela é minha prima em primeiro grau.

– Ah, então ela é do lado Knowlton.

A duquesa assentiu com a cabeça.

– Além disso, é a pior inimiga de si mesma – contou a duquesa, por conta própria. – Também é inteligente. Juntou-se com um jovem altamente complicado, do bando de Chelsea. Escrevia peças ou poemas, ou alguma outra coisa mórbida. Ninguém se interessou por eles, é claro. Então, ele roubou algumas joias e foi pego. Já esqueci quanto tempo ficará preso. Acho que uns cinco anos. O senhor não se lembra disso? Foi no inverno passado.

– No inverno passado, estava no Egito – explicou o sr. Satterthwaite. – Peguei uma gripe terrível no final de janeiro, e os médicos insistiram para que eu fosse ao Egito, logo em seguida. Perdi muita coisa.

A voz dele transmitia uma verdadeira lástima.

– Aquela moça parece estar arrasada – disse a duquesa, erguendo novamente o lornhão. – Não posso permitir isso.

À saída, parou junto à mesa da srta. Carlton-Smith e deu uns tapinhas no ombro dela.

– Naomi. Bem, parece não se lembrar de mim.

A moça ficou de pé, bem a contragosto.

– Sim, eu me lembro, duquesa. Vi quando entrou. Achei pouco provável que me reconhecesse.

Falava de forma arrastada, numa completa indiferença.

– Quando terminar de almoçar, venha conversar comigo no terraço – ordenou a duquesa.

– Está bem – respondeu bocejando.

– Essa falta de modos é chocante – comentou a duquesa, enquanto caminhava ao lado do sr. Satterthwaite. – Todos os Carlton-Smith são assim.

Tomaram o café ao ar livre, sob o sol. Ficaram ali cerca de seis minutos, até que Naomi Carlton-Smith saiu com preguiça do hotel e foi se juntar a eles. Deixou-se cair desajeitadamente na cadeira e estirou as pernas à frente, sem nenhuma elegância.

Tinha um rosto incomum, com o queixo saliente e os olhos encovados, de um cinza profundo. Um rosto inteligente, infeliz – um rosto quase bonito.

– Bem, Naomi – disse a duquesa vivamente. – O que você está fazendo de sua vida?

– Ah, sei lá. Apenas preenchendo o tempo.

– Tem pintado?

– Um pouco.

– Mostre-me o que anda fazendo.

Naomi sorriu. Não se intimidou com a autocrata. Ela era divertida. Entrou no hotel e voltou com uma pasta.

– Não vai gostar, duquesa – advertiu Naomi.– Mas diga que gosta, para não ferir meus sentimentos.

O sr. Satterthwaite aproximou a cadeira. Estava interessado. No minuto seguinte, ficou ainda mais interessado. A duquesa mostrou-se francamente crítica.

– Para mim, não faz sentido nenhum – comentou. – Pelo amor de Deus, minha filha! Onde já se viu um céu ou o mar dessa cor!

– É assim que eu os vejo – disse Naomi serenamente.

– Ugh! – disse a duquesa, olhando o próximo desenho. – Isso me causa arrepios.

– A intenção é essa mesmo – disse Naomi. – Você está me elogiando, sem saber.

Era um estranho estudo vorticista de uma espécie de cacto espinhoso, praticamente irreconhecível. No verde acinzentado, com explosões violentas de cores, os frutos brilhavam como joias. Um redemoinho carnal, um turbilhão de sensualidade flamejante, o sr. Satterthwaite estremeceu e desviou o olhar.

Deparou-se com Naomi, olhando-o e balançando a cabeça, compreensiva.

– Eu sei – ela disse. – É meio *brutal*.

A duquesa pigarreou.

– Parece que hoje em dia é bem fácil ser um artista – observou, severamente. – Não há qualquer tentativa de copiar as coisas. Apenas atira-se um pouco de tinta... não sei com o quê, mas não é com o pincel...

– Espátula – interveio Naomi, abrindo um amplo sorriso.

– Uma porção, de uma só vez – continuou a duquesa. – Aos montes. E aí todo mundo diz "que genial!". Olha, eu não tenho paciência para isso. Queria ver...

– Um quadro bem feito, com um cachorro e um cavalo, do tipo de Edward Landseer.

– E por que não? – perguntou a duquesa. – O que há de errado com Landseer?

– Nada – disse Naomi. – Ele está muito certo. Todos vocês estão muito certos. Quem está por cima é sempre agradável, vistoso e harmonioso. Eu a respeito. A senhora tem força. Encaminhou a vida de forma boa e correta e conseguiu ficar por cima. Mas aqueles que estão por baixo conseguem ver o lado inferior das coisas. E isso, de certa forma, é interessante.

A duquesa olhou-a fixamente.

– Não tenho a mínima ideia do que está dizendo – declarou a duquesa.

O sr. Satterthwaite ainda examinava os desenhos. Ele percebeu o que a duquesa não conseguiu ver. A perfeição da técnica. Estava surpreso e satisfeito. Ergueu o olhar na direção da moça.

– Será que me venderia um deles, srta. Carlton--Smith?

— Leve qualquer um por cinco guinéus – respondeu indiferente.

O sr. Satterthwaite hesitou por alguns instantes. Acabou escolhendo um estudo com um cacto e uma babosa. Em primeiro plano, havia mimosas que formavam uma vívida mancha amarela; as flores vermelhas da babosa dançavam dentro dela e explodiam para fora do quadro. Subjacente ao conjunto, e elaborado com precisão matemática, ela desenhara o cacto oblongo e a forma de espada da babosa.

Ele, então, fazendo uma leve reverência à garota, comentou:

— Estou muito feliz de ter adquirido este e penso que fiz um bom negócio. Algum dia, srta. Carlton-Smith, creio que serei capaz de vendê-lo com um bom lucro. Se assim o desejar!

A moça aproximou-se dele para ver qual havia escolhido. Ele observou uma nova expressão em seu rosto. Pela primeira vez ela realmente tomou conhecimento da existência do sr. Satterthwaite. Havia respeito no rápido olhar que trocou com ele.

— O senhor escolheu o melhor – ela disse. – Eu... eu fico muito contente.

— Bem, suponho que saiba o que está fazendo – advertiu a duquesa. – E suponho que esteja certo. Ouvi dizer que o senhor é um *connoisseur* de primeira. Porém, não pode me convencer de que toda essa coisa nova é arte, porque não é. Mas não precisamos nos ater a isso. Como vamos ficar por aqui apenas alguns dias, quero conhecer algumas coisas da ilha. Você tem um carro, não tem, Naomi?

A moça assentiu com a cabeça.

— Excelente – disse a duquesa. – Amanhã faremos um passeio por aí.

— Ele só tem dois lugares.

— Que bobagem! Creio que deve ter um lugarzinho atrás para o sr. Satterthwaite, não?

O sr. Satterthwaite suspirou com um tremor pelo corpo. Tinha observado as estradas da Córsega pela manhã. Naomi o observava, pensativa.

— Receio que o meu carro não será adequado para vocês — concluiu. — Chacoalha mais do que um ônibus velho. Comprei-o de segunda mão por uma bagatela. Só forçando muito, ele sobe os morros comigo. Não posso levar passageiros. Vocês podem alugar um carro.

— Alugar um carro? — perguntou a duquesa escandalizada. — Que ideia! Quem é aquele simpático homem, com a pele meio amarelada, que estava dirigindo um carro de quatro lugares antes do almoço?

— Acho que está se referindo ao sr. Tomlinson. É um juiz indiano aposentado.

— Ah, isso explica o tom amarelado da pele dele — disse a duquesa. — Receava que fosse icterícia. Parece ser um tipo de homem inteiramente confiável. Vou falar com ele.

Naquela noite, ao descer para o jantar, o sr. Satterthwaite encontrou a duquesa resplandecente, num vestido de veludo preto, com seus diamantes, conversando animadamente com o proprietário do carro. Quando o viu, acenou, com seu jeito autoritário, para que fosse até eles.

— Venha cá, sr. Satterthwaite. O sr. Tomlinson está me contando coisas interessantíssimas. O que acha? Ele vai nos levar para um passeio de carro amanhã.

O sr. Satterthwaite olhou-a com admiração.

— Precisamos jantar — disse a duquesa. — Não quer juntar-se a nós, em nossa mesa, sr. Tomlinson? Assim poderemos continuar a conversa.

— Um tipo de homem inteiramente confiável — anunciou a duquesa, mais tarde.

— E com um carro inteiramente confiável — provocou o sr. Satterthwaite.

— Que impertinente! — disse a duquesa, dando uma forte pancada nas juntas dos dedos dele com o leque preto desbotado que sempre levava consigo.

O sr. Satterthwaite tremeu de dor.

— Naomi irá também — prosseguiu a duquesa — no carro dela. Essa menina está precisando olhar para fora de si mesma. É muito egoísta. Não é exatamente egocêntrica, mas é indiferente a tudo e a todos. Não concorda?

— Não acho isso possível — disse o sr. Satterthwaite, lentamente. — Quero dizer que cada um deve se interessar por *alguma coisa*. Há pessoas, é claro, que giram apenas em torno de si mesmas, mas concordo com você, não é o caso dela. Não se interessa de forma alguma por si mesma. Embora tenha uma personalidade forte — deve haver *alguma coisa*. No início, pensei que fosse sua arte. Mas não é. Nunca vi alguém tão desfocado da vida. Isso é perigoso.

— Perigoso? O que isso quer dizer?

— Veja bem... pode ser um tipo de obsessão... e as obsessões são sempre perigosas.

— Satterthwaite — disse a duquesa —, isso é loucura! Escute-me, sobre amanhã...

O sr. Satterthwaite escutou. Era esse, muitas vezes, o seu papel na vida.

Na manhã seguinte, saíram bem cedo, levando o almoço. Naomi, que estava na ilha havia seis meses, seria a cicerone. Ela já estava sentada em seu carro, aguardando a hora de partir, quando o sr. Satterthwaite se aproximou.

— Tem certeza de que não posso ir com você? — pediu, delicadamente.

Ela balançou a cabeça, sinalizando que não.

– O senhor estará muito mais confortável no banco traseiro do outro carro. É acolchoado e tudo o mais. Esta velha arapuca chacoalha o tempo todo. Vai saltar a cada solavanco. Além disso, é claro, há as subidas.

Então ela riu, e continuou:

– Eu disse isso para livrá-lo do lugarzinho atrás, como a duquesa queria. Ela poderia perfeitamente pagar o aluguel de um automóvel. Mas ela é a mulher mais sovina da Inglaterra. De qualquer maneira, a velha é uma pessoa divertida. Não tenho como não gostar dela.

– Então, apesar disso tudo, eu não poderia ir com você? – insistiu o sr. Satterthwaite, ansioso.

Ela o olhou com curiosidade.

– Por que quer tanto ir comigo?

– Precisa perguntar? – disse o sr. Satterthwaite, fazendo sua engraçada reverência, à moda antiga.

Ela sorriu e balançou a cabeça.

– Esta não é a razão – disse ela, pensativa. – Pode parecer estranho. Mas o senhor não pode ir comigo hoje... hoje, não.

– Talvez outro dia – disse ele educadamente.

– Oh, outro dia – e, de repente, riu.

"Um riso muito esquisito", pensou o sr. Satterthwaite.

– Oh, está bem. Bem, vamos ver, outro dia – concordou.

E, então, todos partiram. Passaram pelo centro e contornaram a grande curva da baía. Seguiram em direção ao interior, atravessaram um rio e voltaram para a costa, com suas centenas de pequenas enseadas arenosas. E, então, começaram a subir por uma estrada íngreme e sinuosa, com curvas horripilantes, o carro jogando de um lado para o outro. Via-se a baía azul bem embaixo, e, do outro lado, Ajaccio brilhava ao sol, branca, como uma cidade encantada.

Com o carro indo ora para um lado e ora para o outro, sempre beirando um precipício, o sr. Satterthwaite ficou meio tonto e sentiu náuseas também. A estrada não era muito larga. E ainda continuavam subindo.

Começou a esfriar. As rajadas de vento chegavam direto até eles dos picos das montanhas nevadas. O sr. Satterthwaite subiu a gola da blusa e abotoou-a bem ajustada ao queixo.

Estava muito frio. Do outro lado das águas da baía, Ajaccio brilhava sob o sol. Porém, onde estavam, nuvens espessas e cinzentas passavam, encobrindo o sol. O sr. Satterthwaite não conseguia mais admirar a vista. Sentiu falta de um hotel com um bom sistema de aquecimento e uma poltrona confortável.

O carro pequeno de dois assentos de Naomi seguia firme em frente. Sempre para cima, cada vez mais. Estavam agora no topo do mundo. Do outro lado, havia montes mais baixos que desciam com suavidade até os vales. Bem diante deles, avistavam os picos cobertos de neve. E o vento soprando, cortava como navalhadas. De repente, o carro de Naomi parou, e ela olhou para trás.

– Chegamos – disse. – Ao *fim do mundo*. Acho que o dia não está muito favorável.

Saíram do carro e caminharam até um pequeno vilarejo, com meia dúzia de chalés de pedra. Escrito com letras de cerca de trinta centímetros de altura, lia-se um nome imponente: *Cote Chiaveeri*.

– É o nome oficial do lugar. Mas eu prefiro chamar isso aqui de *O fim do mundo* – explicou Naomi, dando de ombros.

Ela deu alguns passos, e o sr. Satterthwaite juntou-se a ela. Passaram por todos os chalés. E a estrada acabava ali. Como dissera Naomi, este era o fim: o além do além, o começo do nada. Atrás deles, a linha branca da estrada; à frente, nada. Apenas bem lá embaixo, o mar. O senhor Satterthwaite suspirou.

– É um lugar extraordinário. Parece que qualquer coisa pode acontecer aqui... que podemos encontrar... qualquer pessoa.

Parou, porque, logo em frente, avistaram um homem sentado numa pedra, com o rosto voltado para o mar. Não tinham notado a presença dele até então, e seu aparecimento instantâneo parecia um truque de mágica. Era como se tivesse brotado da paisagem.

– Imagino que... – começou a dizer o sr. Satterthwaite.

Mas, naquele momento, o estranho virou-se, e ele pôde reconhecer-lhe o rosto.

– Ora, veja, é o sr. Quin! Que coisa extraordinária! Srta. Carlton-Smith, quero apresentá-la ao meu amigo, sr. Quin. É um homem muito singular. O senhor há de concordar comigo; sempre surge no momento crítico...

Parou, com a sensação de ter dito algo estranhamente significativo, embora com toda sua experiência de vida, não soubesse exatamente o quê.

Naomi trocou um aperto de mãos com o sr. Quin, em seu estilo habitualmente rude.

– Viemos fazer um piquenique... e parece que vamos congelar até os ossos.

O sr. Satterthwaite tremia de frio.

– Quem sabe – disse, sem muita certeza – não encontramos um lugar que nos sirva de abrigo?

– Que não é este aqui. Mas a vista vale a pena, não? – disse Naomi.

– Sim, é verdade – disse o sr. Satterthwaite e virou-se para o sr. Quin. – A srta. Carlton-Smith chama este lugar de *O fim do mundo*. Nome ótimo, não é?

O sr. Quin acenou afirmativamente com a cabeça várias vezes, devagar.

– É um nome bem sugestivo. Creio que um lugar como este é para se ir uma única vez na vida... um lugar de onde não se pode seguir adiante.

– O que quer dizer? – perguntou-lhe Naomi bruscamente.

O sr. Quin virou-se para ela.

– Bem, geralmente podemos escolher se queremos ir para a direita ou para a esquerda. Para frente ou para trás. Aqui, temos a estrada atrás e à frente, nada.

Naomi olhou-o fixamente. De repente, estremeceu e recuou de modo a se reunir com os outros. Os dois homens a acompanharam. O sr. Quin continuou falando, mas o tom de sua voz estava mais afável.

– Aquele carrinho é seu, srta. Carlton-Smith?

– Sim.

– E a senhorita é quem o dirige? Acho que é preciso ter muito sangue-frio para fazer esse percurso. As curvas são terríveis. Um momento de desatenção ou uma falha no freio faria o carro sair da pista e rolar e rolar e rolar até lá embaixo. Seria bem fácil de acontecer.

Juntaram-se aos demais. O sr. Satterthwaite apresentou o amigo. Sentiu um puxão na manga do casaco. Era Naomi. Ela o levou para um lado, um pouco distante dos outros.

– Quem é ele? – perguntou irritada.

O sr. Satterthwaite fitou-a espantado.

– Bem, creio que sei pouco a respeito dele. Embora o conheça há alguns anos... encontramo-nos de vez em quando, mas saber quem ele é realmente...

Parou de falar. Estava dizendo coisas bobas, e a moça ao seu lado não estava mais ouvindo. Ela estava de pé, com a cabeça abaixada e os punhos cerrados.

– Ele sabe de coisas – disse ela. – Ele sabe de coisas... Como pode saber?

O sr. Satterthwaite não tinha o que responder. Só conseguiu olhá-la, atônito, sem compreender o turbilhão de sentimentos que a invadia.

– Estou com medo – ela murmurou.

– Medo do sr. Quin?

– Tenho medo do que ele vê. Ele vê coisas.

Algo frio e úmido caiu no rosto do sr. Satterthwaite. Ele olhou para cima.

– Ora, está nevando – exclamou, bastante surpreso.

– Que belo dia escolhemos para fazer um piquenique – disse Naomi.

Com esforço, ela havia recuperado o autocontrole.

O que fariam? Foram muitas as sugestões. A neve caía rápida e espessa. Uma sugestão do sr. Quin foi aceita por todos. Havia uma pequena *casse-croûte** de pedra, no final da fileira de casas. Correram em disparada naquela direção.

– Vocês trouxeram comida – disse o sr. Quin. – Provavelmente eles poderão preparar um pouco de café.

O lugar era pequeno e meio escuro. Uma única janelinha pouco oferecia em termos de luminosidade, mas de um canto vinha um clarão agradável e reconfortante. Justamente naquele momento uma velha senhora corsa atirava um punhado de galhos ao fogo. As chamas aumentaram e, com o clarão, os recém-chegados viram que havia mais gente ali.

Três pessoas estavam sentadas juntas numa das extremidades da mesa de madeira, sem toalha. Havia algo de irreal na cena, aos olhos do sr. Satterthwaite, e ainda mais irreal naquelas pessoas.

---

*Mesas rústicas para piquenique e lanches encontradas em estalagens simples. (N.E.)

A mulher sentada no final da mesa parecia uma duquesa – isto é, uma duquesa segundo uma concepção popular de duquesa. Era a típica *grande dame* do tipo encenado nos palcos. A cabeça aristocrática bem erguida ostentava cabelos brancos como a neve, impecavelmente penteados. O vestido, feito de um tecido acinzentado e macio, tinha um drapeado de excelente acabamento. Uma de suas longas mãos brancas apoiava o queixo, enquanto a outra segurava um pedaço de pão coberto de patê de *foie gras*. Do lado direito dela, havia um homem de face muito branca, cabelos muito negros e óculos com aros de chifre. Estava divinamente bem-vestido. Naquele instante, havia jogado a cabeça para trás e estendido o braço esquerdo, como se estivesse pronto a declamar um texto.

Do lado esquerdo da mulher de cabelos brancos, havia um animado homenzinho calvo. Depois de uma olhada de relance, ninguém mais prestou atenção nele.

Depois de alguns instantes de hesitação, a duquesa – a verdadeira duquesa – encarregou-se de iniciar uma conversa.

– Esta tempestade está terrível, não? – falou, em tom amigável, aproximando-se deles, com um sorriso.

Esse sorriso intencional da duquesa era bastante útil na hora de prestar serviços para as obras de caridade e outras comissões de que participava.

– Suponho que foram surpreendidos pela tempestade, assim como aconteceu conosco – continuou. – Mas a Córsega é um lugar maravilhoso. Cheguei hoje mesmo, de manhã.

O homem de cabelos negros levantou-se, e a duquesa, com um sorriso cortês, ocupou o lugar que lhe era oferecido.

A dama de cabelos brancos falou:
– Estamos aqui há uma semana.

O sr. Satterthwaite estremeceu. Alguém seria capaz de ouvir aquela voz, uma única vez que fosse, e conseguir esquecê-la? A voz dela, que ecoou pela sala de pedra, era carregada de emoção, com uma tonalidade melancólica ímpar. Ele teve a sensação de que ela dissera algo maravilhoso, memorável, cheio de significados. Havia falado com o coração.

Chamou rapidamente à parte o sr. Tomlinson e comentou:

– Sabia que o homem de óculos é o sr. Vyse, o produtor?

O juiz indiano aposentado olhava para o sr. Vyse, com evidente antipatia.

– O que ele produz? – perguntou. – Crianças?

– Oh, meu Deus! Não! – disse o sr. Satterthwaite, chocado com a menção tão simplória em relação ao sr. Vyse. – Peças teatrais.

– Acho que vou para fora de novo – disse Naomi. – Faz muito calor aqui.

A voz dela, séria e determinada, fez o sr. Satterthwaite se assustar. Ela foi se dirigindo, quase cegamente à porta, empurrando o sr. Tomlinson para o lado. Entretanto, na porta, deu de cara com o sr. Quin, que lhe barrou a passagem.

– Volte e sente-se – disse ele.

O tom de voz dele era autoritário. Para surpresa do sr. Satterthwaite, Naomi hesitou um pouco, mas obedeceu. Sentou-se à mesa, o mais distante possível dos demais.

O sr. Satterthwaite deu alguns passos em direção ao produtor.

– Talvez não se lembre de mim – começou –, meu nome é Satterthwaite.

— Claro que me lembro! — foi a resposta dele, estendendo a mão ossuda e apertando a do outro bem forte. — Meu caro, não imaginava encontrá-lo aqui! Naturalmente conhece a srta. Nunn?

O sr. Satterthwaite sobressaltou-se. Não era de se admirar que aquela voz lhe soasse familiar. Milhares de pessoas, em toda a Inglaterra, tinham se comovido com aquela entonação maravilhosa, cheia de emoção. Rosina Nunn! A maior atriz da dramaturgia inglesa. O sr. Satterthwaite também se rendera ao seu fascínio. Não havia outra que soubesse revelar tão bem as nuances que o seu papel nas peças requeria. Sempre a considerara uma atriz muito inteligente, capaz de assimilar e interpretar as sutilezas da alma de sua personagem.

Ele ponderou que era desculpável não tê-la reconhecido. Rosina Nunn era muito versátil quanto a própria aparência. Durante 25 anos, fora loura. Depois de uma turnê pelos Estados Unidos, surgiu com os cabelos tão negros quanto as penas de um corvo e dedicou-se seriamente à tragédia. Este efeito "marquesa francesa" era sua última criação.

— Oh! A propósito, este é o sr. Judd, marido da srta. Nunn — disse Vyse, displicentemente, apresentando o homem calvo.

Rosina Nunn tivera vários maridos, segundo os conhecimentos do sr. Satterthwaite. O sr. Judd era, com certeza, o mais recente.

Naquele momento, o homem estava preocupado em abrir um embrulho que retirara de um cesto, que estava a seu lado, para oferecer à mulher.

— Mais patê, queridíssima? Aquele não estava tão espesso quanto você gosta.

Rosina Nunn entregou-lhe um pãozinho e falou com simplicidade:

– Henry sabe tudo sobre comidas deliciosas. Sempre deixo a seu critério a escolha dos nossos pratos.

– É preciso alimentar as feras – disse o sr. Judd, rindo e dando uns tapinhas nas costas da mulher.

– Mima-a como se ela fosse um cachorrinho – murmurou a voz melancólica do sr. Vyse, ao ouvido do sr. Satterthwaite. – Até corta a comida para ela. Mulheres, criaturas estranhas!

O sr. Satterthwaite e o sr. Quin retiraram o almoço da cesta. Ovos cozidos, presunto fresco e queijo *gruyère* foram distribuídos por toda a mesa. A duquesa e srta. Nunn pareciam imersas em confidências, falando baixinho. Mas alguns trechos da conversa eram audíveis, na voz de contralto da atriz.

– O pão deve ser torrado ligeiramente, entende? Depois, coloca-se uma camada bem fina de geleia de laranja. Depois de enrolado, finalmente vai ao forno por um minuto, não mais. É simplesmente delicioso.

– Ela só pensa em comida – disse o sr. Vyse. – Praticamente vive para comer. Não consegue pensar em outra coisa. Lembro-me que na época de *Cavaleiros para o mar*, quando ela diz "será uma fase boa e tranquila que estarei atravessando", eu *não* conseguia o efeito desejado. Finalmente pedi que ela pensasse em bombons de menta. Ela é louca por bombons de menta. Consegui, então, o efeito imediatamente: uma espécie de olhar distante que penetrava profundamente na alma.

O sr. Tomlinson, que estava na frente deles, pigarreou, preparando-se para entrar na conversa.

– Soube que o senhor produz peças. Gosto de uma boa peça. *Jim, o escrevente*, por exemplo, que peça!

– Meu Deus! – foi a reação do sr. Vyse, estremecendo.

– Um dente bem pequeno de alho – dizia a srta. Nunn à duquesa. – Fale com o seu cozinheiro. Fica maravilhoso.

Suspirou feliz e, em seguida, dirigiu-se ao marido.

– Henry, nem cheguei a ver o caviar... – queixou-se.

– Está tão perto de você que quase sentou em cima – retrucou o marido carinhosamente. – Você mesma o colocou atrás, na cadeira.

Rosina Nunn recolocou-o na mesa imediatamente e, sorrindo para todos, justificou-se:

– Henry é fantástico. Sou terrivelmente distraída. Nunca sei onde deixo as coisas.

– Como no dia em que guardou suas pérolas na sua bolsinha de esponja e esqueceu-a no hotel – disse Henry jocosamente. – Dou a minha palavra que telegrafei e telefonei naquele dia, como nunca.

– Elas estavam seguradas – disse a srta. Nunn, com ar sonhador. – Não foi o caso da minha opala.

Uma estranha e tocante contração de desgosto atravessou o semblante dela. Várias vezes, estando na companhia do sr. Quin, o sr. Satterthwaite tinha a sensação de estar participando de uma peça teatral. As palavras "minha opala" seriam a deixa para sua entrada em cena. Seguiu adiante:

– Sua opala, srta. Nunn?

– Henry, por favor, a manteiga está aí? Obrigada. Sim, foi roubada. E eu nunca a recuperei.

– Conte-nos, por favor, como aconteceu – pediu o sr. Satterthwaite.

– Bem, nasci em outubro. Por causa disso, a minha pedra da sorte é a opala. Quis ter, então, uma que fosse uma verdadeira beleza. Esperei por ela durante muito tempo. Diziam que era uma das mais perfeitas de que tinham conhecimento. Não era muito grande, do tamanho de uma moeda de dois xelins, mas a cor e o brilho... oh, eram esplêndidos.

Ela suspirou. O sr. Satterthwaite notou que a duquesa começou a remexer-se na cadeira, parecendo estar pouco à vontade, mas nada mais poderia deter a srta. Nunn. Ela continuou contando a história. As belas inflexões lamentosas de sua voz causavam o mesmo efeito se estivesse narrando uma triste e velha saga.

– Ela foi roubada por Alec Gerard, um jovem escritor de peças teatrais.

– Peças muito boas – interveio o sr. Vyse em tom profissional. – Eu mesmo mantive uma peça dele em cartaz por seis meses.

– O senhor a produziu? – perguntou o sr. Tomlinson.

– Oh, não! – respondeu o sr. Vyse, chocado diante da ideia. – Mas, sabe, uma vez até cheguei a pensar nisso.

– Havia um papel maravilhoso reservado para mim – relatou a srta. Nunn. – O título era *Os filhos de Rachel*, e não havia ainda nenhuma Rachel na peça. Ele foi ao teatro, conversar comigo sobre o assunto. Eu gostava dele. Era simpático e muito tímido, pobre rapaz. Lembro-me – um lindo olhar iluminou o seu rosto – que ele me levou alguns bombons de menta. A opala estava sobre a penteadeira. Como passara uma temporada na Austrália, ele me disse que conhecia alguma coisa sobre aquele tipo de pedra. Colocou-a contra a luz e examinou-a. Suponho que nesta hora ele a colocou no bolso. Assim que saiu, dei por falta dela. Foi a maior confusão. Você se lembra? – perguntou, olhando para o sr. Vyse.

– Oh, eu me lembro – ele respondeu com pesar.

– Encontraram o estojo vazio no quarto dele – continuou a atriz. – Ele nunca tinha dinheiro, mas no dia seguinte depositou uma grande quantia no banco. Tentou justificar, dizendo que um amigo havia feito uma aposta por ele numa corrida de cavalos e que ganhara o prêmio. Mas não apresentou o tal amigo. Disse que devia ter posto o estojo no bolso por engano. Creio que é um argumento muito fraco, não? Deveria ter pensado em algo mais convincente. Tive de prestar depoimento. Saíram fotos minhas em todos os jornais. Meu assessor de imprensa disse que era uma publicidade boa para mim... mas eu preferia, de verdade, ter a opala de volta.

Balançou a cabeça, tristemente.

– Não quer a compota de abacaxi? – perguntou o sr. Judd.

A srta. Nunn voltou a se alegrar.

– Onde está? – perguntou.

– Acabei de passá-la para você.

Ela olhou para frente e para trás. Deu uma olhada em sua sacola de seda cinza e depois, devagar, ergueu uma grande bolsa de seda roxa que estava no chão, ao seu lado. Começou então a colocar o conteúdo dela sobre a mesa, bem devagar, o que interessou muito o sr. Satterthwaite.

Havia um estojo de pó de arroz, um batom, um pequeno porta-joias, um novelo de lã, outro estojo de pó compacto, dois lenços, uma caixa de bombons, um abridor de cartas esmaltado, um espelho. E ainda, uma pequena caixa de madeira marrom-escuro, cinco cartas, uma noz, um pequeno quadrado de crepe da China cor de malva, um pedaço de fita e um resto de croissant. Por fim, ela encontrou a compota de abacaxi.

– *Eureca* – disse o sr. Satterthwaite carinhosamente.

– O que disse?

– Nada – apressou-se a dizer. – Que lindo abridor de cartas!

– Não é mesmo? Alguém me deu de presente. Não consigo lembrar quem foi.

– Esta é uma caixinha indiana – disse o sr. Tomlinson. – Pequenas coisas engenhosas, não concordam?

– Também foi um presente – disse a srta. Nunn. – Tenho-a faz muito tempo. Ficava às vezes sobre a minha penteadeira, no teatro. Não a considero muito bonita, e o senhor?

A caixa era lisa, de madeira marrom-escura. Para abri-la, era necessário empurrar um dos lados. Em cima, havia duas partes móveis que podiam ser giradas de várias maneiras.

– Talvez não seja tão bonita – disse o sr. Tomlinson, rindo. – Mas, com certeza, não viu nada igual.

O sr. Satterthwaite chegou mais perto. Estava bem curioso.

– Por que disse que caixinhas desse tipo são engenhosas?

– E não são?

O juiz lançou um olhar inquisidor para a srta. Nunn. Ela o olhou com o rosto inexpressivo.

– Suponho que a senhorita não conhece o truque?

Ela parecia não estar entendendo nada.

– Que truque?

– Pelo amor de Deus! Não sabe?

Olhou à volta e todos o fitavam, curiosos.

– Imaginem só... posso pegar a caixinha um minuto? Obrigado.

Abriu-a.

– Agora, alguém pode me dar alguma coisa para colocar dentro dela? Algo não muito grande. Um pedacinho de queijo *gruyère*. Vai servir perfeitamente. Coloco-o e fecho a caixa.

Mexeu e remexeu-a por alguns instantes.

– Vejam agora!

Abriu-a e estava vazia.

– Eu nunca... – disse o sr. Judd. – Como faz isso?

– É bem simples. Viro a caixa de cabeça para baixo e dou meia-volta nesta parte móvel da esquerda e fecho a parte móvel da direita. Para fazer voltar o pedaço de queijo, é só inverter. A parte móvel da direita aberta e a esquerda fechada, mantendo a caixa de cabeça para baixo. E, agora, pronto!

A caixa se abriu. Todos na mesa seguraram a respiração. O queijo estava lá, mas havia algo mais. Uma peça redonda que irradiava todas as cores do arco-íris.

– *Minha opala*! Como foi parar aí?

Henry Judd pigarreou.

– Ahn, eu... eu realmente acho, Rosy, minha garota, que foi você mesma quem a colocou ali.

Alguém se levantou e saiu cambaleando para fora. O sr. Quin a seguiu. Era Naomi Carlton-Smith.

– Mas, quando? Quer dizer que...

O sr. Satterthwaite observou a reação da srta. Nunn enquanto ela tomava consciência da verdade. Demorou mais de dois minutos até entender o que havia acontecido.

– Quer dizer que, no ano passado, no teatro...

– Sabe, Rosy – disse-lhe Henry consolando a mulher –, você realmente está sempre sumindo com as coisas. Veja o que fez com o caviar hoje.

A srta. Nunn penosamente tentava compreender seus processos mentais.

– Simplesmente guardei a pedra, sem pensar, e virei a caixa. Sem querer fiz o truque. Mas, então... – deu-se conta do que causara. – Mas, então, Alec Gerard não a roubou no final das contas. Oh! – soltou um grito pungente, profundo, tocante. – Que coisa terrível!

– Bem – disse o sr. Vyse. –, isso pode ser reparado imediatamente.

– Sim, mas ele está preso há um ano.

E, então, surpreendeu todos os presentes. Virou-se abruptamente para a duquesa e perguntou:

– Quem é aquela moça... aquela moça que acaba de sair?

– É a srta. Carlton-Smith – respondeu a duquesa. – Estava noiva do sr. Gerard. Ela sofreu muitíssimo.

O sr. Satterthwaite afastou-se lentamente. A neve havia parado de cair. Naomi estava sentada no muro de pedra. Tinha um caderno de desenho nas mãos e alguns lápis de cor espalhados ao redor. O sr. Quin estava em pé, ao seu lado.

Ela estendeu o caderno para o sr. Satterthwaite. Ainda era um esboço, mas já adiantava a genialidade da obra. Era um torvelinho caleidoscópico de flocos de neve, com uma figura ao centro.

– Muito bom – disse o sr. Satterthwaite.

O sr. Quin olhou para o céu.

– A tempestade terminou – disse. – As estradas estarão escorregadias, mas não creio que haverá um acidente... agora.

– Não haverá acidente – disse Naomi.

A voz dela continha um significado que o sr. Satterthwaite não entendeu. Ela virou-se para ele e deu sorriso, um deslumbrante e imprevisto sorriso.

– Sr. Satterthwaite, se quiser, pode voltar comigo.

Foi então que ele pôde perceber até que ponto o desespero a levara.

– Bem – disse o sr. Quin. – Devo dizer-lhes adeus.

E o sr. Quin afastou-se.

– Aonde ele vai? – perguntou o sr. Satterthwaite, procurando-o com o olhar.

– Creio que voltará para o lugar de onde veio – disse Naomi, com uma voz estranha.

Vendo o sr. Quin dirigir-se para aquele ponto, na borda do penhasco, onde o viram da primeira vez, o sr. Satterthwaite disse:

– Mas não há aonde ir! Você mesma disse que lá é *O fim do mundo*.

Devolveu-lhe o caderno de desenhos e comentou:
– Muito bom! Há muita semelhança. Mas por que... por que... o desenhou fantasiado?

Os olhares dos dois se cruzaram por instantes.

– Porque é assim que o vejo – disse Naomi Carlton--Smith.

Capítulo 12

A Alameda do Arlequim

O sr. Satterthwaite nunca soube ao certo o que o levava a se hospedar na casa dos Denman. Eles não eram o tipo de gente que costumava frequentar, isto é, não pertenciam ao mundo dos amigos habituais e nem aos círculos artísticos. Eles eram filisteus, e filisteus dos mais convictos. Conheceu-os em Biarritz, e logo convidaram-no para se hospedar na casa deles. Aceitou, mas enquanto esteve lá, aborreceu-se. Entretanto, por mais estranho que pareça, ele retornou várias vezes.

Por quê? Estava fazendo a si mesmo essa pergunta, no dia 21 de junho, enquanto deixava Londres em alta velocidade, em seu Rolls-Royce.

John Denman era um homem de seus quarenta anos, figura renomada, bem estabelecida no mundo dos negócios. Os amigos dele não eram amigos do sr. Satterthwaite, nem tinham ideias em comum. Era um homem inteligente, em sua área profissional, porém sem um pingo de imaginação fora dela.

"Por que estou fazendo isso?", perguntou a si mesmo uma vez mais. A única resposta que lhe veio à mente parecia tão vaga e absurda que quase a desconsiderou. Porque a única justificativa que encontrou era a de que, embora a casa fosse confortável e bem localizada, havia ali um lugar que despertava sua curiosidade: era a sala de estar da sra. Denman.

Não seria possível dizer que a sala expressava a personalidade dela porque, segundo a avaliação do sr. Satterthwaite, ela não tinha personalidade. Jamais conhecera uma pessoa tão inexpressiva. Pelo que sabia, ela nascera na Rússia, e John Denman estava naquele país quando a guerra eclodiu na Europa. Lutando com os soldados russos, escapou por um triz da Revolução. Ao retornar, trouxe consigo a então namorada, que entrara como refugiada, sem um vintém sequer. Mesmo com a desaprovação dos pais, casou-se com ela.

A sala da sra. Denman nada tinha de excepcional. Era bem decorada, sóbria e com um bom mobiliário da linha Hepplewhite, que deixava a atmosfera um pouquinho mais masculina do que feminina. Havia, porém, um elemento que destoava totalmente daquele ambiente. Era um biombo chinês de laca amarelo creme e rosa pálido. Nenhum museu se recusaria em tê-lo no acervo. Era uma peça de colecionador, rara e bela. Poderia ser o ponto alto de alguma sala que soubesse harmonizá-lo de modo sutil com outros elementos de decoração. Mas, em contraste com a solidez dos móveis ingleses, ficava um pouco deslocado.

Contudo, o sr. Satterthwaite não podia acusar os Denman de terem mau gosto. Todo o restante da casa encontrava-se perfeitamente de acordo.

Balançou a cabeça. A coisa, por mais trivial que fosse, deixava-o intrigado. Por isso mesmo, passou a acreditar que era o biombo o verdadeiro motivo para que tivesse voltado outras vezes àquela casa. Talvez fosse uma fantasia da dona da casa, mas era uma explicação que não o satisfazia plenamente, quando pensava na sra. Denman: uma mulher tranquila, com feições rígidas, que falava inglês fluentemente, de modo que ninguém diria que ela era estrangeira.

Chegou ao destino e, ao descer do carro, ainda matutava sobre o biombo chinês. O nome da propriedade dos Denman era "Ashmead" e ocupava cerca de cinco acres de Melton Health, que ficava a mais ou menos quarenta e cinco quilômetros de Londres, aproximadamente trezentos metros acima do nível do mar e habitado, na maior parte, por pessoas com altíssimos rendimentos.

O mordomo recebeu gentilmente o sr. Satterthwaite. O sr. e a sra. Denman tinham ido a um ensaio e recomendaram que ficasse à vontade até retornarem.

O sr. Satterthwaite assentiu com a cabeça e tratou de seguir a recomendação, indo passear no jardim. Olhou os canteiros de flores, sem se deter, e andou por uma trilha sombreada, onde havia uma porta no muro. Estava destrancada, então ele passou por ela e se viu diante de uma alameda estreita. Um caminho muito encantador, sombreado e verde, com cercas vivas altas. Era um caminho sinuoso, coberto de cascalhos, no bom estilo antigo. Lembrou-se do endereço impresso com os dizeres: *Ashmead, Alameda do Arlequim*. Lembrava-se também que a sra. Denman dissera uma vez como essa alameda chamava-se oficialmente.

– Alameda do Arlequim – murmurou, baixinho, para si mesmo. – Fico pensando se...

Dobrou, então, uma esquina.

Naquele exato momento, não se surpreendeu ao avistá-lo. Só depois é que pensou: "Por quê?" Era o seu esquivo amigo, o sr. Harley Quin. Cumprimentaram-se com um aperto de mãos.

– Então o *senhor* está aqui – disse o sr. Satterthwaite.

– Sim – assentiu o sr. Harley Quin. – Estou hospedado na mesma casa que o senhor.

– Hospedado?

– Está surpreso?

– Não – balbuciou o sr. Satterthwaite. – Só que... bem, o senhor nunca fica em lugar algum por muito tempo, não é?

– Só o tempo necessário – respondeu o sr. Quin, sério.

– Entendo – disse o sr. Satterthwaite.

Caminharam juntos em silêncio por alguns minutos.

– Esta alameda... – começou o sr. Satterthwaite, e parou.

– É minha.

– Foi o que pensei – afirmou o sr. Satterthwaite. – De alguma maneira, achei que era sua. Mas também ela tem outro nome, um nome local. Sabia que oficialmente ela se chama Alameda do Amor?

O senhor Quin acenou com a cabeça.

– É claro – disse gentilmente. – Em todo vilarejo existe uma Alameda do Amor.

– Suponho que sim – disse o sr. Satterthwaite, suspirando lentamente.

Sentiu-se, de repente, um tanto velho e desatualizado, quase um fóssil, árido e enrijecido. Por todo lado, as sebes eram verdes e muito vivas.

– Onde termina esta alameda? – perguntou de repente.

– Termina... *ali* – disse o sr. Quin.

Viraram então uma última curva. A alameda terminava num terreno baldio, onde havia uma grande cova onde era jogado lixo. Viam-se algumas latas brilhando ao sol e outras enferrujadas, botas velhas, pedaços de jornais e outras mil e uma coisas descartadas que não serviam para nada.

– Um monte de lixo! – exclamou o sr. Satterthwaite, respirando fundo, indignado.

– Algumas vezes podemos encontrar coisas maravilhosas num monte de lixo – disse o sr. Quin.

– Eu sei, eu sei – disse o sr. Satterthwaite.

E, em seguida, um pouco acanhado, lembrou-se de uma citação:

– "Traga-me as duas coisas mais belas da cidade, disse Deus" – e voltando-se para o sr. Quin, perguntou:
– Sabe como continua?

O sr. Quin confirmou com a cabeça.

O sr. Satterthwaite olhou para o que antes fora um pequeno chalé e que agora eram meras ruínas penduradas na beirada do despenhadeiro.

– Vista nada agradável para uma casa – observou.

– Creio que quando era habitada não havia esse monte de lixo – disse o sr. Quin. – Acho que os Denman viveram ali, logo que se casaram. Mudaram para a casa grande quando os velhos morreram. Começaram a abrir uma pedreira ali, e o chalé veio abaixo. Mas, como vê, as escavações não prosseguiram.

Os dois amigos retomaram o caminho de volta.

– Suponho que muitos casais apreciem esta alameda, nas noites quentes de verão – disse o sr. Satterthwaite, sorrindo.

– Provavelmente.

– Amantes... – disse o sr. Satterthwaite, sem o natural constrangimento que a palavra causaria num típico inglês. O sr. Quin, provocava esse efeito sobre ele. Pensativo, disse novamente: – Amantes... O senhor já fez muita coisa pelos amantes.

Seu interlocutor baixou a cabeça, sem responder.

– Salvou-os da dor ou... pior que da dor, da morte. Colocou-se como advogado deles até quando já estavam mortos.

– Está falando de si mesmo, do que o senhor fez, não de mim.

– Mas é a mesma coisa – disse o sr. Satterthwaite. – O senhor sabe que é – insistiu, já que o outro não respondera. – Agiu por meu intermédio. Por alguma razão, o senhor não age diretamente.

— Algumas vezes, ajo sim — retrucou o sr. Quin.

Tinha na voz uma entonação diferente.

Sem conseguir se conter, o sr. Satterthwaite de repente estremeceu. "A tarde começa a esfriar", pensou. Entretanto, o sol parecia mais brilhante do que nunca.

Naquele momento, viu uma moça surgir na curva em frente. Era uma moça muito bonita, loura e de olhos azuis, vestindo uma túnica rosa de algodão. O sr. Satterthwaite reconheceu Molly Standwell, que encontrara ali mesmo, noutra visita.

Ela acenou, dando-lhe as boas-vindas.

— John e Anna acabam de chegar — comunicou. — Sabiam que o senhor estava chegando, mas simplesmente era impossível faltar ao ensaio.

— Ensaio de quê? — perguntou o sr. Satterthwaite.

— De um baile de máscaras, não sei bem. Ignoro como se chama. É de canto e dança, coisas desse tipo. O sr. Manly, lembra-se dele? Daqui mesmo? É um tenor, muito bom, vai interpretar Pierrô, enquanto eu serei a Pierrete. Virão dois bailarinos profissionais para representar Arlequim e Colombina. Além disso, há um grande coral feminino. Lady Roscheimer é uma ótima professora de canto para as moças do vilarejo. Ela está bastante empenhada em prepará-las. A música é maravilhosa, moderna. Não se parece com qualquer outra. É de Claude Wickman. Talvez o conheça.

O sr. Satterthwaite assentiu com a cabeça. Era parte de seu métier, como já foi mencionado, conhecer todo mundo no meio artístico. Sabia tudo a respeito do aspirante a gênio Claude Wickam e de lady Roscheimer, uma judia rechonchuda, que tinha uma queda por rapazes com algum pendor artístico. Também sabia tudo sobre sir Leopold Roscheimer, que gostava de ver a esposa feliz e que, algo muito raro entre os maridos, não se incomodava de vê-la feliz a seu modo.

Encontraram Claude Wickam tomando chá com os Denman e se fartando de comer o que quer que estivesse à frente. Falava muito e gesticulava com as longas mãos brancas, que pareciam um pouco deformadas. Os olhos míopes espiavam por trás das lentes grossas na armação de chifre.

O sr. Denman, um homem empertigado, com o rosto vermelho e sem a mínima tendência à elegância, escutava entediado. Com o aparecimento do sr. Satterthwaite, o músico transferiu as considerações que fazia para ele. Anne Denman, quieta e inexpressiva como sempre, estava sentada atrás do serviço de chá.

O sr. Satterthwaite olhou-a disfarçadamente. Alta, de ossatura larga e muito magra, com maçãs do rosto proeminentes. Os cabelos negros eram repartidos ao meio, e tinha a pele castigada pelo tempo. Era uma mulher que vivia ao ar livre e não se preocupava com o uso de cosméticos. Uma boneca de madeira, dura, inanimada e, no entanto...

Ele pensou consigo: "*Deveria* haver algum significado por trás desse rosto, mas não há. Isso está totalmente errado. Sim, totalmente errado".

De repente, lembrou-se de Claude Wickam:

– Desculpe. O que estava dizendo?

Claude Wickam, que gostava do som da própria voz, começou tudo de novo.

– A Rússia – disse ele – é o único país do mundo que merece nosso interesse. Os russos fazem experiências. Pode ser que sejam com vidas, mas ainda assim experimentam. É magnífico!

Com uma das mãos enfiou na boca um sanduíche e, com a outra, pegou uma bomba de chocolate, que ficou balançando no ar, enquanto não parava de falar.

— Vejamos o balé russo – falou com a boca cheia, dirigindo-se diretamente à anfitriã. – O que pensa do balé russo?

Obviamente, a pergunta era apenas para introduzir um assunto importante: o que ele, Claude Wickam, pensava sobre o assunto.

— Nunca o vi – respondeu.

A resposta dela foi tão inesperada que ele até perdeu o prumo.

— Como? – arregalou os olhos, boquiaberto. – Mas, certamente...

Ela continuou no mesmo tom de voz e sem emoção:

— Antes do meu casamento, fui bailarina... Mas, agora...

— Agora ela só vive de férias – disse o marido.

— Sobre a dança... – deu de ombros –, conheço todos os seus segredos. E não me interessa.

— Oh!

Claude demorou um pouco até se recompor.

— Falando de vidas – disse o sr. Satterthwaite – e de experiências com elas... Os russos fizeram um experimento muito custoso.

Claude Wickam voltou-se imediatamente para ele:

— Sei o que quer dizer. Kharsanova! A imortal, a única Kharsanova! Viu-a dançar?

— Três vezes – respondeu o sr. Satterthwaite. – Duas vezes em Paris e uma em Londres. Jamais esquecerei.

A voz dele era quase de reverência.

— Eu também a vi – disse Claude Wickam. – Tinha dez anos de idade. Meu tio me levou para assisti-la. Meu Deus! Jamais poderei esquecer.

Ele atirou um pedaço de pão impetuosamente num canteiro de flores.

– Há uma estatueta dela no Museu de Berlim – disse o sr. Satterthwaite. – É maravilhosa. Transmite a fragilidade dela, como se pudéssemos quebrá-la com um leve piparote. Vi-a uma vez como Colombina e no *Cisne*, como a ninfa agonizante. – Fez uma pausa e balançou a cabeça. E então prosseguiu: – Era um gênio. Muitos anos hão de se passar, até que nasça outra. E era tão jovem! Destruída por ignorância e de maneira irresponsável, logo nos primeiros dias da Revolução.

– Idiotas! Loucos! Irracionais! – disse Claude Wickam, quase engasgando com o chá.

– Estudei com a Kharsanova – disse a sra. Denman. – Lembro-me bem dela.

– Ela era espetacular – disse o sr. Satterthwaite.

– Sim – admitiu a sra. Denman, tranquilamente. – Era espetacular.

Claude Wickam se retirou, e John Denman deu um suspiro tão profundo de alívio que provocou o riso da esposa.

O sr. Satterthwaite balançou a cabeça.

– Sei o que está pensando. Mas, a despeito de tudo, a música que esse rapaz compõe *é* música.

– Suponho que sim – disse Denman.

– Oh, sem dúvida. Por quanto tempo... bem, aí é diferente.

John Denman olhou para ele com curiosidade.

– O senhor acha?

– Creio que o sucesso veio prematuramente. E isso é perigoso. Sempre.

E, dirigindo-se ao o sr. Quin:

– Concorda comigo?

– O senhor tem sempre razão – respondeu o sr. Quin.

– Vamos subir até a minha sala – disse a sra. Denman. – Lá é bem agradável.

Levantou-se, indicando o caminho, e os outros a seguiram. O sr. Satterthwaite deu um suspiro profundo, quando avistou o biombo chinês. Notou que a sra. Denman o observava.

– O senhor é aquele que está sempre certo – disse ela, balançando ligeiramente a cabeça. – O que acha do meu biombo?

Tomou as palavras dela, de certo modo, como um desafio. Vacilou um pouco e, tropeçando um pouco nas palavras, disse:

– Ora, é... é uma beleza. Mais do que isso, ele é único.

– Tem razão – Denman falou, atrás dele. – Nós o adquirimos por um décimo do que valia, logo depois de nos casarmos. Mesmo assim, essa compra fez com que ficássemos sem dinheiro por um ano.

– Sim, eu me lembro – concordou a sra. Denman.

– Na verdade, não tínhamos absolutamente condições para comprá-lo. Não, naquele tempo. Agora, é claro, é diferente. Outro dia, havia alguns objetos de laca muito bons à venda na Christie's. Exatamente o que precisávamos para deixar esta sala perfeita. Todos chineses. Poderíamos tirar todas as outras coisas. Mas, acredita, Satterthwaite, que minha mulher nem quis saber disso?

– Gosto desta sala como está – falou.

O rosto dela estava estranho. Novamente o sr. Satterthwaite sentiu-se desafiado e derrotado. Olhou em torno e observou, pela primeira vez, a falta de um toque pessoal. Não havia fotografias, flores ou enfeites. Não parecia, de maneira alguma, a sala de uma mulher. Exceto pela existência do biombo, que destoava do ambiente, ela poderia servir de sala de estar modelo de uma grande loja de móveis.

Viu que ela sorria para ele.

– Ouça – disse Anna, inclinando-se para frente. Sua dicção soou mais como a de uma estrangeira do que de uma inglesa. – Falo isso ao senhor porque sei que me entenderá. Compramos esse biombo com mais do que dinheiro... foi com amor. Por amor a ele. Porque era belo e singular, deixamos de ter outras coisas, coisas de que precisávamos e de que sentíamos falta. Essas outras peças chinesas de que meu marido fala, compraríamos apenas com dinheiro. Não estaríamos pagando com alguma coisa realmente nossa.

O marido achou graça.

– Oh, faça como quiser – disse levemente irritado. – Mas não combina nada com este ambiente inglês. Os móveis são bons em seu estilo, autênticos e sólidos, não são falsificações... mas são comuns. A última boa leva da mobília Hepplewhite.

Ela balançou a cabeça.

– Boa, sólida, autêntica mobília inglesa – ela sussurrou baixinho.

O sr. Satterthwaite olhou-a. Ele captou algo mais nessas palavras. A sala com mobília inglesa... a beleza exuberante do biombo chinês. Não, escapara-lhe novamente.

– Encontrei a srta. Stanwell, na alameda. Ela disse que será a Pierrete no evento de hoje à noite.

– Sim – disse Denman. – E ela está desempenhando bem o papel.

– Acho-a desajeitada com os pés – comentou Anna.

– Que absurdo! – contestou o marido. – Nesse ponto, todas as mulheres são parecidas. Não suportam ouvir elogios a outras mulheres. Molly é uma garota muito bonita e, então, é claro que as outras adoram encontrar defeitos nela.

– Estou falando de dança – disse Anna. Parecia ligeiramente surpresa. – Ela é muito bonita, sim, mas seus pés se movem de modo desajeitado. Você não pode dizer nada sobre isso, pois de dança eu entendo.

O sr. Satterthwaite interveio, com muito tato.

– Ouvi dizer que também virão dois bailarinos profissionais, não é?

– Sim. Para o balé propriamente dito. O príncipe Oranoff irá trazê-los em seu carro.

– Sergius Oranoff? – perguntou Anna.

O marido voltou-se para ela:

– Você o conhece?

– Sim, eu o conheci, na Rússia.

O sr. Satterthwaite notou que John Denman parecia perturbado.

– Será que ele a reconhecerá?

– Sim, me reconhecerá.

E, então, ela riu... baixinho. Um riso quase triunfante. Naquele momento, desaparecera de seu rosto as feições de boneca de madeira. Para tranquilizar o marido, disse, olhando-o:

– Sergius. Então ele trará os dois bailarinos! Sempre se interessou pela dança.

– Eu me lembro – disse John Denman abruptamente.

E então virou-se e deixou o aposento. O sr. Quin seguiu-o. Anna Denman foi até o telefone e pediu um número. Ela fez um gesto para que o sr. Satterthwaite permanecesse ali e não seguisse o exemplo dos dois outros homens.

– Posso falar com lady Roscheimer? Oh, é você! Quem fala é Anna Denman. O príncipe Oranoff já chegou? O quê? *Como?* Oh, meu Deus! Mas que coisa horrível!

Ela ouviu por alguns momentos o que estava sendo dito e, então, recolocou o fone no aparelho.

– Houve um acidente. Tinha de acontecer com Sergius Ivanovitch ao volante. Em todos esses anos, ele não mudou. A moça não está muito ferida, só um pouco machucada e abalada demais para dançar esta noite. O rapaz quebrou um braço. Serge Ivanovitch saiu ileso. Dizem que o diabo cuida de si.

– Mas e a apresentação de hoje à noite?

– Pois é, meu amigo. Precisamos tomar alguma providência.

Sentou-se pensativa. Logo em seguida, olhou para ele.

– Sou má anfitriã, sr. Satterthwaite. Não o estou entretendo.

– Garanto que não é preciso. Há algo, entretanto, que eu gostaria muito de saber, sra. Denman.

– Sim?

– Como conheceu o sr. Quin?

– Ele vem frequentemente aqui – disse ela devagar. – Creio que tem terras nessa região.

– É verdade, é verdade. Disse-me esta tarde.

– Ele é – fez uma pausa e os seus olhos encontraram os do sr. Satterthwaite. – Acho que o senhor sabe melhor do que eu – concluiu.

– Eu?

– Não é mesmo?

Ele ficou perturbado. Sentiu-se invadido em seu âmago. Ela queria forçá-lo a ir além do que estava preparado. Pretendia fazê-lo expressar em palavras o que não estava pronto para admitir para si mesmo.

– O senhor *sabe*. Penso que o senhor sabe de praticamente tudo, sr. Satterthwaite.

Era um elogio, mas ele não se deixou afetar. Apenas fez que não com a cabeça e disse com uma humildade que não lhe era habitual.

– O que podemos saber? – perguntou. – Só um pouco, muito pouco.

Ela assentiu com a cabeça. Depois, com uma voz estranha e sem olhar para ele, retomou a conversa.

– Vamos supor que eu quisesse dizer-lhe algo. Não iria rir? Não, não penso que iria rir. Vamos supor, então, que uma pessoa, para levar adiante – fez uma pausa – o negócio de outra, a profissão de outra, essa pessoa precisasse criar uma fantasia... que ela pretendesse fingir para si mesma algo que não existe... ou que ela imaginasse ser uma certa pessoa. Uma fantasia, entende, um faz de conta, nada mais. Mas, um dia...

– Sim?

O sr. Satterthwaite mostrava-se interessadíssimo no assunto.

– A fantasia se torna realidade. Aquilo que a pessoa imaginava... aquilo que parecia impossível, que não podia ser... era real! É loucura? Diga-me, sr. Satterthwaite. É loucura minha ou o senhor acredita nisso também?

– Eu... – ele não conseguia dizer nada. Era como se as palavras estivessem presas na garganta.

– Loucura! – Anna Denman disse e repetiu. – Loucura!

Subitamente saiu da sala, deixando o sr. Satterthwaite com a confissão de fé não dita.

Ao descer, à hora do jantar, encontrou a sra. Denman conversando com um convidado. Era um homem alto e moreno, próximo à meia idade.

– Príncipe Oranoff... sr. Satterthwaite.

Os dois homens curvaram-se, saudando-se mutuamente. O sr. Satterthwaite sentiu que sua entrada interrompera uma conversa que não seria retomada. Contudo, não havia qualquer sinal de tensão. Os russos conversavam de maneira fluente e natural sobre os assuntos que mais tocavam o coração do sr. Satterthwaite, com seu gosto artístico refinado. Logo descobriram que tinham vários amigos em comum. Quando John Denman resolveu juntar-se ao grupo, a conversa se restringiu. Oranoff expressou sentimentos de tristeza pelo acidente.

– Não foi culpa minha. Gosto de dirigir em alta velocidade, mas sou bom motorista. Foi o destino, o acaso – e encolheu os ombros. – É o que rege a vida de todos.

– Aí fala o russo que há em você, Sergius Ivanovitch – disse a sra. Denman.

– E encontra eco em você, Anna Mikalovna – ele retorquiu.

O sr. Satterthwaite olhou os três, um a um. John Denman, louro, reservado, um típico inglês; os outros dois, morenos, magros, estranhamente parecidos. Alguma vaga recordação veio à sua mente... não sabia bem o que era. De repente, lembrou-se. O primeiro ato de *A Valquíria*. Siegmund e Sieglinde, tão parecidos, e Hundig, o estrangeiro. Passou a fazer algumas conjecturas. O que significava a presença do sr. Quin? Porém, de uma coisa ele tinha certeza: onde o sr. Quin aparecia, havia um drama. Seria... a antiga e reprisada tragédia do triângulo amoroso?

Ficou ligeiramente decepcionado. Esperava uma história melhor.

– O que ficou combinado, Anna? – perguntou Denman. – Suponho que a coisa toda terá de ser adiada. Ouvi quando telefonou para lady Roscheimer.

Ela balançou a cabeça.

– Não... não vamos adiar.

– Mas não será possível fazer a apresentação sem o balé.

– Com certeza, não poderemos encenar a história de Arlequim sem o Arlequim e a Colombina – admitiu Anna Denman, secamente. – Eu serei a Colombina, John.

– Você?

"Ele ficou atônito, desconcertado", pensou o sr. Satterthwaite.

Serenamente, ela fez um aceno com a cabeça e disse:
– Não se preocupe, John. Não o envergonharei. Você se esqueceu? Foi minha profissão, outrora.

"Que coisa extraordinária é a voz. As coisas que diz e as que deixa de dizer, mas insinua! Gostaria de saber...", pensou o sr. Satterthwaite.

– Bem – disse John Denman, relutantemente –, metade do problema está resolvida. E a outra metade? Quem fará o Arlequim?

– *Já* o encontrei. Está ali.

Ela indicou a porta de entrada, por onde o sr. Quin acabava de passar, retribuindo o sorriso direcionado a ele.

– Meu Deus, Quin! – disse John Denman. – Ele sabe alguma coisa sobre esta peça? Nunca poderia imaginar!

– O sr. Quin é tido como um especialista no assunto – disse a mulher. – O sr. Satterthwaite pode responder por ele.

Ela sorriu para o sr. Satterthwaite, e o homem franzino murmurou baixinho:

– Oh, sim... posso responder pelo sr. Quin.

Denman mudou de assunto.

– Vai haver um baile à fantasia depois. Uma amolação. Vamos ter de arranjar uma fantasia para você, Satterthwaite.

O sr. Satterthwaite balançou a cabeça com muita convicção.

– Minha idade será uma boa desculpa.

E então teve uma ideia brilhante e ajeitou uma toalha no braço.

– Eis-me aqui, um velho garçom que já teve dias melhores – e riu.

– Uma profissão interessante – disse o sr. Quin. – Alguém que vê muita coisa.

– Vou vestir uma fantasia boba de Pierrô – disse Denman, desanimado. – De qualquer forma, está fresco, o que é bom. E você? – perguntou, olhando para Oranoff.

– Tenho um traje de Arlequim – disse o russo, observando o rosto de sua anfitriã.

O sr. Satterthwaite se perguntou se estava equivocado ou se houve de fato um momento constrangedor.

– Poderia haver três Arlequins – disse Denman, rindo. – Minha mulher me presenteou com um traje de Arlequim, assim que nos casamos, para ir a uma apresentação ou algo do gênero – fez uma pausa, examinando a frente da própria camisa. – Creio que atualmente ela não me serve mais.

– Não – disse a esposa. – Hoje, ela não caberia mais em você.

E novamente a voz dela dizia algo mais do que meras palavras.

Olhou para o relógio.

– Se Molly não voltar logo, não poderemos esperar por ela.

Porém, naquele exato momento, a moça foi anunciada. Ela já estava com seu vestido de Pierrete, em branco e verde, e absolutamente encantadora, conforme o sr. Satterthwaite constatou.

Estava bastante empolgada, com a apresentação que faria.

– Mas estou ficando terrivelmente nervosa – ela comunicou, quando já estavam tomando café após o jantar. – Receio que minha voz falhe e que eu esqueça a letra.

– Sua voz é encantadora – disse Anna. – Se eu fosse você, não estaria preocupada.

– Mas eu me preocupo. Com o resto; com a parte da dança, não. Tenho certeza que dará certo. Creio que não há nada de errado com os meus passos, não é?

Dirigia a pergunta à mulher mais experiente, mas Anna não respondeu. Em vez disso, pediu:

– Cante agora alguma coisa para o sr. Satterthwaite. Verá como ele irá tranquilizá-la.

Molly ajeitou-se no piano. A voz dela soou fresca e afinada numa velha melodia irlandesa:

"Shiela, morena Shiela, o que está vendo?
O que está vendo, o que está vendo no fogo?"
"Vejo um rapaz que me ama e vejo um rapaz que me abandona
e um terceiro rapaz, um moço das sombras...
ele é o rapaz que me faz sofrer."

E a canção continuava. No final, o sr. Satterthwaite assinalou com a cabeça sua franca aprovação.

– A sra. Denman tem razão. Sua voz é encantadora. Talvez não treinada o suficiente, mas deliciosamente natural e com uma qualidade que não depende de estudos, a jovialidade.

– Isso mesmo – concordou John Denman. – Vá em frente, Molly, e não deixe o medo do palco dominá-la. Mas agora será melhor irmos para a casa dos Roscheimer.

Cada um pegou seu agasalho. Estava uma linda noite, e decidiram ir a pé, já que a casa ficava a poucos metros de distância.

O sr. Satterthwaite encontrou seu amigo.

– Pode parecer estranho, mas um trecho daquela música me fez pensar no senhor: "Um terceiro rapaz... um rapaz das sombras". Há um mistério aí... e sempre que há um mistério, penso no senhor.

– Sou tão misterioso? – perguntou o sr. Quin, sorrindo.

– Sim – assentiu, decididamente, o sr. Satterthwaite. – Com certeza, é. Até esta noite eu não sabia que o senhor era um bailarino profissional.

– Realmente?

– Ouça – disse o sr. Satterthwaite e cantarolou o tema de amor de *A Valquíria*. – Fiquei com ele na cabeça durante o jantar, enquanto olhava aqueles dois.

– Que dois?

– O príncipe Oranoff e a sra. Denman. Não reparou como ela está diferente, esta noite? É como se... uma porta tivesse sido aberta e pudéssemos ver a claridade do outro lado.

– Sim – disse o sr. Quin. – Talvez.

– O mesmo velho drama – afirmou o sr. Satterthwaite. – Veja se não tenho razão. Aqueles dois são feitos um para o outro. São do mesmo mundo, pensam as mesmas coisas, sonham os mesmos sonhos. Pode-se ver como as coisas aconteceram. Há dez anos, Denman devia ter uma boa aparência, era jovem, ousado, a figura de um romance. Chegou a salvar a vida dela. Tudo muito natural. Mas, hoje... quem é ele, afinal? Um bom companheiro. Próspero, bem-sucedido, mas... medíocre. Um bom e honesto inglês. Bem parecido com aquela mobília Hepplewhite lá em cima. Tudo muito inglês e tão comum, como aquela bela moça inglesa, com aquela voz jovial e sem técnica. Oh, pode sorrir, sr. Quin, mas não negue o que estou dizendo.

– Claro que não nego. Isso mostra que está sempre certo. No entanto...

– No entanto, o quê?

O sr. Quin inclinou-se para frente. Os olhos escuros e melancólicos fitaram os do sr. Satterthwaite, ao perguntar-lhe:

– Aprendeu tão pouca coisa assim da vida?

Respirou fundo, o que deixou o sr. Satterthwaite ligeiramente inquieto e absorto em suas reflexões. Como havia demorado para escolher uma echarpe, percebeu que todos os demais já haviam partido. Saiu pelo jardim para passar pela mesma porta que o levaria à alameda, sob a luz do luar. No vão da porta, avistou um casal abraçado. Por um momento, pensou... Mas, então, viu que eram *John Denman e Molly Stanwell*. A voz dele, rouca e angustiada, chegou aos seus ouvidos:

– Não posso mais viver sem você. O que vamos fazer?

O sr. Satterthwaite ia dar meia-volta, quando sentiu que a mão de alguém o detinha. Não estava só no vão da porta. Alguém que também vira.

Mas bastou ver o rosto da jovem para perceber que suas conclusões estavam erradas. Sua mão angustiada o segurou ali, até que os dois, caminhando até o fim da alameda, sumiram de vista. Começou a falar com ela, a lhe dizer pequenas coisas que procuravam ser reconfortantes, mas ridiculamente inadequadas para a agonia que descobrira. E ela só pronunciou uma frase:

– Por favor, não me deixe!

Aquilo sensibilizou estranhamente o sr. Satterthwaite. Então, ele era útil para alguém. Ainda que estivesse dizendo aquelas palavras sem grande significado, era melhor do que o silêncio.

O casal seguiu assim em direção à casa dos Roscheimer. De vez em quando, a mão da moça tocava o ombro dele, o que fazia com que compreendesse que ela estava feliz em sua companhia. Quando finalmente chegaram ao destino, ela se afastou. Aprumou-se e entrou com a cabeça erguida.

– Agora vou dançar. Não receie por mim, meu amigo – disse ela. – Vou dançar.

E deixou-o, abruptamente. Ele foi fisgado por lady Roscheimer, recoberta de diamantes e cheia de lamentações, que o passou a Claude Wickam, que estava ao lado.

– Arruinado. Completamente arruinado. É o tipo de coisa que sempre acontece comigo. Toda essa gente do campo acha que pode dançar. Não me consultaram uma vez sequer...

Ele não parava mais de falar. Havia encontrado alguém receptivo, que *sabia* das coisas e estava disposto a ouvi-lo. Estava entregue a uma orgia de autocomiseração. Só silenciou quando os primeiros acordes musicais começaram.

O sr. Satterthwaite deixou o mundo dos sonhos e voltou ao mundo real. Precisava ficar mais atento e ser menos crítico. Wickam era um verdadeiro imbecil, mas um bom compositor. A música era delicada e bem elaborada, intangível, tal qual um tecido feito com mãos de fada. Não era o tipo de música que poderia ser descrita simplesmente como bonitinha.

O cenário era bom. Lady Roscheimer nunca poupava dinheiro para ajudar seus protegidos. Os efeitos de iluminação, projetando uma clareira da Arcádia, criavam uma atmosfera de irrealidade.

Duas figuras dançavam como nos tempos imemoriais da Antiguidade. O esguio Arlequim, com uma máscara no rosto e segurando uma varinha mágica, fazia as lantejoulas tremularem ao luar. Colombina, toda de branco, rodopiava como num sonho imortal.

O sr. Satterthwaite levantou-se. Já havia vivido aquele momento antes. Sim, tinha certeza...

Sua mente deixou a sala de estar da sra. Roscheimer, por alguns momentos. Fora transportada para o Museu de Berlim, onde estava a estatueta que imortalizava uma Colombina.

Arlequim e Colombina dançavam. O mundo inteiro se abria para esta dança...

A luz do luar – e outra figura humana. Pierrô vagando pelo bosque, cantando para a lua. Quando vê Colombina à luz do luar, ele perde o sossego. A dupla imortal se desfaz. Colombina olha para trás. Ouve a canção que vem de um coração humano.

Pierrô continua vagando pelo bosque... Escuridão. E a voz dele vai desaparecendo à distância.

A dança surge destacando o verde, com garotas do próprio vilarejo vestidas de pierrôs e pierretes. Molly é a Pierrete. Anne Denman tinha razão: a moça não dançava bem, mas a voz se mostrou vívida e harmoniosa, quando cantou "Pierrete dança no verde".

"Boa melodia", aprovou o sr. Satterthwaite. Wickam não se negaria a escrever uma melodia, se necessário. A maioria das moças da vila fez com que ele estremecesse, mas sabia que Lady Roscheimer era movida por uma determinação filantrópica. Insistem para que Pierrô dance também. Ele recusa. Com o rosto branco, continua vagando; o eterno amante em busca do seu ideal.

A noite cai. Arlequim e Colombina, dançando, invisíveis para os que estão no grupo, entram e saem sem que eles percebam. A praça fica deserta, apenas Pierrô, cansado, adormece num declive gramado. Arlequim e Colombina dançam à sua volta. Pierrô desperta e vê Colombina. Ele a corteja em vão, pede, suplica... Ela fica indecisa. Arlequim acena e pede que o outro se afaste. Ela escuta Pierrô, sua canção de amor a seduzi-la uma vez mais. Cai em seus braços, e a cortina se fecha.

O segundo ato tem início no chalé de Pierrô. Colombina está próxima à lareira. Está pálida, cansada. Ouve... É Pierrô que canta para ela, implorando para que ela pense nele mais uma vez. A noite vai chegando.

Ouve-se um trovão. Ela deixa de lado o tear. Está ansiosa, impaciente. Nem ouve mais Pierrô. É a sua própria música que está no ar. A música de Arlequim e Colombina. Está desperta. Recorda.

Mais um trovejar. Arlequim surge no vão da porta. Pierrô não pode vê-lo. Ela dá pulos de alegria, ri. Crianças correm, mas ela as afasta. Com um novo estrondo de trovão, as paredes caem, e Colombina dança com Arlequim na imensidão da noite.

Em meio à escuridão, ouve-se a canção que Pierrete já cantara. A luz acende-se lentamente. De novo, no chalé, Pierrô e Pierrete, já velhos e com os cabelos grisalhos, estão sentados em duas poltronas, diante do fogo. A música é alegre, porém suave. Pierrete cochila em sua poltrona. Através da janela, sob um raio do luar, ouve-se o tema da música de Pierrô, há tempos esquecida. Ele se agita.

Música suave, música encantada... Lá fora, Arlequim e Colombina. De repente, a porta abre-se, e Colombina, dançando, se aproxima de Pierrô. Debruça-se e beija seus lábios.

Crash! Um relâmpago. Ela já está lá fora. No centro do palco, pela janela iluminada do chalé, veem-se Arlequim e Colombina dançando e, devagar, vão se afastando.

Um tronco cai. Pierrete pula, está furiosa, corre até a janela e fecha a cortina. Assim termina a peça, numa súbita discórdia...

O sr. Satterthwaite permaneceu sentado, muito quieto, entre aplausos e ovações. Finalmente levantou-se e caminhou em direção à saída. Viu Molly Stanwell, ruborizada e ansiosa, recebendo os cumprimentos. Jonh Denman vinha na mesma direção pedindo licença e empurrando as pessoas, com os olhos reluzentes. Molly ia falar-lhe, mas quase inconscientemente, afastou-a. Não era ela quem estava procurando.

– Minha mulher... onde está?

– Acho que está no jardim.

Contudo, foi o sr. Satterthwaite quem a encontrou primeiro. Estava sentada num banco de pedra, sob um cipreste. Aproximou-se, e sua atitude diante dela foi estranha. Ajoelhou-se e beijou sua mão.

– Ah! – ela disse. – Acha que dancei bem?

– Dançou... como sempre, madame Kharsanova.

Ela respirou profundamente.

– Bem... o senhor descobriu.

– Só há uma Kharsanova. – Ninguém pode ver a sua dança e esquecer. Mas por quê? Por quê?

– O que mais poderia fazer?

– O que quer dizer?

Para ela, tudo parecia simples. Muito simples.

– Ora, o senhor pode compreender. É um homem do mundo. Uma grande bailarina até pode ter amantes, sim. Mas um marido é diferente. E ele... ele não queria o outro. Queria que eu lhe pertencesse como... como Kharsanova jamais poderia ter pertencido.

– Entendo – disse o sr. Satterthwaite. – Entendo. Então, desistiu de tudo?

Ela assentiu com a cabeça.

– Deve tê-lo amado muito – concluiu o sr. Satterthwaite, ternamente.

– Para fazer tal sacrifício? – ela riu.

– Não é bem isso. Mas para deixá-lo feliz.

– Ah, talvez tenha razão.

– Mas, e agora? – perguntou ele.

O rosto dela estava sério.

– Agora?

Fez uma pausa e, de repente, perguntou em voz alta:

– É você, Sergius Ivanovitch?

O príncipe Oranoff apareceu sob a luz da lua, sorriu para o sr. Satterthwaite e segurou a mão de Anna, sem constrangimento.

– Há dez anos, chorei a morte de Anna Kharsanova – disse, simplesmente. – Ela era uma parte de mim. Hoje a reencontrei. Não iremos mais nos separar.

– No fim da alameda, daqui a dez minutos – disse Anna. – Estarei lá sem falta.

Oranoff concordou acenando e saiu novamente. A bailarina virou-se para o sr. Satterthwaite e, com um sorriso nos lábios, perguntou:

– Bem, não está satisfeito, meu amigo?

– Deve saber – perguntou, apreensivo – que seu marido está à sua procura, não?

Viu um ligeiro tremor em suas feições, mas a voz se manteve firme.

– Sim – disse ela, gravemente. – É bem possível.

– Vi os olhos dele. Estavam... – interrompeu-se, abruptamente.

Ela continuava calma.

– Sim, talvez. Durante uma hora. Uma hora de magia, por causa das lembranças, da música, do luar. E isso é tudo.

– Então nada que eu possa dizer fará diferença?

Sentiu-se velho e desanimado.

– Durante dez anos, vivi com o homem que amo – era a explicação de Anna Kharsanova. – Daqui para adiante, estarei com o homem que, durante dez anos, me amou.

O sr. Satterthwaite nada disse. Deixou os argumentos de lado. De fato, parecia ser a solução mais simples. Apenas... apenas... não era a solução que ele esperava. Sentiu a mão dela em seu ombro.

– Eu sei, meu amigo, eu sei. Mas não há uma terceira saída. Sempre esperamos a mesma coisa. O amante perfeito, eterno, apaixonado. É a música de Arlequim que ouvimos. Nenhum amor satisfaz para sempre, porque todos os amantes são mortais. E Arlequim é apenas um mito, uma presença invisível, a menos que...

– Sim? – perguntou o sr. Satterthwaite. – Sim?

– A menos que... o seu nome seja... Morte.

O sr. Satterthwaite estremeceu. Ela saiu e desapareceu no meio da escuridão.

Não saberia dizer quanto tempo ficou ali, sentado. Mas, de repente, deu-se conta de que havia se passado um tempo precioso. Saiu correndo, numa determinada direção, quase à revelia.

Assim que entrou na alameda, teve uma estranha sensação de irrealidade. Magia... magia e luar. Duas figuras caminhavam em sua direção. Uma delas era um Arlequim.

É Oranoff, em seu traje de Arlequim. Foi seu primeiro pensamento. Depois, quando passaram, viu que era um equívoco. A figura flexível que vinha dançando era outra pessoa: o sr. Quin. Desciam a alameda. Os pés eram leves, como se estivessem caminhando no espaço. Quando o sr. Quin virou a cabeça e olhou para trás, o sr. Satterthwaite levou um susto. Não era o rosto do sr. Quin, como vira antes. Agora, o rosto era o de um estranho. Na verdade, não era realmente tão estranho. Percebeu que era um rosto como deveria ser o de John Denman antes de se tornar tão próspero. Com ânsia de viver, o rosto de um aventureiro. Era, ao mesmo tempo, o rosto de um jovem e de um apaixonado. Ouviu o riso dela, fácil, feliz. Ficou acompanhando o casal com o olhar e viu, à distância, as luzes do pequeno chalé. Olhava-os como um homem que sonha.

Foi acordado rudemente pela mão que sacudiu seu ombro, obrigando-o a encará-lo. Era Sergius Oranoff. O homem parecia pálido e um tanto perdido.

– Onde ela está? Para onde foi? Prometeu que ia e não apareceu.

– Madame acaba de seguir pela alameda, sozinha – falou a criada de Anna Denman, à porta, no escuro, atrás deles. Esperava por ela com seu agasalho. – Estava aqui e a vi passar.

O sr. Satterthwaite pensou numa só palavra, e perguntou alarmado.

– Sozinha? Você disse, sozinha?

Os olhos da criada arregalaram-se, tamanho o espanto.

– Sim, senhor. Não a viu?

O sr. Satterthwaite agarrou Oranoff pelo braço.

– Depressa – murmurou. – Estou... estou com medo.

Percorreram a alameda apressadamente, enquanto o russo dizia frases rápidas e desconexas.

– Ela é uma criatura maravilhosa. Ah, como dançou esta noite! E quem é o seu amigo? Foi maravilhoso... único. Nos velhos tempos, quando dançava a Colombina de Rimsky Korsakoff, ela não tinha encontrado ainda o Arlequim perfeito. Mordroff, Kassmine... nenhum era realmente perfeito. Mas ela sempre alimentou esta fantasia. Certa vez, disse que sempre dançava com um Arlequim de um sonho, alguém que não estava realmente ali. Esta fantasia tornava sua Colombina magnífica.

O sr. Satterthwaite balançou a cabeça, concordando. Porém, havia apenas um pensamento em sua mente.

– Depressa – disse. – Precisamos chegar a tempo. Oh, precisamos chegar a tempo.

Ao dobrarem a última curva, chegaram à cova. Ali encontraram algo que não estava ali antes. Era o corpo de uma mulher, numa pose maravilhosa, com os braços bem abertos e a cabeça atirada para trás. Rosto e corpo mortos, triunfantes e belos ao luar.

Palavras difusas ocorreram novamente ao sr. Satterthwaite – palavras do sr. Quin: "*coisas maravilhosas num monte de lixo*"...

Oranoff dizia frases sem sentido. As lágrimas escorriam-se pelo rosto.

– Eu a amava. Sempre a amei – as mesmas palavras que o sr. Satterthwaite ouvira antes, naquele mesmo dia. – Fazíamos parte do mesmo mundo, ela e eu. Tínhamos o mesmo pensamento, os mesmos sonhos. Eu a amaria para sempre.

– Como pode saber? – inquiriu o sr. Satterthwaite.

O russo olhou-o assustado devido ao tom impaciente que havia na voz.

– Todos os amantes pensam assim... isso é o que todos os amantes dizem... Que existe apenas um homem apaixonado.

Virou-se e quase tropeçou no sr. Quin. Estava muito agitado. O sr. Satterthwaite agarrou-o pelo braço para conversar com ele à parte.

– Era o senhor – disse. – Não era o senhor quem estava com ela, agora há pouco?

O sr. Quin aguardou um minuto e então disse gentilmente:

– Pode colocar as coisas desse modo.

– E a criada não o viu?

– A criada não me viu.

– Mas eu sim! Por quê?

– Talvez seja o preço que tenha de pagar. Afinal, o senhor vê coisas que as outras pessoas não veem.

O sr. Satterthwaite olhou-o, por alguns minutos, sem compreender. E então começou a tremer como uma vara verde.

– Que lugar é este? – sussurrou. – Que lugar é este?

– Eu lhe disse antes. É a *Minha* alameda.

Série Agatha Christie na Coleção **L&PM** POCKET

O homem do terno marrom
O segredo de Chimneys
O mistério dos sete relógios
O misterioso sr. Quin
O mistério Sittaford
O cão da morte
Por que não pediram a Evans?
O detetive Parker Pyne
É fácil matar
Hora Zero
E no final a morte
Um brinde de cianureto
Testemunha de acusação e outras histórias
A Casa Torta
Aventura em Bagdá
Um destino ignorado
A teia da aranha (com Charles Osborne)
Punição para a inocência
O Cavalo Amarelo
Noite sem fim
Passageiro para Frankfurt
A mina de ouro e outras histórias

Mistérios de Hercule Poirot

Os Quatro Grandes
O mistério do Trem Azul
A Casa do Penhasco
Treze à mesa
Assassinato no Expresso Oriente
Tragédia em três atos
Morte nas nuvens
Os crimes ABC
Morte na Mesopotâmia
Cartas na mesa
Assassinato no beco
Poirot perde uma cliente
Morte no Nilo
Encontro com a morte
O Natal de Poirot
Cipreste triste
Uma dose mortal
Morte na praia
A Mansão Hollow
Os trabalhos de Hércules
Seguindo a correnteza
A morte da sra. McGinty
Depois do funeral
Morte na rua Hickory
A extravagância do morto
Um gato entre os pombos
A aventura do pudim de Natal
A terceira moça
A noite das bruxas
Os elefantes não esquecem
Os primeiros casos de Poirot
Cai o pano: o último caso de Poirot
Poirot e o mistério da arca espanhola e outras histórias
Poirot sempre espera e outras histórias

Mistérios de Miss Marple

Assassinato na casa do pastor
Os treze problemas
Um corpo na biblioteca
A mão misteriosa
Convite para um homicídio
Um passe de mágica
Um punhado de centeio
Testemunha ocular do crime
A maldição do espelho
Mistério no Caribe
O caso do Hotel Bertram
Nêmesis
Um crime adormecido
Os últimos casos de Miss Marple

Mistérios de Tommy & Tuppence

Sócios no crime
M ou N?
Um pressentimento funesto
Portal do destino

Romances de Mary Westmacott

Entre dois amores
Retrato inacabado
Ausência na primavera
O conflito
Filha é filha
O fardo

Teatro

Akhenaton
Testemunha da acusação e outras peças
E não sobrou nenhum e outras peças

– Uma Alameda do Amor – respondeu o sr. Satterthwaite. – As pessoas passam por aqui.

– A maioria das pessoas passa por aqui mais cedo ou mais tarde.

– E no final, o que encontram?

O sr. Quin sorriu. Sua voz estava muito suave. Apontou para o chalé em ruínas, lá em cima.

– Uma casa dos sonhos... ou um monte de lixo? Quem poderá dizer?

O sr. Satterthwaite, olhou-o, de repente. Um turbilhão de sentimentos o invadiu. Sentiu-se enganado, traído. Chocado, disse:

– Mas *eu*... *Eu* nunca passei pela sua alameda.

– E lamenta?

O sr. Satterthwaite acovardou-se. E o sr. Quin pareceu adquirir proporções gigantescas. A impressão do sr. Satterthwaite foi a de estar diante de algo ao mesmo tempo ameaçador e terrível. Alegria, tristeza, desespero. E sua pequena alma, que estava acostumada ao conforto, sentiu-se intimidada.

– Lamenta? – o sr. Quin repetiu a pergunta.

Havia algo de terrível nele.

– Não... não – gaguejou o sr. Satterthwaite.

Subitamente, sentiu-se reanimado.

– Mas eu vejo coisas – argumentou em bom tom. – Posso ter sido apenas um espectador da vida. Mas vejo coisas que as outras pessoas não veem! Foi o senhor mesmo quem me disse, sr. Quin!

Mas o sr. Quin já não estava mais ali.